U0084709

世界文學
經典名作

金絲雀殺人事件

THE CANARY MURDER CASE

S. S. VAN DINE

范・達因 著
夜暗黑 譯

本書簡介

「密室大師」約翰·卡爾推薦說——
這部《金絲雀殺人事件》是他最敬佩的本格推理巨匠范達因的巔峰之作！

她用天使般的曼妙嗓音傾倒眾生，也用它召喚來了死亡。
紙醉金迷，五光十色，一切的一切，都是致命的誘惑。
驚悚與縣疑的完美組合，失落的指紋讓完美的設計不攻自破。

性感尤物，外號「金絲雀」的紐約交際花瑪格麗特·歐黛兒，以美艷動人的臉蛋和曼妙迷人的歌喉，傾倒眾生，成為城中最耀眼的明星，儼然是這個虛幻的、物欲橫流的艷俗時代的代表人物。就在她人生炙手可熱的巔峰時刻，一天深夜，她被人勒死在自家公寓，香消玉殞……結束了她一生的美麗傳奇！

罪犯殺人手法殘忍，手段高超，屋內被洗劫一空。案件中充滿許多矛盾的、令人困惑的疑點，有著豐富辦案經驗的檢察官和刑警們也感到束手無策。幸運的是，桌子上和衣櫥內留下了嫌犯的指紋！警方對歐黛兒身邊的男士逐一展開調查，原以為案情就此走向明朗，誰料由此牽扯出的歐黛兒複雜的感情糾葛，令案件愈加撲朔迷離。偵探萬斯無意中發現一張唱片，打開一聽，裡面傳出令人毛骨悚然的尖叫聲和求救聲……

作者范達因S.S. Van Dine，美國推理文學界大師級人物。早年擔任著名雜誌《智者》的主編，中年以後開始從事文學創作。先後出版了《班森謀殺案》《主教殺人事件》《金絲雀殺人事件》等一系列偵探小說，作品一經問世便引起巨大轟動，創下了二十世紀世界圖書銷售的新紀錄，成為美國新聞出版業的奇蹟，由此開啟了美國推理偵探文學創作的黃金時代。以范達因的小說改編而成的電影，是同時代最具票房價值的好萊塢電影，布魯斯威利、鮑威爾等影壇巨星，都以出演其片中的主角而名揚天下。

范達因在他的小說中塑造的貴族紳士菲洛．萬斯，身兼藝術鑑賞家和業餘偵探的雙重身分。他將心理學的分析方法運用到案件調查中，視犯罪事件為一件藝術品，把整個破案過程當作一場心智遊戲的演練，努力研判其涉及到的各種心理因素，並藉此推理出凶手的真實面目。菲洛．萬斯由此被譽為「美國的黃金神探」，成為美國文學史上的三大名偵探之一。

CONTENTS・目錄

楔子

紐約市警察局大樓位於中央街，在三樓的刑事組辦公室裡，擺放著一個巨大的檔案櫃。櫃子裡有許多綠色的卡片，都是刑事案資料索引卡。其中一張卡片上清楚地寫道：

瑪格麗特・歐黛兒。西七十一街184號。九月十日。謀殺：晚上十一點左右被人勒死。同時屋內被洗劫一空，珠寶失竊。屍體由女僕愛麗蜜・傑弗遜發現。

雖然只是幾句簡單冷漠的記述，但其中所記載的，卻是這個國家犯罪史上最令人震驚不已的刑事犯罪案件之一。在這起案件中，充滿了許多矛盾的、令人困惑的疑點，兇手的犯罪手法也相當獨特，甚至可以稱得上是智慧型的犯罪，不要說是普通的警員，就是在檢警雙方中有著豐富的辦案經驗和縝密思維的檢察官和刑警們也都感到束手無策。每一次調查的結果都只有一種：瑪格麗特・歐黛兒遭遇謀殺的可能性很小。然而，被勒死並橫放在客廳沙發上的女孩的屍體，卻很好地證明了上述結論的可笑與荒謬。

在經歷了一次又一次的挫折之後，整個案件最終走向明朗化，許多疑點和潛藏在黑暗當中的人性的齷齪之處都顯露了出來，還有那些被絕望與悲痛折磨到令人無法想像的地步的人心。其實對於讀者而言，這個故事本身就像是一出飽含激情的通俗劇，令人充滿著無限浪漫的遐想，就像是由巴爾扎克的小說《人間喜劇》改編而成的戲劇中所描述的貝倫·紐辛珍和艾瑟·凡格賽的偉大愛情，以及鬱鬱寡歡的托皮爾的死亡悲劇一樣。

瑪格麗特·歐黛兒出身於百老匯，是一個性感尤物，一個耀眼的明星。她儼然是這個虛幻的、物欲橫流的艷俗時代的代表人物。可以說，在死前的兩年的時間裡，她一直都在這座城市的夜生活當中扮演著最耀眼的、最受歡迎的公眾人物的角色。以她現在的受歡迎程度，如果是在我們祖輩生活的那個年代，她也許會被冠以「城中瑰寶」的稱號。然而，如今有太多人渴望進入到這個圈子當中去實現自己的夢想。這個龍蛇混雜的圈子裡，到處充斥著黑道勢力和暴力集團，以至於這個圈子已經不能夠容許任何一個競爭對手脫穎而出。但是，這個劇團的眾多宣傳人員，無論資歷深淺，都十分喜愛瑪格麗特·歐黛兒。因此，她的名聲也逐漸地在這個屬於她的小小世界裡傳開了。

至於她的壞名聲，大多來自那些有關她和一兩位歐洲王儲私下有染的八卦新聞。她憑藉著舞台劇《布里多尼女僕》一炮走紅，此後的兩年時間裡，一直待在國外。這齣既叫好又叫座的舞台劇，將她從一個默默無名的小演員一下子捧上了一線明星的寶座。也許有人會以為，她的宣傳人員正好可以利用這個機會，趁她不在國內的這段期間，拿她的那些八卦緋聞來大肆宣傳一番。

在她的成名道路上，她的天生麗質也或多或少起到了一些作用。她屬於稜角分明、美艷動人的那一類型。記得有天晚上，我到安樂斯俱樂部消遣，看到她在那兒跳舞——這家俱樂部的業主正是臭名昭著的萊德．雷根，而這個地方也是尋求夜生活的人們的最佳去處。拋開她那嬌艷動人的容貌不說，當時最吸引我的是她那獨特的魅力。她中等個子，身材纖細，凹凸有致，擁有獅子般高貴的氣質，並且我還感覺到她有一點冷漠，或者可以說是高傲。也許這種感覺來自於對她與歐洲王儲有染的傳聞的聯想。

她的紅唇，有如那種專伺權貴富豪的交際花的嘴唇般豐厚嫣紅。她的眼睛，就像是羅塞蒂畫筆下聖潔的少女那般虔誠。她的容貌，融合了感官誘惑與靈性，這樣奇異的組合給人的感覺，如同各個年代的畫家對《永遠的瑪格達蘭》這幅名畫所提出的觀點一樣使人眩暈。這張美麗的臉龐，神祕而又充滿誘惑，挑逗著人們心中貪婪的慾望，輕而易舉地就能俘獲男人的心，進而控制他們的一切情緒，心甘情願地做她的奴僕。

瑪格麗特．歐黛兒有一個外號是「金絲雀」，這是從她參演的一齣芭蕾舞喜劇中得來的。那是一場精心編排的、諷刺社會的獨特的戲劇，劇中所有參與演出的女孩都要將自己裝扮成小鳥，各式各樣，而金絲雀的角色正好落在了瑪格麗特身上。當她穿著黃白相間的綢緞，披著一頭金黃閃亮的頭髮，再加上她那白裡透紅的肌膚出現在觀眾面前的時候，所有人的眼睛都為之一亮，立刻被她無與倫比的魅力征服了。很快，各大報刊對她這次演出報以好評，觀眾更是讚賞有加。經過短短兩個星期的時間，這齣芭蕾舞劇就從「鳥芭蕾舞劇」更名為「金絲雀芭蕾舞劇」，歐黛兒小姐也跟著水漲船高，迅速成為了芭蕾舞劇的女主角。與此同時，還有人專門為她重新改編了一段獨舞的華爾茲曲目，並為她量身打造了一首新歌。

在「金絲雀芭蕾舞劇」結束當季演出的同時，她辭去了法利斯劇團的工作。接下來，她就投入到百老匯的夜生活當中，在這個舞台上盡情揮灑自己的才華。在此期間，那個人們耳熟能詳並廣為流傳的「金絲雀」的綽號一直跟隨著她。因此，當她慘死在自己居住的公寓裡的時候，這宗刑事案很快就家喻戶曉了，而人們在談論這件事情時，也習慣於稱它為「金絲雀殺人事件」。

對我來說，能夠參與到金絲雀殺人事件的調查當中——或者確切地說，是在一旁看熱鬧——成為了我一生最難忘的經歷之一。金絲雀殺人事件發生時，約翰·馬克漢作為紐約地檢處的檢察官，是在一月份才剛剛走馬上任的。在他四年的任期當中，他成功地偵破了無數案件，因此名聲大振，然而，他對於外界加在他身上的讚許卻十分厭惡。究其原因，我想大概是對他這樣一個重視榮譽的男人來說，他本能地排斥獨享全部功勞。事實上，在他參與的大部分著名的刑事案件當中，他所扮演的角色通常都只是一個從旁協助者。真正破案的功臣，是他的一位非常要好的朋友，只不過他的這位朋友一直不願意將事實公開。

其實，這個人是一位非常年輕的貴族，他從來沒有公開過自己的真實姓名，所以在這裡我姑且稱他為菲洛・萬斯。

萬斯在許多方面都有著令人驚訝的天賦和才能。他是一位技藝精湛的業餘畫家，在美學、心理學方面造詣頗深，在某種程度上，他甚至稱得上是一位藝術典藏家。雖然他是一個地地道道的美國人，但是在成長的大部分時間裡，都是在歐洲接受教育，因此，他說起話來就好像一位英國紳士。萬斯擁有一筆龐大而豐厚的家產，但並沒有因此成為遊手好閒的公子哥兒，他是一個頭腦冷靜的精明人，在大部分時間裡，都能夠履行家族賦予他的社會責任與義務。不過，他生性憤世嫉俗、冷眼觀世，以致那些沒有與他深交的人，以為他只是一個媚上欺下的勢利小人。但以我對萬斯的了解，一眼就可以看出他隱藏在冷酷外表下的真實的一面。我知道，他的憤世嫉俗與冷漠態度，都是因為他與生俱來的敏感、孤獨的天性在作怪，他絕對不是一個故作清高、目空一切的人。

在參與偵辦金絲雀殺人事件時，萬斯還不到三十五歲，清瘦的臉頰棱角分明，是個令人印象深刻的美男子。不過，很少看到他的笑容，他那嚴肅而冷峻的表情使他看起來彷彿一尊冰冷的雕像，在他與他的朋友之間樹起了一面牆。其實，他並不是冷血動物，只是他的完美主義傾向驅使他將不當的情感及時平息在波瀾不驚的外表下，永遠因寧靜、理性而美好，即使面對興趣極濃的事物也表現出驚人的克制，他也因此而遭到誤解和批評。不管怎樣，在人們的印象中，萬斯始終是以冷漠的態度看待世俗的一切事物。有時候，我也不禁覺得他對待人生的態度，就像是一個缺乏熱情的觀眾，總是在一旁冷眼旁觀，不屑一顧。但是，實際上，他一直求知若渴，生活中的任何細枝末節都難逃他的法眼。

雖然他並不是職業刑事案件調查人員，但是，他的聰明才智和旺盛的精力，以及刨根問底的探索精神，使他對馬克漢所負責的刑事案件的調查工作興趣滿滿。

我手上保存有一份完整的記錄，包括萬斯以法院顧問的身分參與的所有刑事案件的偵破情況。本來我無權將這份記錄私自公開，但是現在，馬克漢因選舉失敗退出政壇了，萬斯也在去年遠赴他國定居，我隨即獲得了二人的同意，得以將這份記錄完全公開。

我以前曾經在艾文．班森（見《謀殺名單》一書）槍擊案中提到，由於案情十分特別，萬斯投入了當時的調查，並在證據不足的情況下，最終破獲了那起懸疑案件。現在要講的這個故事，是關於他如何偵破瑪格麗特．歐黛兒謀殺案的詳細過程。這起案件發生在同年的初秋時節，當時在社會上造成的轟動效應，遠比之前的任何一個刑事案件都要大。

萬斯出於對離奇案情的強烈的好奇心，接下了這項新的調查任務。當時，馬克漢正飽受反政府報紙的攻訐，已經為此困擾了好幾個星期，它們對他進行言語上的狂轟濫炸，指責他無力對警方交到他手上的黑道犯罪勢力定罪量刑。此前，由於政府出台的禁酒令，結果導致了另外一種極具危險但卻完全不受歡迎的新興夜生活形態迅速在紐約躥起。許多自稱為俱樂部的財力雄厚的酒館，沿著百老匯大道以及它附近的街道一家家地開了起來。緊接著，在這個地區發生了許多起令人觸目驚心的犯罪案件，當然，這些案件不外乎是為情或者為財；可以說，這些不良場所成為了犯罪的溫床，滋生了許多大大小小的犯罪事件。

紐約上城的一間家庭旅館裡就曾發生過一起珠寶搶劫謀殺案，後來經警方調查得知，這起案件就是在當地的一家俱樂部的謀劃下進行的。隨後，兩名追查此案的刑事組警員遭遇槍擊，背部中彈身亡，罪犯更囂張地將屍體公然棄置在這家俱樂部的附近。由於連續發生了兩起惡性犯罪事件，馬克漢不得不暫時將辦公室的其他事務擱置下來，親自調查處理這兩起案件，試圖控制一下這不斷升溫的、令人無法忍受的犯罪狀況。

懸迷的足跡

九月九日
星期日

就在馬克漢作出決定要暫時擱置辦公室其他事務的當天，萬斯和我同馬克漢一起來到史蒂文森俱樂部，進了角落的一間包廂。我們是這家俱樂部的會員，經常來這裡消遣，馬克漢還把這裡當成是他辦公室以外的一個辦案總部。

那天晚上，我們聊天時，馬克漢說道：「簡直糟透了，整個城市竟然有一半的人認為我的團隊缺乏能力，就因為我暫時無法拿出足以將那些壞人繩之以法的有力證據來。」

萬斯聽完，怡然自得地微笑著，抬起頭，用嘲弄的眼光看著他。他懶洋洋地說：「警方對司法程序中的破案關鍵問題根本就不熟悉，不能找出讓一般大眾信服的有力證據，而想要使法庭信服似乎更是難上加難了。這種想法實際上很愚蠢。一名律師，真正需要的並不是什麼證據，而是博學的專業知識和辯論技巧。而平常見到的警察頭腦太過簡單，以至於總是受制於法律條規，拘泥於形式上的要求。」

「情況還沒有那麼糟糕。」儘管承受著過去幾個星期以來的巨大壓力，馬克漢慣有的沈穩個性似乎也受到了影響，但他依然能夠和顏悅色地進行反駁，「如果沒有那些證據和法律法規，許多無辜的人將被置於極不公平的判決深淵之中。而我們現行的法律能夠使罪犯的應有權利，也得到相應的保護。」

萬斯聽不慣這種教條的說辭，微微打了個哈欠。

「馬克漢，你真適合去教書。你在回應批評的時候，總是能夠恰當地措辭，這項本領真是運用得出神入化呀！不過，我可不會這樣輕易被你說服。你還記得在威斯康辛發生的一名男子遭遇綁架的案子吧，最終法院宣布從法律上認定這名男子已經死亡。即使後來他活生生地出現在老鄰居面前的時候，他被認定已經死亡的事實，仍然沒有因此在法律上得到任何改變。他確實還活著，這是一個眼睜睜的事實，可法院卻並不認可，認為這與原案沒有任何關係。於是，就出現了這樣怪異的現象，比如，有人在這個州還是個瘋子，到了另外一個州卻突然變成了正常人，這種情況在我們這個美麗的國度裡大為流行。這其中詭異、微妙的差別，你可別指望一個不熟悉司法程序的門外漢能夠參透。法律的門外漢總是會被一般的常識性問題所蒙蔽，他會說，一個瘋子即使過了河，到了對岸依舊還是一個瘋子。因此，可以這樣說，這些門外漢會十分肯定地認為，如果一個人是有生命的，那麼他依然活著。」

「有必要這樣長篇大論嗎？」馬克漢反問道，顯然，萬斯的話令他動怒了。

「不好意思，好像說到了你的痛處。」萬斯和氣地回答，「警察雖然不是律師，但是他們已經令你置身於水深火熱之中了。為什麼你不把所有的刑警都送到法學院去上上課呢？」

「你還真愛多管閒事！」馬克漢反駁道。

「竟然藐視我的建議？要知道，這樣做可是大有好處的。在實際辦案的過程中，一個缺乏法學素養的人，當他得知一件事可能的真相時，他就會將所有薄弱的反面證據都忽略掉，而死盯著那些可能的真相不放。最後，在法院裡，你能聽到的只是一堆毫無用處的證詞，這樣，最終裁決也並不是根據事實得來的，而是根據那套複雜的規則和章程盲目作出的。其結果就是明明有罪的壞人被無罪釋放，大搖大擺地逍遙法外。許多法官在現實生活中也只能無奈地跟被告這麼說：『其實我知道，而且陪審團也知道，你的確犯了罪，但鑒於法律的規定，在沒有可以認定的證據的前提下，我只能宣判你無罪。去吧，再去犯罪吧！』」

馬克漢抱怨道：「如果我真的建議警察局的同仁們都去學習法律課程，不知道大家會怎麼想。」

「看來，只能允許我借用莎士比亞作品中那位屠夫的話：『讓我們殺掉所有的律師吧！』」

「不幸的是，這恰恰是我們現在必須要面對的現實，那些烏托邦式的理論，在現實中並不適用。」

「那麼，面對警方聰明的推斷和你所強調的法律程序的正義，你準備如何在這二者之間尋求一種平衡呢？」萬斯漫不經心地問。

「首先，」馬克漢回答道，「我決定，以後所有的重大的俱樂部犯罪案件都由我親自調查。就在昨天，我召開了一次辦公室內部會議，從現在起，我的辦公室將分頭展開一系列的實際行動。我將盡最大的努力找出我需要的定罪證據。」

萬斯慢慢地從煙盒裡抽出一根煙，在椅子的扶手上輕輕地敲了一下。

「哦！所以你想要為那些無辜被定罪的人們平反，而讓真正犯了罪卻被無罪釋放的罪犯得到應有的懲治？」

萬斯的話激怒了馬克漢，他繃著一張臉，冷冷地看著萬斯，「我不會裝作聽不懂你說的話。我知道，你這又是在拿間接證據論和你那些所謂的心理學與美學理論作比較。」

「正是如此。」萬斯一副滿不在乎的表情回應道，「馬克漢，你知道那些被你奉為準則的所謂的間接證據論肯定會大受歡迎。在它面前，一切平凡的推理力量都顯得無足輕重了。我現在最擔心的是，那些即將掉進你的法網裡的無辜的受害者。最終，你會使那些僅僅只是單純進出酒館消費的人們，陷入無盡的恐怖與危險之中。」

馬克漢沒有立刻回應，靜靜地坐在那裡抽了一會兒雪茄。儘管有時候這兩個男人的談話似乎是在互相挖苦、嘲諷，但至少他們心裡沒有憎惡對方的意思，他們和而不同。

終於，馬克漢再次開口說話了：「為什麼你會如此強烈地反對間接證據論？我承認，有些時候它會誤導辦案，但是，大多數時候，它卻也是證明有罪的強有力的推論。相信我吧，萬斯，它已經被我們偉大的司法機構證明是目前最強有力的推理手段。話說回來，就犯罪的本質而言，要想得到直接證據幾乎是不可能的。如果法院在判案過程中都得靠它才能夠定罪量刑，那麼依舊會使大多數的罪犯逍遙法外。」

「按照你的論斷，難道此前的大多數罪犯一直都在逍遙法外？」

馬克漢絲毫沒有理會萬斯的打岔。

「我給你舉個例子說明一下：有十多個大人，當他們看見一隻小動物從雪地上跑過時，都作證說這個動物是一隻雞；同樣的，有個小孩也看到了這個動物，但他卻說牠是一隻鴨子。於是，他們一起到現場勘察這隻動物留下的腳印，得出的結論是這些蹼狀的腳印確實是鴨子留下的。那麼，即使這樣，我們是不是還無法證實這個動物究竟是雞還是鴨呢？」

「當然，你的鴨子論是正確的。」萬斯隨口應道。

「感謝你對我的觀點的認同。」馬克漢繼續道，「我再作進一步的推論：有十多個大人，當他們看到一個人從雪地上走過，都異口同聲地說這個人是一個女人；然而，有個小孩卻堅持認為那個人是一個男人。那麼，你現在還可以說雪地上留有的男人的腳印這項間接證據，不能夠證明他是男人，而不是女人嗎？」

「事情不全是這樣，」萬斯緩緩地將腳伸到他的面前，說道，「除非你能夠拿出證據來證明人的腦袋根本比不上鴨子的腦袋。」

「這和腦袋有什麼關係？」馬克漢不耐煩地說，「腦袋怎麼會影響到腳印呢？」

「如果是鴨子的腦袋，那當然不會有什麼影響，但是人的腦袋，無疑會經常性地對這些腳印有所影響。」

「我現在是在人類學的課堂，正在上達爾文的物競天擇論或者是形而上學論的課程嗎？」馬克漢揶揄地說道。

萬斯強調道：「我所說的與那些抽象的東西一點關係也沒有，僅僅是在陳述一個根據自己觀察所得的簡單事實罷了。」

「好，那麼根據你非凡的推理，你覺得那些作為間接證據的男性腳印，是否足以證明那個人是男還是女？」

「這說不定，我認為兩種都有可能，但也可能都不是。」萬斯的回答讓人有些迷惑，「按照常理推斷，從這項間接證據來看，我覺得這個穿越雪地的腳印有可能是一個穿著自己鞋子的男人留下的，也有可能是一個女人穿著男人的鞋子留下的，甚至也可能是一個身材高大的小孩留下的。總而言之，據我目前掌握的情況，只能作出這樣的判斷：直立猿人的某個後代腳上穿著一雙男人的鞋子在穿越雪地時留下了這些足印，性別、年齡不詳。至於前面所說的鴨子的足跡，倒是可以接受你的那種說法。」

「幸好你沒說是鴨子自己穿上膠鞋留下的印跡。」

萬斯在一番短暫的沈默之後，接著說：「你知道嗎，你就像是一位現代梭倫（注：雅典的立法大家），而你的問題就在於企圖將複雜的人性簡化成一套公式。然而人性的複雜是我們無法想像的，這是事實。人的狡猾機敏和工於心計長久以來都是最恐怖的。同時，人又具有卑劣和詭詐的天性，即使是在一種正常的生存競爭中也表露無遺。一個人說一百句話，可能其中有九十九句都是謊話，只有一句是真話。雖然鴨子只是一種低等生物，沒有像人類一樣受到上天的特別關愛並被賦予一些優勢，但牠們卻具有坦率、絕對誠實的品質。」

馬克漢問：「那麼，對於這位在雪地上留下男性足跡的人的性別或是年紀，你又如何作出正確的判斷呢？」

萬斯抬頭吐了一個煙圈。「我首先會對這些人提供的所有證據都予以否定，包括十二位視力不佳的大人和一位眼力極好的小孩。接著，我會完全不考慮那些雪地上的足跡，在不受任何可疑證詞的影響下，對一些具體的線索進行仔細的求證，進而分析判斷這位逃逸人士的犯罪動機。通過一系列的分析判斷，最終我會得出一個結論，不僅可以告訴你這名犯人的性別，甚至可以將他的生活習慣、個性特徵以及人格等方面的特質詳細地描述出來。同時，你還可以知道這個人在雪地上留下的腳印屬於哪一種，到底他是踩高蹺、騎腳踏車，還是從空中飄過去，根本沒有留下任何痕跡。」

馬克漢發出一陣冷笑：「只怕你還不如那些提供給我法律證據的警察。」

「就算是那樣，至少我不會用手裡握著的證據到處去冤枉那些沒有嫌疑卻被真兇嫁禍的無辜者。」萬斯說，「如果你真的將腳印認定為犯罪的證據，到時候只會讓真兇稱心如意，而使那些無辜的人含冤被捕。換句話說，你從一開始就將那些與案件無關的人作為你的調查對象。」

萬斯的態度突然變得很認真。他的眼神中充滿了悲憐和嘲諷，望向馬克漢。

「老傢伙，你可要注意了，眼前的線索似是而非，其中隱藏了許多神學論者口中所謂的黑暗勢力。很明顯這是障眼法，你所看到的僅僅是讓你感到焦慮的犯罪的外表。我個人的看法是，那些無惡不作的幫派惡勢力已經結黨成社，並以俱樂部這種可笑的場所作為他們的大本營，這種想法簡直太荒謬了，其中充斥著惡俗的、令人厭煩的新聞炒作，他們是在嘩眾取寵。犯罪與戰爭不同，它所表現出來的不是明顯的集體意識，而只不過是一些見不得人的個人活動。我想你知道，犯罪活動只屬於個人層次。如果一個人計畫要去殺人，他肯定不會像打橋牌時一樣呼朋引伴的。我的老朋友，千萬不要讓這種不切實際的犯罪學理論將你的人生毀掉，更不要一味埋頭調查雪地上的腳印，它們是在誤導你，使你在這個黑暗的世界裡不再為民眾信任、依賴。我要在這裡提醒你，真正聰明的罪犯絕對不會愚蠢到留下自己的腳印，等著你拿尺子去丈量它們的地步。」

「你想過沒有，那些腳印弄不好會把你的第一件案子搞砸？哦，天哪，如果真的是這樣，到時你該怎麼辦呢？」

「我想只要你在我身邊，就會萬無一失的！」馬克漢也用同樣充滿譏諷的語氣回答，「那麼，如果又有一個重大案件發生，到時你是否願意同我一起辦案呢？」

「當然，這可真讓我受寵若驚啊！」萬斯笑著說道。

兩天後，令人震驚的瑪格麗特・歐黛兒謀殺案就出現在了報紙的頭版頭條上。

香消玉殞

九月十一日

星期二

上午八點三十分

那天是九月十一號，在這個重大日子的早上八點三十分沒過多久，馬克漢就告訴了我們這個令人震驚的消息。

我當時暫時和萬斯住在他的一處位於東三十八街的公寓中。那是一棟豪華的大廈的頂層，經過重新裝潢，兩層樓被打通了，面積非常大。我辭掉了在父親「范達因和戴維斯律師事務所」的工作，在之後的幾年中，我一直都是以萬斯的私人法律代表和顧問的身分，竭盡所能地為他的需要和興趣服務。平時，他的公事不算太多，私事倒不少。他喜歡大量收購名畫和古董，本來這類有關他的興趣愛好的事情就已經夠多了，再加上他的個人財務，我就忙得應接不暇。不過，至少還沒有成為我的負擔。我覺得，這種財務和法律上的服務工作還是很適合我的。我和萬斯早在哈佛上大學時就建立起了深厚的友誼，它提供給我們社會化和人性化的基礎——有些時候，對別人來說，這種基礎可能很容易變質，讓兩個好朋友彼此形同陌路。

在這個特別的早上，我很早就起來了，當時我正在萬斯書房裡忙著一些事情，管家柯瑞走進來通報說馬克漢來訪，此刻正在大廳等候。對於馬克漢的來訪我感到有些驚訝，因為馬克漢十分熟悉萬斯的作息，萬斯不睡到中午決不會起床的，而且他最忌諱別人一大早打擾他的清夢。那麼馬克漢為什麼還要在這個時候過來呢？

馬克漢在大廳裡來回走動，神情非常不安，將帽子和手套隨手丟在了茶几上，就在那一刻，我從馬克漢身上嗅到一股異乎尋常的氣息。看到我走進大廳，他停了下來，用一雙飽受困擾的眼睛看著我。馬克漢中等身材，體格健壯，一頭白髮，鬍子總是刮得乾乾淨淨的。他不但儀表出眾，而且還彬彬有禮，待人非常謙遜，尤其難能可貴的是他具有嚴以律己、頑強不屈的堅毅品質，令人不由得心生敬佩。

「早安，老范，」他面無表情地對我說，「知道嗎？又有事情發生了，這回的凶殺案牽涉上了一個名人，搞不好要弄得滿城風雨、人心惶惶……」突然，他像是想到了什麼，盯著我看了一會兒，才又說，「哎呀，我突然想起了前天晚上和萬斯在俱樂部的討論。真是該死！他的話恐怕要應驗了。還記得嗎？我當時還半開玩笑地說如果再發生一起大案子，一定要帶著他一起辦。唉！現在事情真的發生了。那位被稱為『金絲雀』的女演員瑪格麗特．歐黛兒死了，是在自己的公寓中被人謀殺的。而且據剛剛得到的消息證實，這起案件似乎又和俱樂部有關。現在，我就要到歐黛兒的住處調查。對了，趕緊把那個還賴在被窩裡的懶蟲叫起來吧！」

「好，我這就去。」我不假思索地回答，我想我會這麼快作出反應也許是私慾所致，因為我知道，如果有任何凶殺案能夠震驚全國，而被害人又是全國屈指可數的人物的話，那麼這起金絲雀謀殺案可以算是其中最具代表性的了。

我立即叫柯瑞去萬斯臥室，叫他起床。

「這，恐怕……先生……」顯然柯瑞有些擔心。

馬克漢打斷了他的話：「沒什麼好怕的，你只管去叫醒他，後果我來負責。」

柯瑞似乎也感受到了事態的嚴重性，於是快步離開了。

幾分鐘後，萬斯穿著精美的絲質睡袍和拖鞋來到了我們面前。

「天哪！」他看了看錶，用略帶驚訝的口吻說，「你們這些傢伙難道整晚沒睡嗎？」

他走到壁爐旁，慢條斯理地從一個意大利製的煙盒中選出一根鑲了金邊的瑞奇煙。

這時的馬克漢可沒心情聽什麼玩笑，他的眼睛已經瞇成了一條細縫。

「金絲雀被謀殺了。」我忍不住先開了口。

聽到這個消息，萬斯拿著火柴的手停在了半空中，他似乎並沒有感到驚訝，甚至還用不屑的眼神看了我一下：「你說的是誰家的金絲雀？」

「今早有人發現瑪格麗特·歐黛兒死在家裡，」馬克漢補充道，「她的大名就連你這個窩在被窩裡睡大覺的傢伙都曾經聽過，所以我想你該對這件案子的嚴重性有點認識了吧。現在我就要親自調查，去察看那些『雪地上的腳印』。正如我們前天晚上說的那樣，如果你要跟來，那就趕緊動身吧！」

萬斯將煙熄滅了。

「哪個瑪格麗特．歐黛兒？是百老匯的金髮尤物，還是開髮廊的那個？太可悲了！」雖然他態度輕浮，但是我還是能夠看出他對這起案件的興趣非常濃厚。他接著又說：「親愛的老夥計，我想這群法律秩序的敵人們看樣子真的想要陷你於苦惱之中！他們這樣漠視他人的生命，簡直太可惡了！我先失陪一下，換件合適的衣服再跟你去。」

說著，萬斯轉身向臥室走去，馬克漢隨即拿出一根雪茄準備要吞雲吐霧一番，而我就借這個機會回到書房把剛剛處理過的資料整理好。

萬斯用了不到十分鐘的時間就穿戴整齊地再度出現在了大家面前。他從管家柯瑞手裡接過帽子、手套以及藤製手杖，興奮地說起了法語：「出發吧！」

瑪格麗特．歐黛兒的公寓位於西七十一街184號，就在百老匯大道旁。我們開車沿著麥迪遜大道來到上城，進入中央公園，然後從西七十二街穿出，來到了事發地點。公寓門口早已擠滿了好奇的群眾，看到我們的車停在路邊，執勤的警員趕緊為我們開出一條通道。

一進門，就看見助理檢察官費塞希亞站在大廳等候。

他連聲嘆氣道：「長官，又是一樁麻煩的案子，真是糟糕，還偏偏在這節骨眼上！」他聳了聳肩，看上去很沮喪的樣子。

馬克漢和別人握手的同時，嘴裡還不停地嚷嚷道：「簡直要崩潰了！現在調查工作進行得怎麼樣了？在你向我報告案情之後，刑事組的希茲警官也打來電話，他說這案子第一眼看上去就有點棘手。」

「何止是有點棘手？」費塞希亞認真地重複著，「簡直是駭人聽聞！希茲警官剛剛結束波以爾的案子，現在立刻又投入到這宗新案子中，就快變成陀螺了。莫朗督察剛剛在十分鐘前到過這裡，對他下達了調查令。」

「嗯，希茲是個破案高手。」馬克漢寬慰道，「我們一定可以盡快破案的。哪一間是瑪格麗特．歐黛兒的公寓？」

大家跟著費塞希亞來到大廳後方的一扇門前。

「長官，就是這間。我現在非常疲憊，得走了，祝你們好運！」說完，他就離開了。

在這裡有必要先對這棟房子以及它的內部結構作一個簡單的描述，因為這棟建築物的特殊構造與謀殺案中一些看似無法解釋的部分有著或多或少的關聯。

這棟公寓是石造的，有四層，可以看出它在建造的最初就是用來居住的；後來為了要改造成私人公寓，就將內部和外觀進行了整修，使得每個樓層都被大致分隔成了三到四間的公寓套房，不過頂樓除外。犯罪現場在一樓，在這一層樓裡一共有三間公寓和一間牙醫診所。

這棟大樓的主要出入口都正對著西七十一街，從大門進去，緊接著就是寬敞的大廳。瑪格麗特．歐黛兒的公寓就在大廳的盡頭，門牌號是三，而公寓大門正好和這棟大樓的出入口遙遙相對。通往樓上的樓梯在大廳中間靠右的地方。在樓梯的旁邊，也就是大廳的右邊，有一個小型會客室，沒有門，可以從拱道直接進去。電話總機安放在正對樓梯的一個凹進去的狹小的空間裡。整棟大樓都沒有電梯。

一樓還有另一個重要特點，就是在右方的角落，也就是大廳的盡頭，有一條小小的通道直通向外面。順著歐黛兒公寓的牆壁一直往前走，那裡有一扇門，打開後可以看到這座大樓西側有一片空地。有一條四尺寬的巷子和這片空地相連，通往西七十一街。我也曾一度猜測這樣簡單明瞭的建築格局，在整個案件的進行過程中扮演著什麼樣的角色；然而事實上，正因為它結構單純，沒有任何特殊之處，才不會令人浮想聯翩，這也使辦案人員在調查過程中困惑不解，幾乎讓這樁案件變成了無頭公案。

馬克漢進入歐黛兒公寓後沒多久，刑事組的厄尼・希茲警官也趕到了現場。不過，看上去他那寬大、好鬥的臉上卻是一派輕鬆的神情。在以往辦案的過程中，希茲總是處於刑事組和地檢處的憎恨與對立之間，這次卻沒有在希茲身上看到這種情形。

「長官，很高興可以在這裡看到你。」他說這話的時候是真心誠意的。

說完，他轉身朝向萬斯，微笑著伸出雙手和萬斯握手，他們是在兩個月前偵辦班森謀殺案期間認識的。

希茲用戲謔的口吻調侃道：「大偵探這次又要加入到我們的破案隊伍中了！」

「是的。在這個金秋的早晨，你是否已經感應到了什麼呢，警官？」

「你沒有必要知道！」希茲突然變得嚴肅起來，轉身看著馬克漢憤憤說道，「長官，那群該死的傢伙放著百老匯裡那麼一大堆過氣的女演員不殺，偏偏挑上金絲雀瑪格麗特．歐黛兒，看來他們是看準了當紅炸子雞的。」

此時，警政署督察威廉．莫朗走了進來，照例同在場的每個人握手致意。儘管之前他只見過我和萬斯一次，但卻清楚地記得我們的名字，和我們寒暄了一番。

「非常高興你能來，」他對馬克漢說，聲音聽上去優雅而又和氣，「我剛到，還沒進入狀況，希茲警官會給你提供所需的相關資料。」

「我給他的資料已經夠多了。」希茲一邊帶領大家向客廳走去，一邊喃喃自語。

瑪格麗特．歐黛兒生前住的地方很寬敞，有兩個用拱門連接起來的大房間，拱門上垂掛著暗紅色帷幔。一進門可以看到一個八英尺長、四英尺寬的玄關，往前走有一道威尼斯風格的高級玻璃門，進去是一個客廳。想要進入臥室只能穿過客廳從拱門進入，因為這間公寓裡沒有其他的出入口。

站在客廳裡，可以看到左側有一張覆蓋著織錦絲緞的體積龐大的長沙發，壁爐就在它的正前方，沙發的正後方擺放著一張紫檀木的長桌。玄關和通往臥室拱門之間的右牆上有一面鏡子，是三折式的瑪麗．安托瓦內特鏡子，下方是一張紅褐色的折疊式方桌。還有一架小型史坦威鋼琴放在拱門的另一側、靠近外掛式凸窗的地方，鋼琴上有一些路易．塞斯風格的做工精美的裝飾品。壁爐右側的角落裡擺放著一張寫字桌，旁邊靠著一個手工製作的方形皮面字紙簍。壁爐左側有一個櫥櫃，是我從未見過的、工藝精湛的古希臘樣式的。牆上掛了幾幅法國名畫的複製品，有布歇、弗拉格納爾和華鐸等人的作品。走進臥室，可以看到裡面有一個五斗櫃、一個梳妝台和幾把鍍金的椅子。整間公寓華而不實的脂粉氣息，恰好襯托出了金絲雀作為明星獨有的那種易逝凋零的個人氣質。

當我們從玄關進入到客廳，正要駐足觀望的時候，一下子被屋內遭人力破壞過的殘破景象吸引住了。到處都凌亂不堪，好像被暴風雨掃過的街道一樣。

「他們似乎做得還不夠高明。」看到此情此景，莫朗督察不禁感嘆道。

「在我看來，我們應該感謝那些傢伙沒用炸藥把房子炸了。」希茲用尖酸刻薄的語氣回應著。

然而最吸引我們目光的並不是這破亂的景象，而是沈寂地躺在沙發一角的金絲雀的屍體，她以一種彆扭的側扭姿勢躺在那裡，頭部靠在沙發上，像是曾經被人用力向後扭轉；長髮散亂地垂了下來，看上去好像是一條被凍結的金色瀑布。她的臉被暴力摧殘得已經不成人形了，皮膚也變了顏色，驚恐的眼睛蒙上了一層暗淡的薄膜，嘴巴張著，而嘴唇早已皺巴在一起了；脖子兩側有明顯的淤青，身上穿著一件奶油色薄紗睡衣，鑲有黑色的蕾絲。在沙發扶手旁我們還發現一頂金色的貂皮睡帽掉在地上。

房間裡還留有當時她與兇手搏鬥的痕跡。睡衣一邊的肩帶已經斷落，胸口前鑲有蕾絲花邊的部位也裂開了一道橫向延長的縫隙；她的腿上還散落著一團皺巴巴的淡紫色綢帶花飾，是從她睡衣上扯落下來的。地上還有一隻緞面的拖鞋，她右膝向內盤臥在沙發上，看來是在被兇手勒死之前奮力掙扎過。她的手指蜷曲著，很明顯在她死之前，曾經緊緊握著兇手的手腕，直到斷氣，她的手才鬆開。

這種殘敗、凋零的死亡景象，好像在這房間裡施了一股魔咒，我們所有人都怔怔地盯著瑪格麗特．歐黛兒的屍體，最後，還是希茲的聲音將我們拉回了現實當中。

「馬克漢先生，你看，她顯然是坐在沙發的這個角落的位置上突然遭遇背後攻擊的。」

馬克漢點頭表示認同：「這個男人一定是個健壯有力的人，否則他怎麼能這麼輕易地將金絲雀勒死。」

「我同意你的看法！」希茲說。

接著他彎下身檢查屍體，指著死者手指上的一個傷口，說道：「他們將她手上的戒指拿走了，而且用了強力。」他又指了指歐黛兒肩上斷落的一段鑲有小珍珠的白金項鏈，「她脖子上的掛飾也都被硬扯走了。他們還真是沒有放過一件值錢的東西，不浪費一點時間。作案手法非常乾淨利落。」

「法醫來了嗎？」馬克漢問。

「馬上就到了，」希茲回答，「德瑞摩斯醫生出門前一定要吃早餐的。」

「有他在，可以找出一些更加深入的線索。」

「我掌握的線索已經足夠多了。」希茲強調，「看看這副慘狀，我想即使是遭受堪薩斯颶風襲擊，情況也不會這麼糟。」

我們結束了對屍體的初步觀察，來到房間中央。

希茲警告說：「不要觸碰任何東西，馬克漢先生，我們已經通知了指紋專家，他們隨時會到。」

萬斯故作驚訝地看著希茲。

「不會吧，警官，您該不是認為那些傢伙會留下指紋等您來查吧？這都什麼年代了？」

「萬斯先生，壞人不是個個都聰明。」希茲反駁道。

「哦，當然，親愛的，如果他們真的個個都聰明，肯定就不會被抓了。可是，單憑指紋進行判斷的話似乎並不準確，畢竟那只表示留下指紋的這個人曾經在某個時刻在現場逗留過，可這並不意味著這個人有罪。」

「也許你說得對，」希茲有些不服氣，「不過我先聲明，如果讓我在這個現場找到任何指紋，我一定不會寬待那個留下指紋的傢伙的。」

萬斯似乎被嚇到了：「警官，我可真害怕。從今以後，我外出時一定要戴著手套。你知道，我這個人好奇心很強，總是喜歡摸摸這個，碰碰那個的，像屋子裡的家具、茶杯或者廚房用具什麼的，都不會被我放過。」

馬克漢突然插話說：「在法醫到達之前，大家可以四處看看。」

「還不是和以前的案子一樣，那些傢伙殺了這個女人之後，將所有值錢的東西席捲而去。」希茲擺出一副很有經驗的樣子。

兩個房間都被洗劫一空，地上到處散落著衣服和其他物品。並且，兩個房間的衣櫥的門都是開著的。從臥室裡衣櫥的混亂情形，可以看出兇手行凶時很倉促。由於客廳的衣櫥裡放的都是一些不常用的東西，所以並沒有被搜刮得太厲害。這群歹徒還把梳妝台的抽屜和五斗櫃翻了個遍，床單、枕頭、被子全都被翻亂了，床墊也被整個翻了過來，地上還倒著兩把椅子和一張小茶几。碎片隨處可見，兇手好像因為找不到什麼東西而用花瓶來撒氣，摔得滿地都是碎片。寫字桌的抽屜裡只剩下散亂的紙張和簿本。古希臘式櫥櫃被翻攪的程度絲毫不亞於寫字桌，櫃門也是大剌剌地敞開著。長桌的邊角處倒著一個青銅製的台燈，上面的緞面燈罩也被刮破了。

看著這片混亂的景象，我的視線突然被兩樣東西吸引住了——一個是可以在任何文具店裡買到的黑色金屬文件盒，另一個是鋼製的、掛著圓形鎖的首飾盒。

文件盒被置於長桌之上，緊挨著倒落的台燈。盒蓋雖然是關著的，但鑰匙卻還插在鑰匙孔裡，盒子裡已經是空無一物了。這個盒子在混亂不堪的房間裡似乎變成了唯一一件使人感到井然有序的東西。

首飾盒放在臥室的梳妝台上，歹徒似乎用了很大的力氣才將它撬開，以至於整個盒子都已經變形了。首飾盒旁還放著一把銅柄的火鉗，估計是從客廳拿來撬首飾盒用的。

這兩樣東西是萬斯不經意間發現的，就在他走近梳妝台的時候，突然停了下來，拿出他的單邊眼鏡，傾身仔細地察看著已經變了形的首飾盒。

「嗯，這個東西很特別！」他一邊用金筆輕輕敲擊著盒蓋的邊緣，一邊喃喃自語，「警官，你有什麼發現嗎？」

此刻，希茲正瞇著眼睛盯著萬斯。「那麼，你有什麼發現嗎？」他反問萬斯。

「這一點很容易被忽略。」萬斯輕聲道，「剛剛我突然有了一個重要發現，我覺得用這把普通的火鉗根本無法撬開這個用鋼片打造的盒子，你覺得呢？」

希茲點點頭表示認同：「你說得沒錯，這把火鉗絕對無法撬開這把鎖，充其量只會對這個首飾盒造成一點損傷罷了。」

他又轉向莫朗督察。「我會找我們的伯納『教授』來幫忙解決這個難題，如果他可以的話。打開首飾盒這樣高難度的工作我可做不來，而且這項工作也不適合我這樣的人做。」

萬斯又低頭對首飾盒進行了一番研究，最後面有難色地抬起頭來。

「哦，我的上帝！昨天晚上這裡一定發生了什麼詭異的事情。」

「別大驚小怪的了，沒什麼詭異的，」希茲說，「這不就是一起入室搶劫案嗎？」

萬斯拿下眼鏡擦了擦，把它收了起來，然後對希茲說：「警官，我保證如果你在辦案時一直是這種態度的話，鐵定會觸礁的，希望到那時仁慈的上帝會及時將你從危險的邊緣拯救回來。」

魔鬼的足音

九月十一日
星期二
上午九點三十分

首席法醫德瑞摩斯在我們回到客廳沒多久，就興沖沖地趕來了。從他車子裡一起下來的還有杜柏士隊長、指紋專家貝拉米探員以及手裡拿著照相機和一副折疊三腳架的警方的攝影師凱比特。

德瑞摩斯邊走邊喊道：「是什麼風把大家都吹來了！又是一個棘手的案子？但是，檢察官，你的朋友們一大早就像個催命鬼似的把人叫起來，也太過分了。好歹也挑個讓人可以接受的時間嘛，我真是有點吃不消啊！」

他看上去精神特別好，和每個人逐一握手、寒暄。

「屍體呢？」他環顧屋內，很快就發現了沙發上的屍體，「原來是個女人。」

德瑞摩斯法醫一個箭步走上前去，迅速著手檢查瑪格麗特．歐黛兒的屍體。他蹲了下來，仔細地檢查了她的脖子和手指，為了確定她死後的僵硬程度，他搖動了她的手臂和頭部，最後讓她僵直的四肢鬆弛下來，平放在長椅墊上，準備再做進一步的檢查工作。

希茲揮手叫上了杜柏士隊長和貝拉米探員，我們一行人都來到了臥室，準備再進行一次詳細的檢查。

希茲對他的兩位同事說：「一定要仔細一點，別放過任何一個地方，特別是這個首飾盒和這把鉗子的握柄部分，要多留意一下，還有客廳裡的文件盒也要認真檢查。」

「是的，警官，我們會留意的。」杜柏士隊長說，然後他和貝拉米便分頭行動了。

我們的視線很快被集中在了杜柏士隊長的工作上。整整五分鐘裡，我們一直認真地在一旁看著他檢查首飾盒與鉗子的握柄。只見他拿著珠寶鑒定專用的那種放大鏡，小心翼翼地捏住這些東西的邊緣，舉到眼睛跟前，從口袋裡掏出一個小型的手電筒，照著首飾盒和鉗子的每一寸地方細細查看了一番，才將它們放了下來。

他皺著眉頭說：「上面沒有任何指紋，都被擦得乾乾淨淨了。」

「一定是職業殺手幹的。」希茲咕噥著，然後轉向另一名指紋專家，「你那裡有沒有什麼發現？」

「也沒有，」貝拉米似乎有點惱火，「上面只有一些舊的斑點和灰塵。」

「看來這邊不會有什麼發現了，只能指望法醫那頭的進展了。」希茲憤憤地說道。

這時，德瑞摩斯法醫走進了臥室，他徑直來到床邊，拿起一條床單，回到沙發旁將屍體蓋住。然後他關上他的手提箱，順手將帽子戴在頭上，朝眾人這邊疾步走來。

「可以肯定，這是一起單純的謀殺案。死者喉嚨的正前方有幾道淤痕，頸後骨處也留有拇指形狀的淤痕。雖然死者在臨死之前有過明顯掙扎的痕跡，但兇手的動作乾淨利落，有職業殺手的風範，對死者進行了出其不意的攻擊。」

「那麼法醫，能告訴我她的衣服是怎麼破的嗎？」萬斯問。

「這個很難說，也許是她在窒息前出於本能反應自己弄破的。」

「我感覺不是那樣的哦！」

「為什麼？當時兇手的兩隻手都勒在她的脖子上，你說，還有誰能夠在這個時候將她的衣服和胸花扯破？」

萬斯沒有立即回答，只是聳了聳肩，點上一根煙抽了起來。

顯然，這種不合邏輯的回答惹惱了希茲，他跟著提出了另一個疑問。

「我覺得她手指上的傷痕，是因為那伙歹徒在搶奪她的戒指時施暴過度造成的，有這種可能嗎？」

「當然，這也是有可能的，而且可以看出這些都屬於新傷。另外我還在她左手腕上發現了幾道刮痕，可能正如你所說的，是她的手鐲被外力強行脫下時造成的。」

「嗯，這樣的解釋還有些道理，」希茲對法醫這次的回答比較滿意，「而且我估計他們還從她脖子上強行扯掉了一些飾品，像項鏈什麼的。」

法醫的反應有些淡然：「也有這個可能，她右肩後方有一道凹痕，可能是被項鏈之類的飾物勒出來的。」

「那麼她的死亡時間呢？」

「大概是在昨晚十一點半，或許更早一些，反正不會超過午夜十二點，也就是九或十點之前吧。」他開始在屋裡來回踱步，似乎有些待不住了，「還有什麼事嗎？」

希茲仔細地想了想，說：「沒什麼了，你趕快進行你的驗屍工作吧，我馬上就要把屍體送到殯儀館了！」

「好的，驗屍報告明天就能交給你。」看得出，德瑞摩斯法醫很想早點離開這裡，不過出於禮貌，他還是在離開前到臥室和希茲、馬克漢以及莫朗督察一一握手道別。

希茲在法醫後面出去了，我聽見他吩咐門外的警員讓他們給公共服務部打個電話，馬上叫一部救護車來。

此時，萬斯轉身看著馬克漢諷刺道：「好一個團隊！我真對你們這位法醫佩服得五體投地，你在這裡急得像熱鍋上的螞蟻一樣，而這位精力充沛的法醫先生，卻只為自己因早起可能受到損傷的肝臟而擔心。」

馬克漢也抱怨道：「他哪裡不舒服了？他沒承受媒體和輿論的壓力。對了，你覺得撕破的睡衣哪裡不對勁兒？」

萬斯漫不經心地看著手上點燃的煙。

「從現場的情況看，我們可以確定一點：這位女士是在毫無預料的情況下遭受攻擊突然死亡的，因為從她死亡的姿勢來看，在死之前她沒有與歹徒發生過任何打鬥，否則她就不會坐在那兒被人從後方活活勒死。由此可以判斷出，當她被人勒住脖子的時候，她身上穿的睡衣和睡衣上的胸花應該都是完整的。可是，拋開那位法醫大人所下的結論，依常理推斷，衣服的破損狀況不像是她自己造成的。即使是胸前的睡衣勒得她喘不過氣來，她也應該是把手伸進衣領裡通過撕扯上衣來透氣。但事實上，她睡衣的上半部分完好無損，唯一破損的地方就只有蕾絲荷葉邊。而這個蕾絲荷葉邊顯然是被一股強大的外力從一旁扯破的。通常在這種情況下，任何的拉扯動作都應該是向下或者向外的。」

莫朗督察一直在一旁專心致志地聽著，而希茲卻絲毫沒有耐性。在他看來，撕破的睡衣和這件他認為很簡單的大案之間沒有任何關聯。

萬斯繼續分析道：「此外，如果胸花是她被勒住時自己扯掉的，它應該會掉在地上。你想想，她的屍體扭向一邊，右膝蜷縮著，一隻腳上的拖鞋也掉了，可見當時她一定有過激烈的掙扎。在這樣的掙扎當中，任何東西都不可能繼續停留在她的膝蓋上。即使她端坐在沙發上，手套、皮包、手帕、餐巾、小冊子之類的東西，也都會從她的膝蓋上滑落的，所以我說胸花理應在地上。」

馬克漢回應道：「如果你的論點正確，是不是可以認為蕾絲的撕裂和胸花的扯落，應該是發生在她死了以後？可是這種野蠻行為有何用意呢？」

「唉！」萬斯輕聲嘆息道，「整件事有很多詭異之處。」

希茲看著他：「知道嗎？你已經第二次這麼說了。但是直到現在，也沒有從這件謀殺案中發現任何你所謂的離奇、詭異之處。從我們的調查來看，這只是一個性質單純的案子，不要想得太複雜了。」他態度堅決，極力為自己那快要被推翻的理論作辯護，「睡衣幾乎可以在任何時間被扯破，胸花也可能正好是勾掛到睡衣上的蕾絲而沒有掉落到地面。」

萬斯對希茲的解釋很不滿：「那麼你如何解釋那個被蓄意破壞的首飾盒呢？」

「也許兇手一下子打不開它，就用自己帶來的鐵橇撬開了。」

萬斯追問道：「如果他隨身帶了可用的鐵橇，為什麼還要費時費力地跑到客廳去找那些沒用的鉗子？」

這個問題讓希茲有些不知所措了，他尷尬地搖了搖頭。

「這些歹徒的真正意圖你永遠都搞不清楚。」

「是嗎？」萬斯的語氣裡充滿了斥責和蔑視，「『永遠』這兩個字應該不是從像你這樣聰明的警官口中說出來的吧？」

希茲的眼神依然銳利，又問道：「那麼還有哪些事情讓你覺得詭異呢？」

「有，客廳桌上的台燈。」

我們正好就站在連接兩個房間的拱門之間，希茲一回頭，就看見了那個翻倒的台燈。

「這有什麼不對勁兒的？」

萬斯說：「你看，它是翻倒在那兒的。」

「是啊，但那又怎樣？」希茲很困惑，「屋子裡的東西幾乎都被搞得東倒西歪的。」

「為什麼大部分東西都被翻得亂七八糟的呢？原因大概只有一個，他們在找什麼東西，他們似乎動作一致地在搜刮屋內所有值錢的東西。但是你們看那盞台燈，它倒在桌子的邊角上，相距死者遇害的位置至少有五尺之遠，這和屋子裡的情形太不搭調了。而死者本人在掙扎的過程中，更不可能打翻台燈。這絕對不可能發生，台燈是不應該被打翻的，折疊桌上那面美麗的鏡子也同樣不該被打破。這就是我認為的詭異之處。」

希茲突然指著翻倒在地的鍍金椅子和鋼琴附近的一個茶几問萬斯：「那個茶几和那些椅子是不是也很奇怪呢？」

「哦，沒有，它們一點也不奇怪。」萬斯肯定地回答道，「這些家具都很輕，很容易被闖入者在情急之下碰倒。」

「這麼說來，台燈也可能在同樣的情況下被碰倒。」希茲立即反駁道。

萬斯搖著頭說：「這是不可能的，警官。它不是頭重腳輕的，底座是用實心銅做的，而且當時它穩穩地站在邊角，不會對任何人造成妨礙。所以，台燈一定是被人故意弄倒的。」

希茲不再說話了，多年的辦案經驗告訴他，萬斯的洞察力不可小覷。

「除了這些，現場還有什麼不和諧的東西嗎？」希茲在沈默了一會兒之後，終於忍不住又開口了。

萬斯用手上的煙指著客廳裡的衣櫥。這個衣櫥放在正對著沙發一角的玄關旁的一個角落裡，離古希臘式櫥櫃很近。

萬斯漫不經心地回答道：「你可以仔細查看一下那個衣櫥，雖然它的門是半開的，但是裡面的東西卻根本沒有被碰過。」

希茲走上前去，仔細檢查了衣櫥的內部。

「嗯，確實有些奇怪。」他終於承認了這個事實。

萬斯則從他的背後看著衣櫥。「哦，天哪！」他突然叫了一聲，「你看，鑰匙竟然被插在門的內側！有誰會從衣櫥裡面鎖門？」

「這有什麼奇怪的，」希茲一點也不在意，「說不定這門從來沒被鎖過呢！總之，很快就會找出答案了。等杜柏士隊長結束他的工作，我就去和外面等候著的女傭談談，一定可以得到一些線索的。」

他轉向杜柏士：「有什麼發現嗎？」

當時，杜柏士已經完成了臥室指紋的採集工作，正在採集鋼琴上的指紋。聽到希茲的問話，隊長搖了搖頭道：「他們作案時都戴著手套。」

「我這裡也一樣。」貝拉米跟著說了一句，他正跪在寫字桌前採集指紋。

萬斯轉向窗邊，泰然自若地抽著煙，看著窗外的風景，似乎已對這件案子失去了興趣。

這時，大廳的門突然被推開了，一個矮小瘦弱的男人走了進來，滿頭灰髮和雜亂的鬍子在陽光下顯得極為突出，他不時地眨著眼睛。

希茲走上前去和這位剛來的客人熱情地打招呼：「早安，教授。你來得正好，我手上現在又有一樁好活了，哈哈，這正是你拿手的。」

這位剛來的客人可是一個厲害的角色，他正是隱藏在這個偵查團隊背後的、能力非凡的破案專家之一——副督察康奈德．伯納。通常，大家在碰到什麼棘手的技術問題時，總喜歡向他徵詢意見，然而，他的名字和功勞卻很少為人稱道。他的專長是破解罪犯在開鎖時所使用的一些盜竊工具。他能夠從歹徒留下的跡象精確地解讀出犯罪工具，在我看來，就算是洛桑大學那些勤奮刻苦的教犯罪學的學者，在這一點上，也沒有幾人能和他相媲美。

還有一件有關他的趣事，那就是他在紐約市警局任職的十九年中，由於他無人能及的專長，他一直被人們尊稱為「教授」。他的外表看起來也確實像一位不起眼的教授。他身上穿著一套未經熨燙的傳統剪裁的黑色西裝，裡面穿一件立領襯衫，打著一條窄長的黑色領帶，看起來就像是一位十九世紀末的牧師，他還戴著一副金絲眼鏡，鏡片非常厚，使他的瞳孔看起來大得驚人。

他面無表情地站在那裡聽希茲講話，似乎是在等著執行任務，完全忽視了其他人的存在。顯然，希茲對這位瘦小的警官非常了解，不等他反應，就徑直走進了臥室。

「教授，這邊請。」伯納跟了進來，希茲來到梳妝台前，拿起首飾盒說，「看看這個，有什麼發現？」

伯納接過首飾盒，靜靜地走到窗邊，仔細觀察起來。萬斯似乎突然間又來了興致，跟了過去，站在一旁看著。

伯納戴著他那副厚得嚇人的近視鏡，把首飾盒拿在手上足足端詳了五分鐘。終於，他回過頭來看著希茲說：「兇手先後用兩種工具試圖打開這個首飾盒。」他說話時眼睛一直眨個不停，聲音雖然不大，但卻尖銳有力，充滿了無比的權威。「他先是用某件物體重擊，使得盒蓋彎曲，同時在烤漆的表面造成許多刮痕。又用了某種鐵製的鑿刀，是專門用來破壞鎖的。第一種是一件鈍器，使用者由於不熟悉這項工具，在操作時槓桿角度有所偏差，結果只造成盒蓋邊緣扭曲變形；但是第二種工具的使用方法非常正確，找對了施力點，剛好可以把鎖簧弄開。」伯納的分析十分細緻。

「你是說這伙歹徒是慣竊？」希茲問。

「很有可能，」伯納回答，「可以說，他們撬鎖的手法非常職業化，而且我甚至可以大膽地說，歹徒為了實施這次犯罪行動，專門準備了這項撬鎖工具。」

希茲拿起那把火鉗問：「你覺得這玩意兒派上過用場嗎？」

伯納接過火鉗反覆查看。「這個絕對不是撬開鎖的工具，但很可能就是那件用來弄彎盒蓋的鈍器。你看，這把火鉗是用鐵鑄的，只要施力過大就會折斷。而首飾盒是用冷鋼打造而成，並且裡面還有一個圓柱形的倒鈎鎖，需要一把特製的鑰匙才能夠打開；我想只有鑿刀才有足夠的力道將這把鎖撬開。」

「嗯，好，先說到這裡吧。」希茲對伯納的結論非常滿意，「接下來，我想請你對這個首飾盒進行一番更為詳細的檢查，教授，我希望到時候你會有更多的發現。」
「好的，不過我想帶走它，你不會反對吧？」說完，這個瘦小的專家夾著首飾盒，一聲不響地離開了。
看著他離開，希茲笑著說：「他是個怪人！不找到答案絕不罷休。他早就迫不及待想要帶走那個盒子了，恐怕一路上就像母親捧著嬰兒般疼愛地捧著它。」
萬斯的眼裡滿是困惑，仍舊站在梳妝台附近，漫不經心地看著這個房間。
「馬克漢，我覺得整個案子都被那個首飾盒弄得更複雜了，現在看來，這事既不合理，也毫無邏輯可言，實在讓人捉摸不透啊！從那個盒子刮損的情形來看，似乎不是高手所為，但那個堅固的鎖確實又被撬開了，這太讓人困惑了！這種高明的手法，的確只有真正的高手才能做到……」
還沒等馬克漢作出回應，杜柏士隊長突然叫嚷道：「警官，我這裡有新發現！」
我們立刻被他的聲音吸引過去，滿懷期待地來到客廳。只見杜柏士站在沙發後面，幾乎就在金絲雀陳屍位置的正後方。他拿出一個指紋顯示器，乍一看，好像一個小型手動式風箱，他對著指紋器吹了一口氣，淡黃色粉末便均勻地散佈在了桌面上，大約有一平方英尺的面積。接著，他將多餘的粉末輕輕吹掉，於是，一個深黃色手印出現在了我們眼前。這個手印在粉末中呈現的樣子就像是一座座環狀的小島，上面的紋路清晰可辨。隨後，攝影師立即對著這個手印拍了兩張照片。

「這樣就可以了，」對於自己的發現，杜柏士顯得非常滿意，「歹徒留下了清晰的手印，而且可以斷定是右手掌，可見，當時那個傢伙就站在這名女子的正後方。況且這個掌印的痕跡看上去很新呢！」

「那麼在這個盒子上有沒有什麼發現？」希茲指著一個翻倒在台燈旁的黑色文件盒。

「這上面被擦拭得非常乾淨，沒有留下一點痕跡。」

說完，杜柏士就開始整理他的檢查工具。

「等一下，杜柏士隊長，」萬斯突然開口道，「衣櫥內的門把檢查過嗎？」

杜柏士聽了，猛地轉過身去，瞪著萬斯。

「怎麼會有人無聊到去握衣櫥內的門把，我想通常人們開關衣櫥都是從外面進行的。」

萬斯故作驚訝地將眉毛向上挑動了幾下。

「哦，你是這樣認為的呀？呵呵，不過，你想過沒有？如果一個人他就待在衣櫥裡面的話，他就不會碰觸到衣櫥外的門把。」

「這真是可笑，不會有人蠢到將自己關在衣櫥裡的。」杜柏士不屑地說。

「這可就不好說了，」萬斯反駁道，「難道你不知道嗎？有許多人恰恰正是沈溺在這種特殊的習慣當中，甚至把它當做某種形式的消遣娛樂呢！」

馬克漢突然開口了，似乎是來打圓場的。

「萬斯，對於那個衣櫥，你是怎麼看的？」

「唉，我也沒主意了。」萬斯顯得很無奈，「有一個問題我無論如何也想不通，那就是為什麼衣櫥看起來沒有任何被翻弄過的痕跡，還是那樣整整齊齊的。按理說它應該被大肆搜刮過才對呀！」

此時，同樣陷入迷惘中的還有希茲，他對杜柏士說：「我想你最好還是再仔細檢查一下那個裡面的門把。同這位萬斯先生一樣，我也覺得這個衣櫥中確有蹊蹺存在。」

杜柏士顯然有些不悅，他默默來到衣櫥前，將採集指紋專用的黃色粉末撒在了裡面的門把上。之後，他將粉末吹散，彎下腰，拿起放大鏡仔細檢查。過了好一會兒，他終於直起了身子，神情乖戾地看著萬斯，勉強承認：「門把上確實留有指紋，而且是新的，這下你滿意了吧！我敢肯定，這些指紋和桌面上的是同一個人留下的。你們看，這兩處的指紋中，大拇指指印都是環狀的，而食指都是螺紋狀的。彼得，看這裡，」他對一旁的攝影師說，「把這個門把拍下來。」

結束了檢查工作，杜柏士、貝拉米和攝影師一起先離開了。

之後，莫朗督察也離開了。走到大門口的時候，正好遇到兩名身穿白色制服的實習醫師，他們是奉命前來將金絲雀的屍體搬走的。

地獄之門

九月十一日

星期二

上午十點三十分

我、馬克漢、希茲和萬斯還留在公寓裡。窗外，不時有烏雲飄過遮住陽光，整個房間都被灰暗幽冥的光線籠罩著。此時的馬克漢正靠在鋼琴邊上，嘴裡叼著一根雪茄，在那裡四下張望，神情雖然有些落寞但卻很是剛毅。萬斯則走到客廳牆上掛的一幅畫前，一邊看、一邊發表批評。這幅畫看上去像是十八世紀法國畫家布歇的作品。

萬斯用挑剔的眼光審視著這幅畫：「笑靨綻放的裸女，拉弓嬉戲的小愛神丘比特，天空中的雲捲雲舒。」可以看出，他對所有描繪法國路易十五統治下的頹廢生活的作品都深惡痛絕，「無法想像，在這種描繪情愛、綠意濃濃和溫馴綿羊的作品出現之前，那些宮廷的交際花們會在自己的閨房中掛上什麼樣的畫。」

「我現在對那個不感興趣，我想知道的是，昨晚在這間不尋常的閨房中發生的一切。」馬克漢對萬斯的話感到很不耐煩。

「長官，別這麼憂心忡忡的，」希茲自信滿滿地說，「杜柏士隊長會把他剛才發現的指紋和之前我們提供給他的指紋資料進行比對，我想很快就能找到真凶了。」

萬斯臉上浮現出略帶悲憫的笑容，轉身看著希茲。

「警官，你這麼有把握呀！我可沒有你這麼樂觀，我倒是覺得在這樁慘案真相大白之前，這些指紋寧可沒有被那個手持殺蟲粉的暴躁隊長發現的好。」他半開玩笑地說，「請容我告訴你們一個祕密，其實那個在紫檀木桌面和衣櫥門把上面留下指紋的傢伙，和這位金絲雀的死根本毫無關係。」

「你到底在懷疑什麼？」馬克漢聽出了他話裡的意思。

「親愛的老夥計，真的沒什麼。」萬斯的聲音變得柔和起來，「我覺得此刻，我就像是漫遊在太陽系中看不見路標一樣毫無頭緒，我的心智正徘徊在一條通往晦暗的歧途上。在前方不遠處，黑暗之口正在一點點將我吞噬，我彷彿置身於一片浩瀚的黑暗之中。我的心智被地獄之河的幽冥困住了，我覺得自己已經深陷黝黯的陰陽世界中。」

馬克漢太了解萬斯的習慣了，他喜歡用這種饒舌的話來迴避正題。

於是，他轉向希茲。「這棟房子裡的所有的人，你都盤問過了嗎？」

「歐黛兒的女傭、大樓管理員以及接線生我都已經問過了，不過覺得問得還不夠詳細，我是想等你來，因為我已經被他們所描述的事情弄得頭昏腦脹了。而且如果他們一直都堅持他們目前的說法的話，那就難辦了。」

馬克漢說：「現在就叫他們進來，先叫女傭。」

接著，他坐在了鋼琴前的板凳上，背靠著琴鍵，一臉嚴肅的表情。

希茲站了起來，沒有走向大門，而是徑直來到外掛式的凸窗前面，將金色的紗窗拉向一邊，說：「長官，我想在你盤問這些人之前提醒一下，你看，那就是這棟公寓大樓的出入口。注意看那邊那個鐵欄杆。這裡所有的窗戶，包括浴室，都裝著這樣的鐵欄杆。顯然，這棟房子的建築商在裝這些鐵欄杆時就做了周全的考慮，而且這裡離地面大概只有八到十英尺高，沒有人能夠從這下面通過的。」

說著，他將窗簾拉回原位，走到了玄關。

「現在，整棟大樓就只有一個出入口可以進入這間公寓，就是朝向大廳的這扇門。而且在這裡，既沒有氣窗也沒有通風口，更沒有送餐點用的升降機；換句話說，這扇門是這間公寓唯一的進出口。長官，我說這麼多，只是想請你在聆聽那些人的敘述時，把這件事放在心上。好了，現在我叫女傭進來。」

很快，一名年約三十歲、黑白混血的婦人出現在了我們面前。她衣著整齊，看起來精明、幹練。她和一般的女傭很不同，說話的時候輕聲細語的，咬字也十分清晰，而且條理分明，一看就知道接受過不錯的教育。

她叫愛麗蜜．傑弗遜。我將馬克漢和她的對話整理了一番，以下就是這段談話的大意：

和往常一樣，她在早上七點多來到歐黛兒的公寓，因為這裡的女主人總是睡到很晚，所以她自己擁有一副鑰匙，可以在這裡自由出入。

一星期中，她會有一兩次到得很早，通常會在歐黛兒小姐起床前為她縫補衣服。而今天，她特意早到就是為了幫歐黛兒小姐修改睡袍。

然而，當她打開門的一剎那，立刻被眼前的一幕嚇呆了，屋子裡凌亂不堪，通往客廳的玻璃門也是敞開的，幾乎在同一時間，她看見了沙發上女主人的屍體。

慌亂之中，她叫來了當時正在值班的接線生傑蘇。

傑蘇走到公寓裡，只往客廳裡瞄了一眼，就立刻打電話報了警。愛麗蜜就一直坐在大廳的會客室裡，靜靜地等候著警察的到來。

雖然有些緊張，但是她仍然能夠把自己的情緒控制得很好，證詞簡潔而且直接。

「很好，現在……」馬克漢停頓了一下，「我們讓時間回到昨天晚上。告訴我，你幾點鐘從這間公寓離開的？」

「大概是六點五十幾分。」這個女人說話的語氣非常平和。

「你通常都會在這個時間離開嗎？」

「不，平常都是六點鐘。但昨晚我幫歐黛兒小姐準備晚宴禮服，所以才晚了點。」

「你平時都不用幫她準備晚宴禮服的嗎？」

「是的，長官。但昨晚有位男士要來和歐黛兒小姐共進晚餐，之後還要一起到劇院去，所以她希望自己看起來更美一些。」

「哦？」馬克漢似乎來了興趣，「你知道這名男子是誰嗎？」

「不知道，長官。歐黛兒小姐沒說。」

「那麼你覺得誰最有可能？」

「這我就更不知道了，長官。」

「是歐黛兒小姐要你今天早點來的？那麼，她什麼時候跟你說的？」

「就在昨晚我離開這裡之前。」

「所以，是不是可以說對於可能遇到的危險，她根本沒有任何預期，或是對於這位男伴也沒有任何恐懼感？」

「嗯，也可以這麼說……」她似乎正在思考，「我想她沒有預料到危險，她昨晚看起來興致非常好。」

馬克漢回頭看著希茲，問道：「警官，你還要問其他問題嗎？」

希茲把尚未點著的雪茄從嘴裡拿開，屈身向前，用兩隻手撐著膝蓋，扯著粗嗓門問道：「昨晚歐黛兒這個女人戴的是什麼樣的首飾？」

女傭聽到警官這樣問她，態度立刻變得高傲起來。

「歐黛兒小姐，」她特意將「小姐」兩個字說得很重，很明顯，對於希茲不尊重歐黛兒小姐的態度，她感到非常不滿，「她好像把所有戒指都戴上了，應該有五、六枚吧。手腕上還戴了三個手鐲，其中一個鑲嵌著方形鑽石，一個鑲嵌著紅寶石，還有一個是鑽石和翡翠。她脖子上戴的是一條梨形鑽石吊墜的項鏈，光芒四射的，十分華貴。另外，她隨身攜帶著一副白金有柄的望遠鏡，上面鑲有鑽石和珍珠。」

「她還戴了其他首飾嗎？」

「也許還有一些小小的飾物吧！不過我沒親眼看見，不是很確定。」

「她是不是把首飾統統放在臥室的一個鋼製首飾盒裡？」

「是的，平時不戴的時候當然就放在那個首飾盒裡。」女傭開始變得不耐煩了。

「也許即使戴著它們，她還是會將首飾盒緊緊鎖上。」

對於女傭的態度，希茲開始反唇相譏，而對於她回答他的問題時始終沒稱他「長官」的字眼，也很介意。此刻，他起身來到紫檀木桌前，指著桌上的黑色文件盒。

「這玩意兒你以前見過嗎？」

女傭面無表情地點點頭：「見過很多次了。」

「那麼，你告訴我，它通常放在哪裡？」

她朝那個古希臘式的櫥櫃頷首示意：「就放在那裡面。」

「你知道盒子裡有些什麼？」

「我怎麼可能知道？」

「啊？你不知道？」希茲突然變得暴躁起來，然而，他嚴厲的態度對這位冷靜的女傭沒有起到任何作用。

她的表情依然相當地鎮定，「我真的不知道，一直以來，它都是鎖著的，我從沒看見歐黛兒小姐打開過。」

希茲走進客廳，來到衣櫥的門邊，生氣地問道：「看到那把鑰匙沒？」

雖然這個女人還是再次鎮定地點了點頭，但是這一次我注意到，她的眼神裡透露出些許的驚訝。

「門內一直都插著這把鑰匙嗎？」

「不，這把鑰匙一直都插在門外的。」

希茲用奇怪的眼神看了一眼萬斯，又轉身對著門把蹙眉沈思了一會兒，然後朝著帶女傭進來的警員說：「史尼金，帶她到會客室，將有關歐黛兒首飾的詳細情況做成筆錄。之後就讓她在外面等著，我一會兒還有話要問她。」

隨後，史尼金將女傭帶了出去。

剛才希茲盤問那名女傭的時候，萬斯一直懶洋洋地靠著沙發。此時，他朝向天花板吐出一個煙圈，說道：「現在一切不是明朗化了嗎？這讓我們的偵破工作向前邁進了一大步。現在，我們已經知道了一個事實，那就是那把衣櫥的鑰匙事實上是插錯了位置，而且還知道我們這位美麗性感的金絲雀要和她的一位親密夥伴到劇院去。或許，就在她的這位親密夥伴將她送回家之後沒過多久，她就永遠地離開了這個邪惡的世界。」

「你是不是覺得她的這些敘述，對我們的偵破工作很有幫助？」希茲用輕蔑的眼神看著萬斯，「還是等聽完接線生說的瘋狂故事之後，再作定論吧。」

馬克漢也不耐煩了：「好了，警官，現在就當我們已經在這件棘手的案子上面有了新的突破。」

「我建議先對大樓管理員進行訊問，馬克漢先生，至於為什麼，等會兒我會告訴你的。」希茲來到歐黛兒公寓門口將門打開，對馬克漢說：「長官，請看一下這裡。」

他從公寓出來，來到大樓大廳，順著他手指的方向，我們看到在歐黛兒公寓和會客室之間，有一條小通道，長約十尺，通道的盡頭是一扇實心的橡木門，從那扇門出去，就直接來到了公寓大樓旁的一片空地。

希茲解釋道：「這扇門可以說是這棟大樓裡唯一的一個側門。除了正門和這裡，沒有人能從別的任何地方進入大樓來。這層樓的所有窗戶都加裝了鐵窗，從其他公寓也是無法進入這棟大樓的。我一到現場時就檢查過了。」

回到歐黛兒公寓的客廳，希茲繼續說：「通過今早的檢查，我覺得我們要找的這個人很可能就是從這扇側門進入大樓的，然後又偷偷潛入歐黛兒的公寓，而沒被夜間值班的管理員發現。所以，我做了一個試驗，想看看能不能打開這扇門。但是我發現，門是從裡面閂著的——這一點很重要，不是鎖著，而是門上的。並且，這還不是一個普通的門閂，不是那種從外面就可以撬開或弄開的滑扣，而是那種非常堅固的老式銅製旋轉扣門。現在，我就是想要你聽聽管理員對這件事的說法。」

看到馬克漢點頭默許，希茲隨即命令警員將管理員帶過來。不一會兒，我們看見一名木訥的中年德國人進來了，他顴骨很高，一臉愁苦的樣子，一邊走、一邊緊收著下巴，還不時地用懷疑的眼光打量著我們。

希茲首先對這位管理員發難了，基於某種理由，他的態度有些咄咄逼人。

「你通常晚上幾點離開這裡？」

「一般都在六點鐘，有時候會早一點或者晚一點。」這個男人用單調的語氣回答著。顯然，對於在自己執勤期間發生這起意外，他感到非常懊惱和沮喪。

「那你通常早上幾點到這裡？」

「八點。」

「你昨晚是幾點離開的？」

「六點左右，可能是六點十五分。」

希茲停了下來，終於把那支已經在嘴裡含了一小時的雪茄點燃了。

接著，他用帶有挑釁意味的語氣說：「現在我要訊問有關側門的事，你之前說過在每晚離開前，你都會把它鎖上，是這樣嗎？」

管理員非常肯定地點了好幾次頭，「沒錯，不過不是鎖上，而是閂上。」

「你昨晚還是照例在六點左右把門閂上的？」希茲說話的同時，嘴裡還不斷地有煙冒出來，雪茄隨著他說話時嘴一張一合而不停地上下抖動著。

「或許是在六點一刻閂上的。」管理員用標準的德國腔補充道。

「你敢肯定昨晚確實把門閂上了？」

「當然，這是我每晚必做的事情，一向如此。」

從這名男子肯定的回答和認真的態度可以看出，昨晚這扇門的的確確是閂上的。不過，希茲為了確保萬一，才在這個問題上花費了這麼多的時間和精力。訊問結束之後，管理員被帶離了房間。

萬斯看著希茲，揶揄道：「警官，你知道，那位誠實的德國佬當時的確閂上門了。」

「嗯，是啊，他閂上門了，」希茲咕噥著，「我今早八點十五分到這裡檢查時，門仍然是閂著的。這也正是令人困惑的地方。如果這扇門從昨晚六點到今早八點一直都是閂上的，那麼我就真的搞不明白了！現在，如果有誰能夠告訴我殺害金絲雀的那傢伙，昨晚是怎麼進來的，還有他是怎麼出去的，我一定會感激不盡的。」

馬克漢忽然問了一句：「難道他不會從大廳正門出入嗎？根據你的調查，這似乎是唯一合理的解釋。」

「長官，當初我也這麼想過，但是，等我聽了接線生的描述後，想法就徹底改變了。」

萬斯仔細端詳了一下整間屋子，緩緩說道：「接線生的位置是在大廳前門和這間公寓之間，因此，一旦兇手從總機附近經過，接線生一定能夠注意到，對吧？」

「對！」希茲的回答簡潔有力，接著又加了一句：「可根據接線生的說法，他說他沒有看到有這樣的人出入。」

馬克漢似乎也被希茲激動的情緒感染了，隨即下達命令：「立刻將那名接線生帶進來，我要親自審問他。」

希茲照著他的指示做了，但心裡好像有點不情願。

那一聲驚叫

九月十一日
星期二
上午十一點

傑蘇從進門的那一刻起，就給人留下了深刻的印象。三十出頭的年紀，粗獷的外形，健壯的體格，再加上結實寬闊的肩膀和剛毅而嚴肅的表情，簡直就是一個受過軍事訓練的大兵。不過他走起路來有點跛，看得出來他右腳有點問題，他的左手臂僵硬彎曲，似乎是胳膊肘挫傷所致。他內斂而沈默，堅毅的眼神中充滿智慧。

馬克漢示意請他坐到衣櫥旁的一張藤椅上，然而他拒絕了馬克漢的一番好意，只是恭謹地站在一旁。馬克漢先問了他幾個私人問題，從這些問題裡，我也知道了一些信息，原來傑蘇在世界大戰時當過步兵隊的士官，負過兩次重傷，在休戰前不久退伍回到了家鄉。目前他做接線生已經有一年多的時間了。

「現在，傑蘇，我要問一些和昨晚發生的悲劇有關的事情，你要把所有知道的事情統統如實告訴我。」馬克漢終於說到了正題。

「是的，長官。」

看得出來，這名退役軍人應該會將他知道的所有事情一一告訴我們，並且，對所提供訊息的正確性有任何拿不準的地方，他也會坦白地說出來。我覺得他完全具備了目擊證人所有的特質，訓練有素而又忠誠。

「首先，請告訴我昨晚你幾點來上班的？」

「晚上十點，長官。」傑蘇直截了當地回答道，「值日班的接線生和我輪流值班，這陣子我都值夜班。」

「昨晚你是否曾看到歐黛兒小姐從劇院回來？」

「是的，長官。每個進出的人都從總機這裡經過。」

「她幾點回來的？」

「十一點出頭。」

「她是一個人回來的嗎？」

「不，長官。她身邊還有一位男士。」

「你認識他嗎？」

「以前他來找歐黛兒小姐的時候，我曾見過他一兩次，但是不知道他的名字，長官。」

「既然這樣的話，你應該可以描述他的樣子吧？」

「可以，長官。他個子很高，鬍子刮得很乾淨，臉上留有許多灰色的鬍渣。年紀在四十五歲左右，看起來是個有身分又富有的人──我想你懂我的意思，長官。」

馬克漢點點頭：「好，現在告訴我，這位先生陪歐黛兒小姐回來之後，是同她一起進了公寓，還是直接掉頭離開了？」

「我看見他和歐黛兒小姐一起走進公寓，大概半小時之後離開的。」

聽到這裡，馬克漢的眼睛立刻為之一亮，他似乎已經按捺不住內心的激動，連忙追問道：「你確定你剛才說得沒錯？他十一點左右到這裡，和歐黛兒小姐一起待在她的公寓直到十一點半才離開，是這樣嗎？」

「是的，長官，我可以肯定。」傑蘇顯得非常鎮定。

馬克漢身子向前傾了一下，頓了頓，說：「傑蘇，在回答我接下來的問題前，請仔細考慮清楚，昨晚是否還有其他人來找過歐黛兒小姐？」

「沒有，長官。」他脫口而出，完全不假思索。

「為什麼如此肯定？」

「因為一旦有人來找她，我一定可以看見的。我所在的總機的這個位置，是到她公寓的必經之處。」

馬克漢又問：「你從沒離開過總機嗎？」

他表情嚴肅地回答道：「沒有，長官。」像在為自己的擅離職守的暗示辯護一樣，「即使我去喝水或上廁所，都是到對面會客室的小盥洗室裡，並且還會一直開著門，以便留意總機的顯示燈，這樣我就可以看到是不是有電話打進來。所以就算我去上廁所或喝水，也不會有人能進出大廳而不被我看到。」

我想，在場的每一個人都被這個男人的直率而打動了，大家對於他的話也不會有任何懷疑。所以大家都確信，如果昨晚還有其他人來找歐黛兒小姐，傑蘇一定會知道。

然而生性謹慎的希茲卻顯得有些困惑，他向外走到大樓大廳。過了一會兒，他帶著一臉滿意的表情回來了。

「是的，盥洗室的門和總機的位置正好成一條直線，中間沒有任何阻擋視線的障礙物！」他一邊朝馬克漢點頭，一邊解釋道。

對於希茲給予他的肯定，傑蘇卻沒有反應，他依然默默地站在那裡，專注地看著馬克漢，似乎在等待進一步的問話。這樣沈穩的態度和自信的神態，不免讓人產生由衷的敬佩和欣賞。

馬克漢繼續訊問：「昨天晚上你離開總機的次數是不是很多？每次離開的時間長嗎？」

「長官，昨晚我只離開過一次，而且只離開過一兩分鐘，就去了一趟盥洗室。不過，我的視線一直都沒離開過總機。」

「那麼現在，你願意發誓說你敢保證昨晚十點以後，就再也沒有人來拜訪過歐黛兒小姐，並且在那名護花使者離開之後，再也沒人離開過她的公寓？」

「長官，我願意，我敢保證。」他回答得很堅定。

馬克漢沈思了好一會兒，繼續問道：「側門的情況又是怎樣的？」

「長官，側門昨天一整晚都是鎖著的。大樓管理員在離開前已經把門閂好了，今早才又打開。我從沒碰過它。」

馬克漢轉向希茲。

「看來大樓管理員和傑蘇的證詞，都將矛頭指向了送歐黛兒小姐回來的那位護花使者。這樣推測好像也合情合理，如果說昨天一整晚側門都是閂著的，並且沒有其他訪客從正門進出，目標就只剩下他了。」

希茲的反應有些異常，他冷笑了一聲。

「那很好，長官！如果昨晚這裡沒有發生別的事的話……」他轉頭看著傑蘇，「你來把後續故事告訴給檢察官大人吧。」

馬克漢滿懷期待地望著眼前這位接線生，而萬斯則用手撐著頭，專心致志地聽著。

傑蘇就像一位軍人在向長官報告一樣，用他那平緩的聲音，小心翼翼地陳述著事實。

「長官，事情是這樣的。昨晚十一點半的時候，這位男士從歐黛兒小姐公寓出來，走到我面前時，他停下來請我幫他叫輛計程車。於是，我立刻打電話叫了一輛計程車。就在他等車的時候，我們忽然聽到歐黛兒小姐在她的房間裡大呼『救命』。這位男士連忙掉頭衝向歐黛兒小姐的公寓，我緊隨其後。來到公寓門前，他先是敲了一下門，但是裡面沒有任何回應；於是他又敲了一下，同時大聲問歐黛兒小姐是不是發生了什麼事情。這次我們聽到她說她沒事，並且請他回去，不要擔心自己。聽到歐黛兒小姐這樣說，他和我就離開那裡，走回了總機旁，他還對我說歐黛兒小姐一定是做噩夢了，所以才喊救命的。後來我們還一起談論了關於戰爭的事情。不一會兒，車就來了，我們互道晚安後，他就走了出去，接著我就聽到計程車開走的聲音。」

傑蘇的這番敘述一下子將馬克漢原先的推測徹底推翻了。馬克漢十分沮喪，沈思片刻之後，開口道：「你聽到歐黛兒小姐的叫聲和這名男子從她公寓出來中間間隔了多久？」

「大概有五分鐘。我剛打完電話和計程車行聯繫好，大約過了一分鐘，就聽到歐黛兒小姐的驚聲尖叫了。」

「當時那個男人也在總機附近嗎？」

「是的，長官。而且我記得當時他一隻手正撐在總機這裡。」

「那麼你聽到歐黛兒小姐一共叫了幾次？她具體喊了些什麼？」

「她先是尖叫了兩聲，接著大叫『救命！救命！』」

「這個男人第二次敲門的時候都說了些什麼？」

「長官，他說：『瑪格麗特！開門啊！到底發生了什麼事？』」

「那她當時是怎麼回答的，你還記得嗎？」

傑蘇似乎猶豫了一下，然後皺著眉頭說：「我記得她說：『沒什麼事，很抱歉嚇著你了。我現在沒事了，請你回去吧，不要擔心。』當然，我記得也不是那麼準確，不過大意確實如此。」

「你當時可以從門外清楚地聽到她的話？」

「嗯，是的。那些門本來就不是很厚，隔音效果也不太好。」

馬克漢站了起來，若有所思地在屋子裡來回走著。最後，他停在了接線生面前，問道：

「在這個男人離開之後，你還有沒有聽到歐黛兒小姐房間裡有其他可疑的聲音傳出來？」

「沒有，長官。不過，十分鐘後有人從外面打電話來找歐黛兒小姐，但是在她房裡是一個男人接的電話。」

「這是怎麼回事？」馬克漢徹底被弄糊塗了，希茲則坐在一旁聚精會神地聽著，瞪大了眼睛，「現在把那通電話的詳細情形描述一下。」

「十一點四十分左右，我看到總機上的指示燈閃了起來，於是拿起聽筒，裡面傳來一個男人的聲音，說要找歐黛兒小姐。於是我把電話接到歐黛兒小姐的房裡去，過了好一會兒，她那邊的話筒才被拿了起來。當然，對方是否拿起了話筒你是可以知道的，因為如果對方將話筒拿起來的話，總機板上的指示燈就會熄滅。接著，我聽到一個男人的聲音說『喂？』聽到電話接通了，我就按下了轉接鍵。之後，自然就聽不到電話裡的聲音了。」

房間裡頓時安靜了下來。接著，一直保持沈默的萬斯開口說話了，他在整個訊問過程中目不轉睛地盯著傑蘇。

「傑蘇先生，順便問一下，你本人對這位迷人的歐黛兒小姐是不是也有一點迷戀？」萬斯漫不經心地問道。

聽了萬斯的訊問，這位接線生從進入這間房子以來，第一次顯得有些不自在，臉頰泛起了紅潮。「在我眼裡，歐黛兒小姐非常漂亮。」他沒有直接回答。

「暫時沒別的問題了，傑蘇。」馬克漢打斷了他們的對話，同時向萬斯拋去一個不以為然的眼神。

這位接線生在離開前，向檢察官行了個九十度的鞠躬禮。

萬斯喃喃自語道：「嗯，現在這件案子已經變得十分吸引人了。」說著，在沙發上伸了一個懶腰。

馬克漢用挑釁的眼光看了一眼萬斯，「這真讓人欣慰啊，有人終於開始對這件案子感興趣了！另外，順便請教一下，你剛才為什麼要問傑蘇對那女人的感覺？」

「哦，只是突然從我腦海閃過的一個念頭而已。」萬斯回答得很輕鬆，「而且，你也知道的，閨房裡的一點點風吹草動，都有可能引發意想不到的狀況。」

此時的希茲已經陷入了膠著的茫然當中，不得不借助聲音為自己打氣，他提高了嗓音，說道：「馬克漢先生，我們目前發現的指紋一定可以幫助我們找到真凶的。」

「即使杜柏士確認了這些指紋，我們也不能單憑這些就將他繩之以法，因為到時他一定會宣稱指紋是在命案發生之前留下的。所以我們現在還得要查出留下這些指紋的人，昨晚是怎麼進來的。」馬克漢回應著希茲警官的說法。

希茲依然固執地斷言道：「嗯，那個女人的尖叫聲以及在晚上十一點四十分接起來的那通電話可以證明，昨晚在歐黛兒從劇院回來之前，有人就已經進來這裡了，而且直到十一點半另一個男人離開時，他還在這裡。之前德瑞摩斯法醫也說過，命案發生的時間應該是在午夜之前，所以，一定是躲在房裡的那個傢伙把金絲雀殺害了。」

「聽上去好像合情合理，沒有什麼可爭論的餘地，」馬克漢說，「而且我還覺得這個傢伙應該和歐黛兒認識。也許這名男子初次現身的時候，她因為某些原因尖叫了起來；但在認出他之後，就逐漸鎮定了下來，並且告訴門外的另一名男子說自己沒事。然而後來，正是屋裡的這名男子將她勒死了。」

萬斯接著馬克漢的話說道：「我認為這名男子可能藏在那個衣櫥裡。」

「是的，我也這麼認為。」希茲警官表示同意，「不過最令人困惑不解的是，他究竟是怎麼進來的。值日班的接線生告訴我，昨天白天一直到晚上十點鐘，除了那位和歐黛兒一起外出吃飯的男子外，沒有其他人造訪過。」

馬克漢有些發火了，隨即下達命令：「把那名值日班的接線生帶過來！昨晚一定有人進來過這裡，在我離開之前，非得把他是怎麼進來的弄個水落石出不可。」

萬斯看著馬克漢，揶揄道：「馬克漢，你是知道的，我並沒有什麼特異功能，但是我現在有一種感覺，也可以說是直覺，就好像那些二三流詩人常說的，一種奇怪卻又無法形容的感覺——如果你真的打算留在這個房間裡，一直等到你弄清楚昨晚那名祕密訪客是怎麼進來的話，那恐怕就得叫人把你的盥洗用品以及好幾床乾淨的床單都準備好送過來。當然，還有你的睡衣。這恐怕是一個漫長的過程——籌劃這起案件的歹徒，一定早就將他的出入問題安排好了。」

馬克漢沒說什麼，只是將信將疑地看了看萬斯。

來者不善

九月十一日
星期二
上午十一點十五分

希茲把日班接線生帶進了大廳。他名叫史比夫里，是個面容清瘦的年輕人，頭髮上抹了髮油，從額頭向後梳攏，看上去烏黑油亮的。他還蓄了稀稀疏疏的鬍鬚。他穿了一套醒目且剪裁合身的深褐色西裝，裡面配了一件粉紅色的立領襯衫，腳上穿了一雙盤扣鞋。他有些緊張，一進來就坐在門旁的藤椅上不停地用手指撫弄著褲子上的皺褶，舌頭還不時舔舔嘴唇。

馬克漢沒有跟他廢話，開門見山地問道：「我知道你昨天值日班，從下午一直到晚上十點，是這樣嗎？」

聽到這個問題，史比夫里的反應有些強烈，他猛咽了一口口水，使勁兒地點了點頭：「是的，長官。」

「昨晚歐黛兒小姐外出用餐時是幾點？」

「七點鐘左右。那個時候，我剛好有些餓了，就托人到隔壁餐廳幫我買三明治……」

「她出去的時候是一個人嗎？」馬克漢沒等他說完，繼續問道。

「不，和一個傢伙一起出去的。」

「那麼這個傢伙，你認識嗎？」

「我不知道他是誰，只是看見他來找過歐黛兒小姐好幾次。」

「你記得他長什麼樣子嗎？」馬克漢很沒耐心。

史比夫里就把他所知道的這個男人的形象描述了一番，他口中描述的和傑蘇說的似乎是同一個人，只是史比夫里說得囉唆一些，而且也不夠準確。現在，可以肯定的是，昨晚從七點到十一點這段時間裡，陪伴歐黛兒小姐的是同一名男子。

馬克漢加重了語氣：「現在，我要知道的是，在歐黛兒小姐外出用餐到十點你下班的這段時間裡，還有誰來拜訪過她？」

史比夫里眉頭緊鎖，似乎對這問題有些困惑，說話時連舌頭都開始打結了。

「我、我……不懂你的意思，歐黛兒小姐外出後，還會有誰來拜訪她？」

馬克漢耐心地告訴他：「的確有人來過，並且從他進到她的公寓之後，就一直待在那裡，直到十一點歐黛兒從外面回來。」

史比夫里立刻瞪大了眼睛，張大嘴巴驚叫了起來：「上帝啊，長官！他們就是用這種方式將她殺掉的——躲在屋裡等她回來！」說到這裡，他突然打住了，似乎意識到自己竟和這樣一宗神祕的謀殺案扯上了關係。「但是，在我值班期間，真的沒有任何人進入她的公寓。

沒有人！從她外出一直到我下班的這段時間裡，我從未離開過總機的位置。」他怯生生地強調著自己堅守崗位的事實。

「有人可以從側門進來嗎？」

「側門？它不是鎖著的嗎？」史比夫里顯得很驚訝，「大樓的管理員每天晚上六點下班前都會把門閂上。」

「想一想！昨晚你有沒有因為什麼事打開過它？」

「絕對沒有，長官！」他使勁兒地搖頭。

「那你能不能肯定在歐黛兒小姐外出後，沒有人從正門進來，到她公寓去？」

「我可以百分之百肯定！我說過，我一直都沒離開過總機，沒理由有人經過這裡而我卻不知道的。只有一個人來找過她。」

「哦？也就是說的確有人來過？」馬克漢很惱火，「好好想一想，他是幾點來的？當時的情形如何？」

這名年輕人看上去害怕極了，怯生生地說：「有個傢伙進來按她的門鈴，門沒開，他就馬上離開了，沒什麼重要的事情。」

「你別管它重不重要，告訴我，他幾點來的？」

「九點半左右。」

「他是誰？」

「我不知道他的名字，是一個年輕人，以前來找過歐黛兒小姐幾次。」

「把當時的情形一五一十地告訴我。」馬克漢迫切地想要知道當時的情況。

史比夫里又猛咽了一口口水，還舔了舔乾裂的嘴唇，然後很努力地回想著當時的情形。

「事情是這樣的，」他開始敘述，「這個年輕人從正門進來後就一直往裡走，我告訴他歐黛兒小姐出去了，可他沒有停下來的意思，還對我說：『無論如何，我都要去按個門鈴，確認一下她是否真的不在。』此時正好有一個電話打進來，我就沒再攔阻他，去接電話了。後來我看見他按了門鈴，還敲了敲門，當然，不會有人開門。之後沒多久他就回來，對我說：『看來你說得沒錯。』說著，丟給我五毛錢就離開了。」

「你真的看見他離開了嗎？」馬克漢不滿地說。

「是的，我看見他在出大門前停下來點了一根煙，然後打開大門，轉身朝百老匯大道的方向走去。」

「情況真是妙極了！哦，玫瑰花瓣一瓣一瓣地掉落……」萬斯懶懶地說道。

而馬克漢似乎不願放棄眼前的線索，對這名九點半的訪客可能帶來的破案契機窮追不捨。「你能描述出這個男人的相貌特徵嗎？」他問。

史比夫里直起腰身，十分熱切地回答道：「他長得很俊俏，年紀只有三十歲左右。身上穿了一套很正式的晚禮服，裡面搭配了一件打褶的絲質襯衫，腳上穿了一雙漆皮的便鞋。」不難看出他對這名訪客是特別留意過的。

「什麼，什麼？絲質襯衫搭配晚禮服？這可真是罕見！」萬斯故作疑惑地追問著，身體向沙發椅背靠了靠。

史比夫里好像有點得意，解釋說：「哦，很多有品位的人士都是這麼穿的，這是參加舞會時穿的衣服，很流行的款式。」

「是嗎？」萬斯顯得有些驚訝，「那我得好好研究研究了。順便問一下，這位身穿時髦衣服的公子哥兒停在大門口的時候，是不是從背心口袋裡掏出一個扁長的銀盒，然後從裡面取煙的？」

年輕的接線生用崇拜而又驚訝的眼神看著萬斯，驚叫道：「你怎麼知道的？」

萬斯恢復了慵懶的姿勢，漫不經心地說：「這只是一個簡單的推理而已，大一點的金屬煙盒和整套晚禮服以及裡面的絲質襯衫都比較搭配。」

顯然，馬克漢被萬斯插進來的閒話惹惱了，他用嚴厲的聲音要求這名接線生繼續描述。

「他留著時下最流行的髮式，頭髮有些長，看上去光滑柔順，臉上蓄了些鬍子。他在胸前的翻領處別了一朵康乃馨，手上戴著一雙麂皮手套。」

「天啊！簡直是舞男一個！」萬斯驚訝地喊道。

馬克漢皺著眉頭，深深地吸了一口氣。萬斯的觀察讓他引發出許多不愉快的聯想。

「這個人大概有多高？」他接著問。

「不是很高——大概和我差不多，不過他有點瘦。」

從他的語氣中可以清楚地感覺到，這個年輕人對這位歐黛兒小姐的訪客產生了某種潛藏的欣賞，他似乎已經將那名訪客的身材與穿著視為典範。通過他的描述和字裡行間所表達出的對他著裝品位的讚賞與喜愛，讓我們對這位昨晚九點半出現在死者公寓前按了門鈴卻無功而返的年輕人，有了更進一步的認識。

訊問結束之後，史比夫里被帶走了，馬克漢深吸著雪茄，站起來不停地在房裡踱步，我看到他頭上被濃濃的煙霧籠罩著。希茲則坐在一旁皺起了眉頭，呆呆地看著他。

萬斯站起來，伸了個懶腰，顯得比誰都輕鬆。

「看起來這個有趣的案子發展到現在，又回到原地了。哦，這個殺害金絲雀的歹徒，到底是怎麼進來的呢？」

「馬克漢先生，我一直在想也許這個傢伙是在側門鎖上之前，就偷偷溜了進來。而歐黛兒本人很有可能允許他進到屋裡，然後在另一名男子來接她外出吃飯的時候，再將他藏起來。」希茲在考慮了一會兒之後，說道。

「嗯，這種可能性也很大。」馬克漢同意了希茲的說法，「現在再把那個女傭帶進來，或許有什麼新發現也說不定呢。」

很快，女傭被帶了進來，馬克漢直截了當地問她昨天下午在幹什麼。她回答說自己在下午四點的時候曾經外出買過東西，五點半左右回到公寓。

「你回到公寓時，除了歐黛兒小姐，有沒有看見其他人在場？」

「沒有，長官。」她回答得很乾脆，「房間裡只有她一個人。」

「你有沒有聽她說過有什麼人來找過她？」

「沒有，長官。」

馬克漢繼續問道：「在你七點下班回家的時候，可能已經有人藏在歐黛兒小姐的公寓裡了，你覺得這種可能性大嗎？」

顯然，她被馬克漢突如其來的問題驚呆了，甚至有些害怕，於是，她一邊環顧四周、一邊問：「啊？如果真的有，這個人能躲到哪裡去呢？」

馬克漢回答道：「可以藏身的地方有這麼多，比如浴室或者是衣櫥，還有床底下和窗簾後面……」

沒等馬克漢說完，女傭就搖著頭宣稱：「這不可能，我昨天曾經幫歐黛兒小姐從她臥室的衣櫥裡把她的睡袍拿了出來，出入過浴室六次。天黑的時候，我還親自拉上了窗簾。床底下就更不可能藏人了，因為它的底座幾乎是貼著地面的。」我看了看那張床，正如她所說的那樣，沒有人可以鑽到床底下去。

可馬克漢並不想就此放棄自己的推論：「他可以藏在這個房間的衣櫥裡。」

馬克漢抱著一線希望地看著她，可她還是在搖頭。

「那裡就更不可能了！一般我都會把帽子和外套放在裡面，等到下班的時候再親自取出來。昨天，就在走之前，我還幫歐黛兒小姐把一件舊洋裝放進了衣櫥裡。」

「你確定在你離開這裡之前，沒有任何人躲在房間裡？」馬克漢仍不甘心。

「長官，我可以百分之百確定。」

「好，那你現在回想一下，昨天當你從衣櫥中取出帽子和外套的時候，你看見衣櫥的鑰匙是插在哪個鑰匙孔裡，門外還是門內？」

女傭仔細端詳著衣櫥的門，沈吟了片刻之後，回答道：「它一直都是插在門外的！我記得昨天我把歐黛兒小姐的舊洋裝放進去的時候，衣服還被鑰匙鉤住了。」

馬克漢聽到這裡，皺起了眉。

「昨晚有一位男士曾經和歐黛兒小姐共進晚餐，你說你不知道他的名字。那麼在那些經常與她一道出去的男子中，你知道誰的名字？現在把你知道的都告訴我們。」

「我什麼都不知道！歐黛兒小姐在這方面是很謹慎的，她從來沒有向我提起過任何人的名字。你們也知道，我只是白天待在這裡，而那些來找她的男士們通常都是晚上才來。」

「那你和她在一起的時候，她有沒有提起過什麼人讓她感到害怕——害怕的原因又是什麼？」

「從來沒有，長官。不過我知道她好像一直想要甩掉一個男人，我覺得那個男人是個壞蛋，不值得任何人信任，我還提醒過歐黛兒小姐要對他提防著點。不過估計她和那個男人已經認識很久了，所以在他面前她總是很溫順。」

「這件事情你是怎麼知道的？」

「大概是一個禮拜前，有一天我吃完午飯回來，發現她和那個男人在另外一個房間裡，那個男人跟她要錢，可是被她用種種理由拒絕了。當時那個房間拉著帷幔，他們沒有聽見我回來。接著，我又聽到那個男人威脅她，而歐黛兒小姐說了一些以前給過他錢之類的話。後來因為我弄出了一些聲響，他們的爭吵便立刻停止了。接著沒過多久那個男人就離開了公寓。」女傭回答道。

「哦？那你來描述一下這個人的長相。」馬克漢又來了精神。

「他個子不高，有點瘦，三十歲左右。輪廓分明，在一些人看來可能很帥。他長著一雙淡藍色的眼睛，似乎很會放電。他還蓄了一點點金黃色的鬍鬚，頭髮總是貼著頭皮，向後梳得油亮亮的。」

「我知道了，是我們的舞男！」萬斯說道。

馬克漢又問：「他再度出現是在什麼時候？」

「長官，這個我就不知道了，不過後來我在的時候他都沒出現過。」

「好了，你可以出去了。」馬克漢說。

看著女傭走了出去，希茲開始抱怨道：「她的話對我們實在沒什麼幫助。」

「什麼？我覺得她的話太重要了！」萬斯叫了起來，說道：「她幫我們把幾個爭議點都理清了！」

「哦？那你說說她說的那些話裡，哪部分讓你覺得最有利於理清爭議點？」馬克漢似乎有些不耐煩了。

萬斯心平氣和地解釋說：「至少我們現在可以弄清一個事實，那就是昨晚在這名女傭離開的時候，並沒有人潛伏在公寓裡。」

馬克漢反駁道：「這樣的供述能有多大幫助？我覺得這樣反而使情況變得更複雜了。」

「或許你說得對，但是，我覺得等到事情真相大白的時候，她的這番陳述說不定會成為讓你感到最欣慰愉悅的線索。再說了，現在我們可以肯定，有人曾經將自己反鎖在衣櫥裡，因為鑰匙插放的位置已經被移動過了；而且，我們也知道了，在這名女傭離開之前，沒有人躲在衣櫥裡，也就可以進一步推斷，衣櫥裡躲著的那個人是在七點以後進去的。」

希茲酸溜溜地說：「但是側門在那個時候已經被閂上了，而正門大廳的接線生又一再保證沒看到有人從前門進來。」

「是啊，事情好像有些蹊蹺。」萬斯有些茫然。

「什麼蹊蹺？這種情況根本就不可能會發生！」馬克漢憤怒地咆哮著。

希茲無奈地望著衣櫥，困惑不解地搖著他的腦袋，想了想說：「最讓我想不明白的地方是這個傢伙如果當時躲在衣櫥裡，那麼他為什麼沒有在裡面大肆搜刮一番，就像他對房間的其他地方所做的那樣？」

萬斯回答道：「警官，你說的正是問題的核心！其實這個衣櫥沒有被翻動過的跡象，正好可以說明這樣一個事實：把這裡弄得一團糟的歹徒之所以沒有翻弄這個衣櫥，是因為他無法打開衣櫥的門，當時衣櫥被從裡面反鎖上了！」

馬克漢立刻提出了異議：「怎麼可能，如果照你說的，那昨晚豈不是有兩個不知名人士待在這裡？」

萬斯無奈地嘆氣道：「真是令人百思不得其解呀！我明白你的感受。我們連一個人是怎麼進來的都還沒有弄清楚，現在竟然又多出一個人。太讓人苦惱了，對吧？」

希茲看起來倒是很平靜。

「不管怎樣，」他說，「我們現在已經掌握一些情況了，比如昨晚九點半來過這裡、衣著光鮮的時髦傢伙很可能是歐黛兒的情人，並且還知道他曾向她要過錢。」這段話聽起來像是一種自我安慰。

不過，萬斯考慮得更遠一些：「怎麼樣才能使這個明顯的事實發揮它的作用，來幫助我們掃清眼前的重重迷霧呢？可以說，每一位現代黛利拉（意指妖婦）的內心幾乎都充滿了貪婪的慾望。如果她的身邊沒有這樣年輕帥氣的小伙子陪伴，那才稀奇呢，你們說是不是？」

「嗯，你說得沒錯！」希茲回應道，「但是萬斯先生，我現在要告訴你一些也許你根本不知道的事情。你知道嗎？這些令女性意亂情迷的男人們，事實上都不是什麼好東西，他們通常都是一些慣犯、大壞蛋！正是由於這個原因，我才會在得知這是一起職業殺手幹的案子之後，習慣性地將這個曾經勒索過歐黛兒、向她要錢的傢伙和案子聯繫起來，並且我認為他昨晚就潛伏在這裡。況且，從那些有關此人的描述中，我完全相信，他和那種經常在深夜出入餐廳的雅賊是一樣的。」

萬斯用溫和的眼神看了希茲一眼：「你仍然堅信這起案子是職業殺手幹的？」

希茲用充滿輕蔑的語氣回答道：「那個兇手行凶時不是戴著手套嗎？並且他還使用了鐵橇！這些都是強盜固有的犯罪模式，你知不知道啊！」

無名黑手

九月十一日
星期二
上午十一點四十五分

馬克漢起身來到窗前，背著手凝望著窗外的小小後院。過了好一會兒，他才緩緩地轉過身來，說：「我現在將我所了解到的情況作一下歸納總結：某位紳士和歐黛兒小姐約好一起外出就餐並去劇院看戲。晚上七點左右，這位紳士來公寓接她，之後兩人一起離開。十一點左右，他們一起回來，這位紳士隨同她進入公寓，約莫逗留了半小時，大約在十一點半的時候，離開了公寓大樓，並且曾經要接線生幫他叫一輛計程車。就在他等車的這段時間，歐黛兒小姐突然驚聲尖叫，大喊救命。他隨即趕到她公寓門口，並詢問她發生了什麼事，但是歐黛兒小姐告訴他說沒事，還要他離開這裡。後來計程車一到，他就上車離開了。就在他離開十分鐘後，有人打電話找歐黛兒，而接線生聽到公寓裡接電話的竟然是一個男人的聲音。今早，歐黛兒的女傭發現她陳屍在自家公寓，同時房間內一片狼藉，被翻得凌亂不堪。」

他停頓了一下，深吸了一口雪茄——

「現在，可以肯定的是，昨晚在那個男人送她回到公寓的時候，已經有個人躲在那裡了。並且，我們也清楚地知道，在那位護花使者離開之時，歐黛兒還沒有遇害。所以我們現在可以得出一個結論：殺害歐黛兒的兇手就是那名早前躲在房間裡的男人。同時，德瑞摩斯法醫提出的兇案發生時間在晚上十一點到十二點的報告，也為我們的結論作了一個很好的佐證。此外，案發時間還可以更確切一些，因為這位護花使者離開的時間是在十一點半左右，而在那之後他還曾經隔著門跟她說過話，可以推斷出，案發時間是晚上十一點半到午夜十二點之間。以上就是目前所能知道的比較明確的一些事實。」

「基本上就是這樣了。」希茲說。

「嗯，現在不管怎樣，整個案子已經開始變得有趣了。」萬斯喃喃自語道。

馬克漢在房裡來回不停地踱步，才又接下去——

「在這個案子中，目前有幾點需要我們注意：第一、在昨晚七點也就是女傭下班離開以前，還沒有人躲進歐黛兒的房間。由此可以斷定，七點以後這個兇手才潛入她的房間。第二、那個側門。就在那名女傭下班前一小時，也就是在六點的時候，大樓管理員曾經親手將側門從裡面閂上了，並且從日、夜班的兩名接線生那裡得知，他們都未曾靠近過側門。另外，你——希茲警官，也證實今早看見側門是閂著的。我們可以由此得出第二個假定，這扇門昨天一整晚都是閂著的，沒有人能夠從這裡進來。因此，我們可以進一步斷定，兇手是從正門進來的。第三、昨晚值日班的接線生肯定地說，直到晚上十點，只有一名男子從正門進來過，他穿過大廳走到這個房間門前，在按了數次門鈴都無人應門的情況下，無奈地離開了。而另一名從昨晚十點值班到今天早上的夜班接線生也確定地說，沒看見有人從正門進來穿過總機到歐黛兒的房間。同時我們也看到，這層樓的所有窗戶都加裝了鐵窗，而從樓上下來的人不可避免地要和接線生打照面。因此，我覺得現在我們所面臨的問題非常棘手。」

希茲撓撓頭，苦笑道：「長官，這樣很不合理，是不是？」

萬斯提出了疑問：「隔壁房間的情況又是怎樣的呢？就是正對後面通道的那個房間，估計門牌號是二吧？」

希茲轉向萬斯，像是施與了他恩惠一般，說道：「今天早上，我一來就先查看了那個房間。八點鐘的時候，我曾去敲二號房間的門，一位單身女性給我開的門，看樣子她是被我吵醒的。經過她的同意，我搜查了她的住處，結果什麼也沒發現。事實上，和到歐黛兒房間一樣，你必須穿過總機才能走到她的房間。她告訴我昨晚也沒人來找過她或是從她家離開過。傑蘇這個機靈的傢伙還告訴我，這名單身女子是個淑女，不喜歡說話，而且她和歐黛兒相互之間都不認識。」

「警官，你調查得還真是徹底。」萬斯說。

「不過，」馬克漢插嘴說，「也有一種可能，那就是有人趁接線生不注意，偷偷在七點到十一點之間從那個房間溜進了這個房間，在將歐黛兒殺害之後，又溜回到那個房間裡。然而希茲警官今早已搜查過那個房間，卻沒有發現任何人，所以這種可能性現在也排除了。」

萬斯滿不在乎地說：「我可以肯定你說得對，但是，親愛的老夥計，你對這種情況了不起的研究判斷，讓我覺得也將這名兇手從其他地方出入的可能性完全排除了。然而，事實擺在我們眼前，他的確從某個地方進來了，勒死了那名不幸的妙齡女子，之後又堂而皇之地離開了，是這樣吧？你的說法自相矛盾，我無論如何都不得不提一下。」

馬克漢看上去很沮喪：「真的很難捉摸。」

萬斯補充說：「難道是幽靈？這起命案從發生到現在一直都充滿了恐怖的氣氛，非常詭異，充滿了懸疑。說真的，我甚至開始懷疑昨晚這附近說不定有一位女巫，作法將幽靈召喚了出來，然後……對了，馬克漢，可以起訴幽靈嗎？」

希茲毫不客氣地咆哮道：「幽靈根本不可能留下那些指紋。」

原本因為過度焦慮而在屋子裡走個不停的馬克漢，也被惹惱了，他停下來生氣地看著萬斯。「簡直是胡說八道。兇手分明是通過某種方式進入到這個房間，然後又以同樣的方式離去的。我想一定是哪裡出了問題——不知是那名女傭記錯了，還是其中一位接線生在值班時睡著了，不願承認。」

希茲接過話茬說：「又或者是他們之中有人在說謊。」

「我覺得，這名女傭的證詞完全可信。」萬斯搖著頭說，「就目前的情況看來，如果說有人從正門進來而沒有被發現的話，這兩位接線生肯定都只是會忙著加以否認的。所以，馬克漢，我覺得唯一能找到答案的方法就是換個角度，從幽靈的角度來看待整個事件的發展。」萬斯添油加醋的戲謔之詞，令馬克漢怒不可遏。

「我不允許你再在這兒裝神弄鬼！你這些神祕兮兮的假設是在干擾我們的調查！」

萬斯抗議道：「但是，你剛才所得的結論也證明——甚至單從法律的角度來分析——昨晚這間公寓裡不可能有人進出的。而且你不是經常告誡我說法庭上講的是證據，辦案時一定要根據證據來定罪，而不能僅憑聽聞或者可疑的行蹤。遺憾的是，就目前的情況來看，幾乎所有人都為自己提供了不在場證明。如果說這名女子自殺——自己勒死自己，也沒有道理。這要是一樁服毒事件就好了，我想對你而言，那該多好啊！一起簡單的自殺案件！唉，這個兇手真是太笨了，怎麼不用砒霜來代替自己的雙手！」

希茲斷言道：「他就是用雙手將她勒死的！並且我敢說兇手就是那個昨晚九點半白跑一趟的傢伙。」

「你確定？」萬斯點了一根煙，「我可不覺得那些有關他的證詞能夠證明什麼！」

希茲的眼中突然閃過一道凶狠的光芒，憤憤地說：「我們一定有辦法的！可以從那些對答如流的精彩對話中，找到足夠的證據！」

「唉！」萬斯嘆了一口氣，「警官大人，上流社會是多麼需要你這樣的人才啊！」

馬克漢顯得有些焦急，看了好幾次手錶。

「我還有緊急的公務要處理，目前這些回答對我們毫無幫助！」他抬起一隻手搭在了希茲的肩上，「你留在這裡繼續你的工作。今天下午我要在我的辦公室再對這些人進行一次偵訊，或許他們還能記起些什麼。你接下來計畫怎麼做？」

希茲看上去有些鬱鬱寡歡。

「只是進行一些一般的例行調查。」他漫不經心地說，「我會對歐黛兒的卷宗仔細研究一番，並派三、四名幹員繼續調查，蒐集和她有關的一切可能的線索。」

馬克漢提出了一點建議：「你最好現在就到計程車行查一下，看看能不能查出昨晚十一點半離開的那名男子的真實身分，以及他後來的去向。」

萬斯補充說：「你們稍微想一下，這個人當時還曾經在大廳裡停留了一陣，並要接線生幫他叫計程車，如果他知道謀殺案的話，他還會這麼做嗎？」

馬克漢無精打采地回答：「哦，我建議這樣做並不寄希望於他會了解案情，不過我覺得可以從他那裡知道死者曾經和他說過什麼，或許從中可以找出一些線索。」

萬斯搖了搖頭，戲謔道：「哦，讓我們一起來恭迎那神聖的信仰和無瑕的希望，以及張著羽翼在空中盤旋飛舞的天使吧！」

馬克漢沒理會萬斯，他現在可沒心情開玩笑，直接轉向希茲，勉強笑了一下，說：「記得傍晚的時候來辦公室找我，或許到時我會有什麼新發現，說不定可以從這些人身上找到一些新的證據或者線索。還有……」他突然又想到了什麼，「我要這個房間保持原狀，直到破案為止！記得找個人守在這裡。」

希茲保證說：「放心吧，我會搞定的。」

於是我和馬克漢、萬斯一起出了大樓，坐進車子。沒過多久，車子就繞著中央公園的街道飛快地開走了。

車子駛進第五大道時，萬斯問：「還記得最近我們曾經討論過的有關雪地上的腳印的事情嗎？」

馬克漢沒有回答，心不在焉地點了點頭。

萬斯卻顯得很激動，他感慨道：「我記得很清楚！在你列舉的假設的個案中，不但有腳印，而且還有十二個甚至更多的目擊證人——其中包括一名兒童——他們都看見某個人從雪地上跑過。然而，現在，你卻深深地陷入到現實世界的困擾當中，因為在這起案件的現場，不但沒有雪地上的腳印，甚至連目擊有人逃走的證人都沒有一個。怎麼說呢，總歸就是一句話，你現在缺證據——直接、間接證據都沒有。可憐的人兒！可憐……」

說完，他搖著頭，好像對馬克漢充滿同情。

「馬克漢，知道嗎？我覺得從目前掌握的證詞來看，死者死亡時身邊根本就沒有人在。按理說她應該還活著，不會死呀！從訴訟程序的角度看，這位女士的屍體與整個案情毫不相關。當然，我也知道，在沒有屍體的情況下，法官絕對不會承認這是一起謀殺案。不過話說回來，你又將如何處理不是謀殺案的被害人屍體呢？」

「滿嘴胡言亂語！」馬克漢斥責萬斯。

萬斯依然是一副無所謂的態度：「哦，的確。然而，作為執法者，現在一定很苦惱，因為你沒有腳印這類的證據，是不是，親愛的老夥計？這會讓人徹底失去判斷能力！」

馬克漢忍無可忍了，他突然展開了反擊：「當然，你破案時根本不需要腳印這類的證據，或是任何具體的線索！」他揶揄道，「你不是擁有超能力，可以預知事情嗎？如果我沒記錯的話，你曾經對我誇下海口，說不管雪地上有沒有留下腳印，在對犯罪本質和情況有所了解之後，你就可以準確無誤地告訴我兇手是誰。還記得嗎？而現在，我手上正好有這樣一樁謀殺案，兇手來去無蹤，根本沒有留下任何腳印，那麼，就請你好心告訴我，殺害歐黛兒的兇手是誰，來將我從無知的困擾中解救出來吧！」

萬斯絲毫沒有受到馬克漢揶揄、挑釁的影響。他依然平靜地抽著煙，然後傾身將煙灰彈出了窗外，心平氣和地對馬克漢說：「老實說，我的確很想好好研究一下這起愚蠢的謀殺案。不過，我想還是先等希茲的調查報告出來之後，再發表我的意見吧。」

馬克漢對萬斯的話嗤之以鼻，發出了一陣冷笑，整個身體都深深地陷進了座位裡，憤憤地說：「那可真是要感激你了！」

揭祕大追蹤

九月十一日
星期二
午後

麥迪遜廣場的北邊一直在堵車，因此我們耽擱了很長的一段時間，此時的馬克漢非常著急，反覆看著手錶。

「午飯時間已經過去很久了，」他煩躁地說道，「我看我們還是去那家俱樂部解決一下溫飽問題吧！我想，你這種溫室的花朵需要準時吃飯的。」

萬斯欣然地接受了他的邀請。

「由於你佔用了我的早餐時間，」他說，「必須罰你請我喝一杯蛋酒。」

很快我們就來到了史蒂文森俱樂部，這時俱樂部裡幾乎還沒有客人，我們選了一張靠窗的位置坐了下來，隔窗向南邊看去，麥迪遜廣場上的一片樹海盡收眼底。

我們剛剛點完食物，一名侍者走近我們，先恭敬地對著馬克漢鞠了一個九十度的躬，接著將一封沒有地址也沒有封口的信遞給了他。信封是這家俱樂部專用的，馬克漢好奇地地拿出裡面的信紙看了起來，當他的目光停留在署名上時，臉上立刻露出了驚訝的神態。過了好一會兒，馬克漢才回過神來，他抬起頭對侍者說了聲謝謝，然後告訴我們他需要離開片刻，接著便匆忙地走了出去。

整整二十分鐘之後，他才又回到了俱樂部。

「世上的事情真是太奇妙了！」他說道，「那封信正是昨晚帶著歐黛兒外出吃飯、看舞台劇的那位男士寫的。這個世界還真是小啊！」他發出了一聲感嘆，「他是這家俱樂部的外地會員，每次到紐約都會在這裡落腳。」

「你認識他嗎？」萬斯對此並不感興趣。

「嗯，他叫史伯斯蒂・伍德，我們見過幾次面。」感覺馬克漢有些困惑，「他的家世背景很不錯，在長島有一幢別墅，是個有頭有臉的人。在我看來，他是那種絕對不會跟歐黛兒有任何牽連的人。但是他卻親口承認，只要到紐約來，都會與她打得火熱，就像他自己說的趁年輕要及時行樂才對。昨天晚上，他們去法蘭賽餐廳用餐之後，還去了冬園。」

「我倒不覺得這是精彩的一晚，」萬斯評論，「反而是他倒楣的一天。你想想，看到昨晚還在一起共度良宵的女人被勒死的消息大篇大篇地出現在報紙上，會多麼不安呀！」

「是的，他的確感到不安。」馬克漢點著頭說道，「一小時前晚報已經出來了，早在我們來這裡之前，他就已經開始往我的辦公室打電話，每隔十分鐘就打一次。他擔心他與歐黛兒的關係一旦曝光，他立刻就會名譽掃地。」

「會嗎？」

「我覺得不會。首先，沒有人知道昨晚她與誰在一起；其次，既然知道自己與這個案子沒有關聯，為什麼還要將自己硬拉進來呢？就在剛才，他把他們之間所有的事都告訴了我，並且答應我，只要我需要他留在紐約，他就絕對不會離開。」

「我猜他告訴你的那些對案情一點幫助也沒有吧？看你回來時一臉的失望就知道了。」

「是啊，的確沒有。」馬克漢承認道，「歐黛兒隱藏了自己所有的情史，因此他說不出一丁點有用的線索來。他所講述的經過與傑蘇描述的一模一樣，昨晚七點整他來找她，十一點左右將她送回家，接著在她家裡逗留了半小時才離開。她的求救聲讓他很是驚訝，但是緊接著她又告訴他沒事。當時他以為她只是做了一個可怕的噩夢，就沒在意。他離開她家之後，便直接坐車回到了俱樂部，當時的時間是晚上十一點五十分。法官瑞豐可以證明他的確是在那個時間從計程車裡下來的。他到了俱樂部之後，就與那些在法官房間裡等著他的男士們玩起了撲克牌，一直玩到今天凌晨三點。」

「顯然這位長島來的唐璜，並沒有為你提供任何有關『雪地上的腳印』的線索。」

「但是，他的出現還是為我們消除了一項可疑的線索，否則我們會浪費更多的時間。」

「是嗎？如果可疑的線索都沒有了，」萬斯諷刺他，「我想你就會陷入調查絕境了，不是嗎？」

「才不會，還有很多的線索等著我忙活呢！」馬克漢一邊說、一邊將盤子推向了旁邊，示意侍者埋單。他站起身來，對萬斯說道：「你確定有興趣加入我們的調查嗎？」

「什麼？哎呀！這是當然的，還用說嗎？但是，拜託，讓我喝完這杯咖啡再走吧！」

雖然萬斯答應得並不是很爽快，但是我還是很驚訝萬斯居然接受了邀請，因為今天下午在蒙多士美術館有場中國古代墨寶展覽，他非常想去參觀。據說其中還有兩幅中國宋代畫史的代表之作，萬斯很想將它們收入囊中。

我們坐車從法蘭克林街的大門進入了刑事法庭的大樓，搭乘私人專用電梯來到了馬克漢的辦公室。從辦公室的窗口望去正好可以俯瞰墳墓監獄那些灰色的石牆。萬斯在一張皮椅上坐了下來，旁邊放了一張橡木雕飾的茶几，茶几左邊擺放著馬克漢寬大的辦公桌。萬斯點燃了一支香煙，開始展示他揶揄的本事。

「我很期待司法之輪，碾過時帶來的愉悅的快感。」他靠在椅子上懶洋洋地說著。

「唉！可惜你注定聽不見最初碾過的聲音，」馬克漢回應他，「接下來所發生的一切，都將在這間辦公室的外面進行，而不是在辦公室裡面。」說完，馬克漢便消失在了通往法官室的自動門後。

五分鐘之後，他再次回到辦公室，在辦公室南面的四扇長方形窄窗前的高背旋轉椅上坐了下來。

「剛剛去跟瑞豐法官碰了個面，」他解釋道，「恰巧是休息時間。他證實了史伯斯蒂·伍德跟他們玩撲克牌的事情。昨晚十一點五十分的時候，瑞豐曾在俱樂部的門外撞見他，接著和他一起玩到今天凌晨三點。他之所以這麼清楚地記得當時的時間，是因為他曾向賓客保證十一點半準時回到俱樂部，可是他還是遲到了二十分鐘左右。」

「真是搞不懂為什麼你總是對這些並不重要的事實緊抓不放呢？」萬斯無奈地問道。

「這是例行公事，」馬克漢耐心地告訴他，「對於刑事案件而言，即使是最微不足道的事實，也必須認真地進行查證。」

「是這樣嗎？馬克漢，你知道嗎？」萬斯將頭靠在椅背上，眼神迷離地看著天花板，「那些被你們視為準則的法律程序、一成不變的例行事務，有時確實會起到很重要的作用，但並不是每次都管用的。還記得《愛麗絲夢遊仙境》裡的那個紅心皇后……」

「對不起，我現在很忙，沒有多餘的時間和你討論例行工作與紅心皇后之間的聯繫。」馬克漢迅速地打斷了萬斯的話，同時按下了桌角的按鈕。

不一會兒，那位充滿活力的年輕祕書史懷克，就出現在了馬克漢的辦公室與接待室之間的小房間內。

「長官，有什麼吩咐？」眼鏡後面閃爍著的眼睛露出對指示的期待。

「立刻讓班派個人過來。」

史懷克轉身走了出去，兩分鐘之後，一個體型圓胖、穿著整齊、戴著眼鏡的人站在了馬克漢面前，臉上堆滿討好的微笑。

「午安，崔西，」馬克漢親切地問候道，「這是歐黛兒命案的四名證人的名單——其中兩名是接線生，一名是女傭，還有一名是大樓的管理員，希望你能盡快將他們帶到這裡。在西七十一街184號就能找到他們，希茲警官現在正在那裡。」

「好的，長官。」崔西嚴肅地答應著，然後恭敬地鞠了一躬，離開了辦公室。

接下來的一小時裡，馬克漢埋頭認真處理著被耽誤了一上午的工作，他旺盛的精力給我留下了深刻的印象；他彷彿是一位企業家，每天都有很多重要的事情等著他來處理。史懷克在他的辦公室裡來回穿梭著，還有很多其他人員不停地進進出出聽從他的吩咐，他們就像蜜蜂一樣忙碌個不停。萬斯則一個人躲在一大本縱火案的卷宗裡自得其樂，他仔細地分析著，時不時還會對縱火的行為搖頭斥責幾句。

兩點半左右，崔西將四名證人帶到了馬克漢的辦公室。接下來的兩小時裡，馬克漢反反覆覆地盤問著他們，他對工作一絲不苟的精神，甚至讓身為律師的我都自嘆不如。此時，馬克漢盤問兩名接線生的態度與不久前截然不同。如果之前他們的證詞有什麼不足，那麼現在經過馬克漢再次盤問，一定會非常充分。

儘管如此，直到訊問結束，依舊沒有發現新的線索。他們一口咬定：除了昨晚九點半出現的那位不速之客，以及歐黛兒的護花使者外，七點以後再也沒有任何人從正門進入過歐黛兒的公寓，也沒有人從大廳出來過；而大樓的管理員則表示，六點以後側門就已經關上了，儘管馬克漢對他又是威脅又是利誘，他的回答仍然雷打不動；女傭愛麗蜜的回答也與之前的一模一樣。馬克漢使出了渾身解數，得到的答案仍舊沒有任何新意。

這次盤問不但沒有得到任何新的線索，事實上，反而加重了原來的疑點。下午四點半，馬克漢拖著疲憊的身體坐回了辦公椅，原來以為揭開這樁震驚社會的謀殺案指日可待，但是現在的進展讓人沮喪極了。

萬斯丟掉了手上的香煙，將縱火案的卷宗合了起來。

「馬克漢老兄，讓我來告訴你吧！」他咧嘴笑了起來，「這起案件需要我們違背常理來進行調查，例行的查案模式根本起不了作用。我想，我們需要埃及女預言師帶著她的水晶球來幫助我們！」

「如果案件遲遲沒有頭緒的話，到時候我會接受你的意見的。」馬克漢沮喪地說道。

就在這時，史懷克從門口探身進來報告盜竊工具專家伯納副督察來電話了，馬克漢隨手拿起聽筒，邊聽邊將重要內容記在了便條紙上。接完電話之後，他對萬斯說：「你呀，可能對歐黛兒臥室裡的首飾盒太過敏感了。剛剛專家證實了今天早上的看法。首飾盒的確是被一把特製的鑿刀撬開的，這種工具只有慣竊才有，知道如何使用。這把鑿刀與去年初夏發生在公園大道上的竊案使用的鑿刀相同，鑿刃一又八分之三寸，柄寬一寸，是一種老式的刀具，另外刀刃上還有一道非常特殊的刻痕。你的疑慮有沒有因為這個消息得到舒緩？」

「我倒不覺得是這樣。」此時萬斯的表情讓人捉摸不透，「事實上，這個情報讓案情更加撲朔迷離了。如果不是因為首飾盒和鑿刀，我也許還能在這片黑暗中看見一絲光芒——一絲雖然詭異，但是的確存在的曙光。」

不等馬克漢回答，史懷克再次進屋報告說希茲警官來訪。

這時，希茲不再像早上分手時那樣沮喪了。他一屁股坐在會議桌上，順手接過了馬克漢遞給他的雪茄，從口袋裡掏出一本筆記簿，說道：「我們的運氣還真不賴！已經從波克和厄布里那裡得到了一些有關歐黛兒的消息。經過調查他們發現，她只和少數的活躍人士來往，交往過的男人並不多。查爾斯·卡蘭佛是其中的男主角之一。」

馬克漢將身體挺了挺。

「卡蘭佛？不知道是不是我認識的那一個？」

「是的，就是他。」希茲說道，「前任布魯克林稅務委員，非常喜歡在新澤西市的一家撞球場進行敲桿的賭博；他也很喜歡去史蒂文森俱樂部，他經常在那兒與坦曼尼協會的老夥伴們聊天。」

「是他！」馬克漢肯定地說，「這人在情場上可是一個高手，人稱『老爹』。」

萬斯看著天花板，說道：「哦！卡蘭佛老爹與風情萬種的歐黛兒小姐也有一腿！哈哈！她該不會是因為他那雙迷人的眼睛愛上他的吧？」

「長官，」希茲插嘴道，「既然卡蘭佛經常出現在史蒂文森俱樂部，我們就去問問他有關歐黛兒的事情吧！也許他知道一些。」

「我很樂意，今天晚上我會跟他聯繫的。」馬克漢將這件事情記在了便條紙上，「還有其他人嗎？」

「是的。歐黛兒在法利斯劇團的時候認識一個叫路易．曼尼斯的，但是一年以前她已經將他甩掉了，從那之後就再沒有見過面；現在，他在和另外一名女子交往。他是曼尼李文公司的經理，從事毛皮進口生意，另外他也是俱樂部的常客，是一個揮霍無度的傢伙。他與歐黛兒的風流韻事已經成為過去式了，我覺得從他身上得不到任何有用的線索。」

「有道理，」馬克漢贊成希茲的分析，「我們應該將他的名字從調查名單中除掉。」

「嘿！你們再這樣取消的話，」萬斯著急了，「就什麼線索都沒有了，只剩那個女子的屍體陪著我們。」

「另外，昨晚跟她一起外出的那個男子，」希茲接著說道，「好像沒有人知道他的名字。很顯然，他是一個行事謹慎的人。剛開始我以為他就是卡蘭佛，後來又發現與描述的並不符。對了，長官，還有一件非常奇怪的事情：昨晚離開歐黛兒之後，他又搭乘計程車去了史蒂文森俱樂部。」

馬克漢笑著說道：「這件事我已經知道了。另外他並不是卡蘭佛，我知道他是誰了。」

萬斯的臉上露出了一絲微笑。

「史蒂文森俱樂部好像已經成為這起謀殺案的前沿地帶了。」他說，「我們來祈求吧！希望它不要像紐約運動員俱樂部那樣悲慘。」曾經在紐約運動員俱樂部發生了一起非常有名的墨磷事件，當時，因為商業利益史蒂文森的家族事業被迫結束，麥迪遜大道與第四十五街的老紐約運動員俱樂部也關門大吉了。幾年後麥迪遜廣場北邊的俱樂部被夷為平地，一棟摩天大樓取代了它。

此時的希茲只想知道那名男子的身分。

「馬克漢先生，快告訴我那個男子是誰？」

馬克漢猶豫著要不要將這件事情告訴別人，片刻之後他回應道：「告訴你可以，但是你必須保密。他的名字叫做克蘭尼．史伯斯蒂．伍德。」

接著他將中午發生的事情跟希茲說了一遍，並且告訴他在伍德的身上也沒有找到任何有用的線索。同時他還告訴希茲，伍德所提供的個人行蹤也已經得到了證實。

「另外，」馬克漢補充道，「他是在歐黛兒遇害之前離開的，所以我們沒有理由也沒有必要再去打攪他。實際上，我已經向他保證過了，不會將他牽扯進這個案子裡的。」

「長官，如果你覺得沒有問題，那我也一樣。」希茲合上他的筆記簿，「對了，還有一件事，歐黛兒最初住在一一〇街，厄布里從前任女房東那裡得知的，歐黛兒家的女傭說以前那個有錢的傢伙常常與歐黛兒見面。」

「這倒提醒了我，」馬克漢拿出與伯納通話時的筆記，「這是教授提供的有關首飾盒被撬開的資料。」

希茲急切地閱讀著這些資料：「哈哈！跟我想的一模一樣！」他興奮地點了點頭，「這傢伙的手法很老到，乾淨利落，有職業水準。」

這時，萬斯站了起來。「如果真的是這樣，」他疑惑地說道，「他為什麼一開始使用的卻是鐵鉗呢?另外,他為什麼會忽略掉客廳的衣櫥?」

「萬斯,這些問題等我將兇手逮捕之後,自然就迎刃而解了。」希茲的眼裡流露出邪惡的冷光,「我要和那位身穿絲質褶邊襯衫、手戴麂皮手套的傢伙好好談談。」

「人與人的嗜好果然不同,」萬斯嘆息道,「換作是我,我就不會和他交談。無論如何,我實在無法想像一名慣竊竟然企圖用鐵鉗撬開鋼製的盒子。」

「拜託你不要再想鐵鉗了,好嗎?」希茲嚴厲地說著,「你對他所用的鑿刀與去年夏天在公園大道發生竊案時所使用的鑿刀相同這一點有何看法?」

「天哪!這是最讓我頭痛的地方!如果不是因為這件事,今天我本來會去克羅德喝一個輕鬆自在的下午茶。」

正在這時,貝拉米請求會面,希茲興奮地從桌子上跳了下來,他滿懷希望地預言道:「也許那些指紋有新發現了。」

貝拉米面無表情地徑直走到馬克漢的辦公桌前。

「是杜柏士隊長讓我過來的,」他說,「他認為你也許需要從歐黛兒公寓採集到的指紋報告。」說著,他將手伸進口袋拿出一個小巧的資料夾,在馬克漢的示意下,他將資料交給了希茲,「經過鑒定,兩處指紋的確出自同一個人,與杜柏士隊長所說的一模一樣。指紋主人的名字叫做托尼·史比。」

「是不是綽號叫做『公子哥兒』的史比?」希茲努力壓抑著興奮,「馬克漢先生,有線索了！史比是那行的高手，而且他有過這類的前科。」

希茲打開資料夾，拿出一張長方形的卡片，和一張藍色的紙片，紙片上有七、八行字。看著這張檔案卡，希茲不禁發出了滿意的感嘆，接著他將這些遞給了馬克漢。

萬斯和我也湊上前看了起來。檔案卡的上方是那名罪犯正面以及側面的照片，是一個年輕的小伙子，有著一頭濃密毛髮，下巴方方正正，眼睛略微有些寬，留著整齊的小鬍子。照片底下簡單地介紹了他，其中包括名字、綽號、住址、口供以及他的犯罪事實。最下面有兩列墨印的指紋，上面一列是右手的，下列一列是左手的。

「我的天啊！這就是那位穿著絲質襯衫搭配晚禮服、引領時尚的優雅紳士嗎？」萬斯看完之後，挖苦地說道，「我真想看看哪天他身著無尾晚禮服搭配長筒靴帶領潮流——要知道，紐約的冬天可是冷得刺骨啊！」

希茲將檔案卡放回資料夾之後，開始研究起另一張藍色的紙。

「馬克漢先生，我敢肯定他就是我們要找的人。聽聽這些：『托尼．史比，綽號公子哥兒。一九一二至一九一四年，在愛莫諾少年感化院接受教育；因為輕微盜竊罪於一九一六年在巴爾的摩州立監獄服刑一年；一九一八到一九二一年，因為傷害罪和搶劫罪在聖昆汀監獄服刑三年；後來又因為盜竊罪於一九二二年在芝加哥被捕，結果以罪名不成立被釋放；一九二三年在艾伯尼意圖行竊被捕，又因為罪名不成立被釋放；一九二四到一九二六年，因為盜竊罪和搶劫罪，在辛辛那提監獄服刑兩年八個月。』」念完這些記錄，他將藍色的紙疊好放進了胸前的口袋，隨後又補充了一句，「真是可愛的紀錄！」

「這是你需要的情報嗎？」貝拉米泰然自若地問道。

「是的！」希茲幾乎到了欣喜若狂的地步。

貝拉米用期待的眼神瞄了瞄馬克漢。馬克漢像是突然想到了什麼，拿出一盒雪茄請大家分享起來。

「長官，謝謝了。」貝拉米一邊道謝、一邊抽出兩支，小心翼翼地放進了口袋裡，隨後便離開了。

「馬克漢先生，電話借用一下好嗎？」希茲問道。

得到允許後，他立刻拿起電話打回了刑事組，向史尼金交代了這件事情。

「現在立刻開始追查托尼．史比——綽號為『公子哥兒』的下落，一定要盡快將他帶來。地址在他的檔案中，你帶著波克和厄布里一起去吧！如果他有意反抗，就先示警再將他抓起來！如果真的反抗，什麼也不用說立刻將他逮捕，明白了嗎？對了，還有一件事情一定要記住，仔細搜查他的住處，看看有沒有作案工具。也許沒有什麼特別的，我需要的是一把長一又八分之三寸的鑿刀，刀面上有刻痕。好了，就這樣。半小時之內我會趕回警局。」

掛上電話之後，希茲雙手搓揉著。「我們就要揚帆起航了！」他的聲音充滿了愉悅。

這時，萬斯緩緩地走到窗前，雙手插在褲袋裡，深沈地俯瞰著通往墳墓監獄的「嘆息橋」。隨後，他慢慢轉過身子，滿腹心事地看著希茲。

「事情沒這麼簡單！這位『公子哥兒』也許是那個撬開首飾盒的傢伙，但是我覺得，昨晚發生的其他事情，並不是他那顆腦袋能夠完成的。」

希茲的態度變得傲慢起來：「我可不會研究腦袋，我只知道指紋就是證據。」

「警官，這種片面的想法，是刑事學上最嚴重的技術錯誤。」萬斯禮貌地回答道，「這樁案子的犯罪動機並不像你想得那樣簡單；相反，它極為複雜。而這位時髦人士，只會讓案情變得更加錯綜複雜。」

針鋒相對

九月十一日
星期二
晚上八點

馬克漢很喜歡在晚上的時候去史蒂文森俱樂部用餐。在他的邀請之下，萬斯、我與他一起吃了晚餐。在他看來，我們三個一起吃飯可以避免熟人打擾。此時此刻，他根本沒有心情理會他人對案情的好奇心。雨從下午開始就一直下著，直到我們吃完晚餐，還沒有停下來的意思，看來，這場雨要一直下到深夜了。後來，我們來到一個偏僻的角落享受起雪茄來。

大概坐了十五分鐘之後，一個頭髮稀疏、面色紅潤、表情卻非常嚴肅的男子神祕兮兮地朝我們走來。他禮貌地問候了馬克漢。雖然我從來沒有見過他，但是，我猜得出他就是查爾斯·卡蘭佛。他說話時給人的感覺非常優雅，但是優雅中還隱藏著濃濃的心機和冷漠。

「我在桌上看見了你的便條，就趕來了。」

馬克漢禮貌地站起來與他握手，隨後將他介紹給我和萬斯，萬斯的表情讓我覺得他似乎見過他。在馬克漢的邀請下，他坐了下來，接著他拿出哈瓦那雪茄，用一把拴在錶鏈上的金色剪子小心翼翼地剪去雪茄頭，將它含在嘴唇上，點燃了它。

「對不起，打擾你了，卡蘭佛先生。」馬克漢非常有禮貌，「但是，有件事情需要你的幫助。大概你已經從報紙上得知了，昨天晚上，一位名叫瑪格麗特·歐黛兒的女子在七十一街，她居住的公寓裡被人殺害了……」

馬克漢停頓了一下，好像怕這個敏感的話題會引起不適，又或者他在等著卡蘭佛主動交代與這名女子的關係。發現卡蘭佛的臉上沒有任何表情之後，馬克漢才繼續說道：「我們正在調查這起案件，需要知道你們之間的關係。據我了解你們交情很深啊！」

馬克漢又停了下來，卡蘭佛的眉毛輕輕動了一下，但是仍然沒有開口說話。

「實際上，」馬克漢對卡蘭佛謹慎的態度有些惱火了，「報告顯示在以往的兩年裡，你們一同出入過很多場合；另外，還有一個重要的情報說，你非常喜愛歐黛兒小姐。」

「是嗎？」卡蘭佛反問的語氣，已經不再那麼優雅了。

「當然。」馬克漢態度很堅決，「另外，我要特別強調，你最好不要隱瞞任何事實。今晚邀你來的重要原因，就是想讓你幫我們了解一些情況。我可以告訴你，我們已經有了一個懷疑的對象，希望能夠盡快將他捉拿歸案。但是，必須得到你的幫助，這就是今晚讓你來的原因。」

「我要怎樣幫助你們呢？」說話的時候，卡蘭佛沒有任何表情，只是嘴巴抽動了幾下。

「談談你對歐黛兒小姐的認識吧！」馬克漢耐心極了，「比如你知道的一些事情！哪怕是隱私也好，我們需要你幫我們理出頭緒來。」

卡蘭佛沈默了，他將目光定格在對面的牆上，臉上仍然沒有流露出任何表情。

「恐怕我幫不上什麼忙。」過了很久，他開口說出這句話。

「這不是一個有良知的人應該說的話！」馬克漢發怒了。

卡蘭佛帶著疑問的神情看著馬克漢：「就算我認識她，與她被害有什麼關係嗎？她沒有跟我說過誰想要加害於她，如果她知道的話，也不會落得如此下場了。」

這時，萬斯湊近我，悄聲對我說道：「馬克漢遇到對手了！情況真糟糕！」

但是，馬克漢最終贏得了勝利。雖然兩人從反唇相譏逐漸轉變為唇槍舌劍，馬克漢最終還是以得理不饒人的態度，以及過人的智慧迫使卡蘭佛說出了一些重要線索。

聽著卡蘭佛遮遮掩掩的回答，馬克漢立刻改變了攻破方式，他態度尖銳地說道：「你並沒有以證人的立場來回答我的問題。儘管，你認為自己已經盡力了。」

卡蘭佛不說話了，他將目光慢慢移回了對面的牆上；馬克漢則仔細地觀察著對方，下定決心要從他冷漠的態度中探出個究竟。然而，卡蘭佛也固執地保持著自己的一舉一動，顯然不想讓馬克漢看出苗頭來。此刻的馬克漢就彷彿旱地鑿井一樣，根本見不著水源。馬克漢無奈地將身體深深地陷入到座位裡。

「好吧！就這樣！」他滿不在乎地說道，「既然今晚不肯在這麼好的環境裡說，那麼明天早上就等著接收傳票，來我的辦公室講吧！到時候我一定讓你滿意。」

「隨便！只要你高興。」卡蘭佛也不甘示弱。

「但是，到那個時候我就不知道報紙上會寫些什麼了，只好隨便那些記者怎麼高興怎麼來了！」馬克漢平靜地說著，「當然，我也會詳細地告訴他們，咱們的談話內容，一字不漏地告訴他們！」

「可是我真的沒什麼好說的。」卡蘭佛似乎想要妥協了。

很明顯，媒體對他來說有著致命的殺傷力。

「是的！你剛才已經說過了！」馬克漢冷冷地回敬道，「那我只能祝福你有一個美妙的夜晚了！」

馬克漢滿臉不悅地下了逐客令，然後轉向我和萬斯。

但是，卡蘭佛並沒有想要離開的意思。他低頭抽著雪茄，隨後發出了一聲短促的乾笑。

「該死！」他想要極力維持優雅，但又忍不住抱怨道，「好吧！我承認，我並沒有以證人的立場回答你的問題。說吧，你想知道什麼？」

「我已經說過了，不必重複了吧。」馬克漢平靜地問道，「歐黛兒過著怎樣的生活？哪些人是她最親密的伴侶？有誰想要置她於死地？任何有用的線索，都必須告訴我們。」接著，他不留情面地補充了一句，「另外，還有所有間接或者直接的，可以排除你涉及此案的證明。」

卡蘭佛被最後一句話激怒了，他愣在那裡想要反擊，但是，最終他改變了策略。他抬起頭傲慢地笑了起來，從皮夾裡拿出一張小紙片，遞給了馬克漢。

「想要消除我的嫌疑易如反掌！」他自信滿滿地說道，「這張是我在波士頓超速駕駛時被開的罰單，你看看上面的日期吧！九月十號，昨天晚上十一點半。在我開車前往賀伯岡的路上，經過波士頓時被一名騎機車的交警開了罰單。法院還等著我明天早上出庭呢！都是這些該死的警察鬧的，真是讓人心煩啊！」他藐視地看了看馬克漢，「你有辦法幫我解決這件事情嗎？這趟新澤西之旅，真是讓人討厭透了！明天還有一大堆事情等著我去解決呢！」

馬克漢瞄了那罰單一眼，將它放進了口袋。接著他微笑著對卡蘭佛說道：「這張罰單就放在我這裡吧！我會幫你處理的。現在，可以講講你知道的事情了吧！」

卡蘭佛將自己埋在椅子裡，狠狠地吸了一口煙，然後找了一個舒服的姿勢，這才開口說話：「真不曉得我知道的這些對你們有什麼幫助。是的，我喜歡她，曾經有一段時間我愛上了她，還為她做了很多愚蠢的事情。去年我在古巴的時候，寫了很多肉麻的情書給她，還傻傻地寄給她一些我在大西洋城拍的照片。」他的眼睛裡流露出自責的神情，「不知道怎麼回事，在接下來的日子裡她開始漸漸疏遠我，有時候她甚至會拒絕我的邀請。為了這些事，我跟她爭執過很多次，但是每次我都以錢來解決這些矛盾……」

突然，他停下來了，盯著掉落在地上的煙灰發起呆來，眼睛裡閃出一股充滿恨意的神色，臉部的肌肉也開始僵硬起來。

「她手裡握有那些我寫給她的信、寄給她的東西，她總是以這些來要挾我，問我要大筆大筆的錢，我實在無能為力……」

「這些事發生在什麼時候？」

卡蘭佛想了想，急切地說道，聲音聽起來痛苦極了：「今年六月。馬克漢先生，我實在不願意在人死後還說她的壞話，但是，認識這個女人是我這輩子犯的最大的錯！她既尖酸又刻薄，而且是一個可怕、冷酷的吸血鬼。我敢說，被她勒索過的人不止我一個，一定還有很多人掉入過她設計的陷阱。老路易·曼尼斯曾經告訴過我，她從他那裡騙過很大一筆錢。」

「還有其他人嗎？告訴我。」馬克漢的言辭中透露出他對這個問題的重視，「曼尼斯的事情，我已經知道了。」

「對不起，其他的我就不知道了。」卡蘭佛抱歉地搖了搖頭，「我見過她跟不同的男人在不同場合一起出現過。最近，又出現一個人和她非常親近，但是，我並不認識他們。」

「我猜，曼尼斯的這段戀曲也已經結束了。」

「從這些陳年往事中，你是得不到任何線索的。從其他人身上下手吧！我想他們跟金絲雀之間的故事應該更加新鮮。當然，如果你能夠找到他們，他們一定會向你提供新的線索的。我是個比較容易相處的人，不喜歡爭論，所以跟她算是好聚好散；但是，如果她以這種方式對待別的男人，恐怕那些男人可不會像我這樣好欺負！」

雖然卡蘭佛認為自己很好相處，但是對我們而言，可不是這樣，我們甚至覺得他是一個冷漠、沒有感情的人。我想也許是因為家庭教育的原因，讓他既呆板又沈默寡言。

馬克漢認真地看著他：「所以你覺得，是那些仰慕者產生了報復之心殺了她？」

卡蘭佛仔細思考著這個問題，半晌他才開口回答道：「也不排除這個說法，但這些都是她咎由自取的。」

一陣沈默之後，馬克漢繼續問道：「你認識一個名叫史比的人嗎？是她喜歡的一個男子，很年輕，長得也很英俊，個子不高，有雙淡藍色的眼睛，留著金色鬍子。」

卡蘭佛不屑地說：「是嗎？這好像並不是金絲雀喜歡的類型啊！另外，她從來不和年輕男子交往的。」

就在這時，一名侍者向我們走來，他向卡蘭佛鞠了一躬。

「對不起，先生，有一通電話是找你弟弟的，可他不在，對方說有很重要的事情，就讓我來問問你，接線生說也許你知道他在哪裡。」

「我怎麼知道？」卡蘭佛不耐煩地說，「以後有他的電話，不要再來找我！」

侍者離開後，馬克漢隨口問了一句，「你弟弟也在紐約嗎？他住在舊金山吧？幾年前我還見過他呢！」

「嗯，一個倔強的加州佬！他是為了讓自己回去之後，會更喜歡舊金山，就來紐約住了幾個星期。」

他說這話時的語氣、表情讓人覺得他很不耐煩，而且有點惱羞成怒，不知道是為了什麼。不過，馬克漢一心只想盡快調查清楚這起案件了，沒有發現卡蘭佛的不滿情緒。很快，他又將話題轉移到了謀殺案上。

「我們了解到最近有一個人對歐黛兒非常感興趣，年齡在四十五歲左右，身材高大，留著灰色短髭，也許這個人與你見過的是同一個？」實際上，馬克漢說的這個人，就是史伯斯蒂・伍德。

「是的，就是他！」卡蘭佛肯定地說道，「上個星期我在茂昆家見過他們在一起，不過就一次。」

馬克漢聽了有些失望。「可惜這個人已經從嫌疑犯的名單中被刪除了。一定還有別人，請你再想想看吧！這對我們的調查有很大的幫助。」

「是的，有，」卡蘭佛的表情看似非常認真，「還有一位醫師，他的名字好像叫做斯科特，家在萊辛頓大道附近。有一段時間他們的關係很親密，不知道這是否對你們有幫助。」

「你的意思是，這位斯科特醫師與她的關係非同一般。」

「實在不太清楚，」卡蘭佛抽著雪茄，像是在思考如何回答一樣，過了一會兒說道，「實際上，斯科特是『專業社會』的專家之一，他一向以神經學家自居，但是，我倒覺得把他稱為是專為神經質女人開設私人診所的醫師更恰當些。社會地位對他而言，是非常重要的資產，而且他很有錢，金絲雀們都喜歡找他這樣的男人。對了，還有一件事情，他經常來找歐黛兒，關係似乎超出了一般的神經科醫師對病人的關懷。有一天晚上，不巧我在金絲雀的公寓裡碰見了他，當時他對待我的態度非常無禮。」

「終於有一個新的線索了。」馬克漢並不是非常興奮，「還知道什麼人嗎？」

卡蘭佛無奈地聳了聳肩：「沒有了，一個也沒有了。」

「那麼，她跟你提過什麼人讓她感到害怕嗎？或者有沒有暗示過她會遇到什麼麻煩？」

「從來沒有。事實上，很多事情我都是從報紙上得知的。我並不是很喜歡看報紙，除了《前鋒報》，有時候我還會在晚上看看《每日賽馬新聞報》。今天早上的報紙並沒有報導金絲雀被害的消息，所以直到晚飯之前我才無意中從撞球間的孩子們那裡聽到，這才找了份下午的報紙來看。如果不是那些孩子，也許要到明天早上，我才會知道。」

這次談話一直持續到八點半，可惜沒有發現任何有用的線索。

當卡蘭佛起身告辭的時候，他的臉上終於露出了笑容，他說：「對不起，沒能幫上什麼忙。」接著友好地與馬克漢握了握手。

卡蘭佛離開後，萬斯對馬克漢說道：「你很聰明啊！竟然可以應付這麼難纏的傢伙。但是，你不覺得在有些方面他表現得很奇怪嗎？一開始他的眼神又呆滯又茫然，最後又變得充滿了自信，這種轉變太突然了，實在令人懷疑啊！當然了，也許是我的猜忌心太重，不過，我還是無法完全相信他的話。可能是因為他的眼睛吧！那種冷漠的眼神真讓人討厭。不管怎樣，那種感覺與他做作的坦誠實在不搭調。」

「可能覺得處境比較尷尬吧！」馬克漢倒是很寬容，「不但被美女騙了，還被勒索了很多錢，不管怎樣這都讓人高興不起來。」

「希茲說過他從未停止過對她的追求。既然六月時就將信件取回了，為什麼還要繼續那樣對她？」

「或許他真的很愛她吧！」馬克漢笑了。

「是不是覺得有點像亞伯娜？『當我準備呼喚她的時候，亞伯娜已經準備好了；雖然我呼喚的不是她，但是她仍然來了。』是啊！也許我們可以把他當做現代凱樂．莊。」

「好了，不管怎樣，我們還是得到了斯科特醫師這條線索。」

「是啊，」萬斯也得到了一些安慰，「至少這一部分我相信是真的，誰讓他在回答這個問題時那麼謹慎呢？哈哈，我來提個建議吧！我們不如現在就去會一會這位專門治療神經質女人的醫師！」

「明天再說吧！我已經筋疲力盡了。」馬克漢反對道。

萬斯看了看壁爐牆上的鐘。

「是的，時間已經不早了，但是，我們應該把握時機啊！就像皮塔科斯所寫的：『是誰丟失了幸運，他永遠不會明白：但是一旦錯過了，機會將永遠不再來。』對了，老加圖在《格言集》中也說了這樣一段話：『時間……』」

「好了，萬斯，我投降了！」馬克漢站了起來，他無奈地說道，「不要再炫耀你的文學知識了。」

真假難辨

九月十一日
星期二
晚上九點

大約過了十分鐘，我們按響了東四十四街一棟金碧輝煌的老式褐石房子的門鈴。衣著華麗的管家為我們開了門，馬克漢遞出了自己的名片。

「請把名片交給斯科特醫師，告訴他有非常重要的事情。」

「醫師剛剛用完晚餐。」管家儀態端莊地對馬克漢說道，隨即引我們進入一間富麗堂皇的會客室，房間內彌漫著柔和的燈光，窗戶上懸掛著絲質的窗簾，地板上鋪著柔軟的地毯。

「真是一棟典型的婦科醫生的住宅，」萬斯環顧四周之後說道，「我敢肯定這是一位品位優雅的紳士。」

萬斯說得果然沒錯。不一會兒斯科特醫師進入了會客室，他的目光停留在馬克漢的名片上，認真的樣子就彷彿這張名片上刻著讓他無法解讀的楔形文字一樣。醫師已經五十歲了，身材依然非常強壯，頂著一頭濃密的頭髮，眉毛也很茂密，臉上的顏色有些蒼白；雖然五官長得並不端正，但是整體而言還是比較英俊的。他身著晚禮服，在一張由桃心木刻製的蠶豆形桌子旁坐下，他的身分以及嚴謹的態度給我們留下了非比尋常的印象。隨後，他禮貌地帶著疑問的神情看著馬克漢。

「不知道有何指教？」他鄭重地問道，聲音非常悅耳，使人如沐春風。「知道嗎？你們真的很幸運，通常是見不到我的。」馬克漢還沒來得及回答，他又自顧自地繼續說道，「即使給病人看病，我也只接受有預約的。」在他看來，我們擅自闖入的行為對他是一種侮辱。

馬克漢不是那種善於偽裝自己的人，於是，他直接進入了這次來訪的主題。

「抱歉！我們並不是來徵詢你的專業意見的。還記得你有一個病人嗎？她的名字叫做瑪格麗特．歐黛兒。」

斯科特醫師若有所思地凝視著正前方。

「啊！歐黛兒小姐，是的，有這麼一個人。我剛剛看到她遇害的新聞，真讓人難過啊！有什麼我能效勞的嗎？當然，你們也應該知道，醫生有義務保護病人的隱私。」

「對於這一點我非常清楚，」馬克漢打斷了他，「但是，每一位市民也有義務協助警察將兇手緝拿歸案。如果你知道的事對我們破案有幫助的話，還是請你如實地告訴我們。」

斯科特將手稍稍舉起，禮貌地說道：「是的，我將盡自己最大的努力來協助你們。但是，請告訴我你想了解什麼？」

「既然這樣，醫師，那我就直言不諱了。據我了解，你是歐黛兒小姐的長期醫師，我想她也許同你講過一些私事，可以幫助我們從中找到對案件非常重要的線索。」

「可是，親愛的——」斯科特醫師將馬克漢的名片又看了一次，「嗯——馬克漢先生，我與歐黛兒小姐之間只是醫生與病人的關係。」

「是的，雖然你說得沒錯，」馬克漢勇敢地說道，「但是據我了解，可以這麼說吧，你們之間還存在著非職業的關係。也許換個說法會更恰當，在處理這起案件時，我們發現你的職業態度，已經超越了應有的程度。」

我聽見了萬斯偷笑的聲音，而我也忍不住笑出聲來，對於馬克漢這種拐彎抹角的罵人方式，我實在佩服得五體投地。

但是，斯科特醫師乎並沒有受到影響。在這種尷尬的氛圍中，他開口說道：「嚴格說來，我在對她的長期治療中的確產生了一種情感，是一種父輩對小女孩的喜愛。但是，我想她也許從來不曾領會到我的這份感情。」

萬斯的嘴角輕輕抽動了幾下，他坐在那裡有些想要睡覺的模樣，他用好奇又有些譏諷的神情看著斯科特醫師。

「那麼，她從來沒有跟你說過她焦慮的原因嗎？」馬克漢急切地問道。

斯科特醫師雙手合十，認真地回答著這個問題：「從來沒有，我不記得她跟我說過任何有關這方面的事情。」他吐出的每一個字都那麼慎重而又文雅，「我挺了解她的生活習慣的，但至於細節部分，就不是我這個醫師所能觸及的了。根據我的診斷，她之所以神經緊張，是因為晚睡晚起、容易亢奮，以及暴飲暴食這些不好的生活習慣。我覺得這與她放蕩的生活作息有很大的關聯，在這個時髦的年代，一位時尚的現代女子……」

「那麼請你告訴我，最後一次見她是在什麼時候？」馬克漢不耐煩地打斷了他的話。

斯科特醫師被突如其來的提問，嚇了一跳。

「讓我想想看。我最後一次見到她，是……」他撐著頭，做出一副努力回想的樣子，「大概是兩個星期以前——過去很久了，我真的有些記不起來了。我去查看一下檔案吧！」

「沒有必要。」馬克漢說完，停頓了一下，接著用親切的目光看著他，「那麼，你們最後一次見面，是以『父愛』的方式，還是以『專業』的方式呢？」

「當然是看病了！」斯科特醫師有些生氣了，他的神情既沈著又冷淡，可在我看來，他的心情已經清清楚楚寫在了臉上。

「見面的地點是在哪裡？」

「我記得是在她的公寓。」

「醫師，有人告訴我，你經常去看望她，而且也沒有選擇固定的時間。這個，好像和你所說的必須通過預約看病的方式不太一樣？」

馬克漢的口吻已經隱含了對醫生的不滿。

正當斯科特醫師準備回答的時候，管家出現在房間門口，他指著矮台上的電話，示意有外線。斯科特醫師禮貌地道歉之後，轉身拿起了聽筒。

趁這個空檔，萬斯在紙上寫了一些東西，悄悄遞給了馬克漢。

接完電話，斯科特醫師生氣地站了起來，以傲慢的態度冷峻地看著馬克漢。

「我想知道，」他冷冷地問，「檢察官的職責是以侮辱人的問題，讓備受他人尊敬的醫生感到難堪嗎？我從來沒有聽說過，醫生看望病人會成為非法的事情，甚至會成為犯罪！」

「現在我並沒有討論──」馬克漢特意強調了「現在」這兩個字，「你是不是違法了。但是，既然你自己這樣說，那麼我倒想問問看昨晚十一點到十二點，你在哪裡？」

這個問題產生了前所未有的震撼效果，斯科特醫師突然像一根繃緊的繩索，僵直地挺立在那裡，優雅的態度頓時消失得無影無蹤，他仇視地瞪著馬克漢。此時，我察覺到他在憤怒之下還壓抑著另外一種情緒，那就是：恐懼。

「昨天晚上我在哪裡，跟你沒有關係吧！」他吃力地說出這句話，緊接著他的呼吸忽然變得急促了起來。

馬克漢冷峻地盯著眼前這個瑟瑟發抖的人。他的冷靜完全瓦解了對方的防線，斯科特醫師的情緒開始失控了。

「你這樣做究竟有什麼用意？在這裡指桑罵槐地羞辱我很有意思嗎？」他大吼道，面目猙獰起來，兩手也出現了痙攣，不停地抖動著，「你們都給我滾出去！在我叫人轟走你們之前，立刻給我滾出去！」

馬克漢也被激怒了，正當他要發火的時候，萬斯拉住了他。

「沒看見斯科特醫師暗示我們離開嗎？」他說著，順手將馬克漢拉到了身邊，接著硬拉著他離開了斯科特醫師家。

在回史蒂文森俱樂部的路上，萬斯一直竊笑不止。

「這個傢伙太厲害了！簡直就是一個偏執狂。哈哈，說他像精神錯亂的躁鬱病患者更為恰當！知道嗎？就是那種大腦不健全的，時而瘋癲，時而又很清醒的人。總而言之，斯科特醫師的精神一定不正常，這都是因為得不到性滿足導致的。可憐的人啊！正好到了需求強烈的年紀。這位有名的神經科醫生，現在就像患了神經衰弱的病症，隨時隨地都會突然傳染給他人。哎呀！幸好我及時解救了你。」

他故作沮喪地搖了搖頭。

「說實在的，馬克漢，」他繼續說道，「所謂相由心生，我們要好好地研究研究那傢伙的面相才對。你發現了嗎？那位紳士有著寬闊的前額、不規則的眉毛，眼睛雖淡卻不乏神色，他的耳朵既薄又突出。這樣的面相象徵著他是一個聰明的魔鬼，但卻是道德上的愚昧的蠢蛋。馬克漢，你知道嗎？梨形臉的人最可怕了。好吧！讓他們把那種古希臘式的挑逗暗示，運用在那些遲鈍的女人身上吧！」

「真想知道他都了解些什麼！」馬克漢埋怨道。

「嗯，毫無疑問他肯定知道些什麼！如果我們也能知道，調查將會有很大的進展。從另一方面而言，他之所以隱瞞事實，這與他不愉快的經驗息息相關。看他那些做作的優雅的禮儀，俗話說禮多必有詐。知道嗎？下逐客令時那種暴跳如雷的態度，才是他的真面目。」

「是的，我也同意這個觀點。」馬克漢點頭稱讚，「你看！當我問到昨晚的事情時，他就像吃了炸藥一樣瘋狂起來。對了，當時你為什麼讓我問這件事情？」

「原因有很多。首先，他只是假裝自己剛剛看過歐黛兒被害的報導；其次，聲稱自己要保護病人的隱私，讓人覺得虛假、做作；再次，當他告訴我們他對歐黛兒只是父愛之情時，那種態度既不真實，又顯得過於謹慎；復次，最讓我懷疑的是，他為何拼命要回想起最後見到歐黛兒的時間？最後，就是他那張發狂的臉，讓我記憶猶新。」

「是啊！」馬克漢點了點頭，「這些細節的確發揮了作用。看來，我們有必要與這位上流社會的醫師再見一面。」

「是的，」萬斯若有所思地說道，「但是，我們剛剛的來訪是出其不意，下一次他就會有足夠的時間去思考或者編造一些措辭了。不管怎樣，今晚總算告一段落，從現在開始，你有足夠的時間好好想想對策。」

當然了，對於大家非常關注的歐黛兒謀殺案來說，這並不算告一段落。當我們回到史蒂文森俱樂部，打算好好休息一下的時候，一名男子來到我們面前，他禮貌地問候了馬克漢。出乎我意料的是，馬克漢竟然站起來與他問好，隨後便示意他坐下來。

「很抱歉，史伯斯蒂．伍德先生，」馬克漢禮貌地問道，「如果你有時間的話，我還想再問你一些問題。」

當我聽見這個男人的名字時，對他的好奇心就更加濃厚了。

史伯斯蒂．伍德的行為一板一眼，動作既保守又緩慢，另外他的穿著非常時髦，是一位典型的英國貴族。他的頭髮和鬍子是灰白色的，映襯得他的皮膚更加白皙。身高六尺，比例非常勻稱，但是看起來還是稍瘦了一點。

馬克漢將他介紹給我和萬斯，同時對他簡單地說明我們也在參與調查這起案件，並告訴他可以完完全全地信任我們。

剛開始，伍德對我們並不信任，經過馬克漢的介紹與勸說，很快打消了顧慮。

「馬克漢先生，我將自己完全托付給你了。」他回答的聲調有些高，但是不乏教養，「只要是對案情有幫助，我都願意配合你們。」他對著萬斯無奈地笑了笑，「我的處境非常不妙，所以可能過於敏感了一些。」

「我並不贊成道德論，」萬斯輕鬆地聳了聳肩，「我無論如何都稱不上是一個道德論者，所以我對這件事的態度也是相當開放的，放心吧！」

伍德聽了，輕輕地笑了笑。「我的家人是無法容忍這種事情的，如果他們能像你一樣該多好啊！」

「伍德先生，我必須告訴你，」馬克漢插嘴，「很可能我會讓你出庭作證。」

這位上流社會的男子立刻把頭抬了起來，他憂鬱地思索著，半天沒有說話。

「事實上，」馬克漢接著說道，「我們很快就會展開追捕行動，所以需要你出面證明歐黛兒小姐回到公寓的時間，以及你離開的時候還有人在她那裡。尤其是你聽見的她大聲求救的聲音，也許這正是將兇手繩之以法的重要證據。」

伍德也許在想像著他出庭作證的場面，那樣他將名譽掃地，因此目光呆滯地坐在那裡一動不動。過了很久，他終於開口說話了：「是的，我了解這樣做是必須的，但是這件事情一旦公之於眾，我也就完了。」

「不一定讓你出庭，」馬克漢安慰著他，「我保證，如果不是非常必要，我不會傳喚你出庭的。好了，我現在特別想問一個問題：你認識一位名叫斯科特的醫師嗎？據我了解，他是歐黛兒小姐的私人醫師。」

伍德的表情顯然說明他並不知道，他回答道：「有這樣一個人嗎？我從來沒有聽說過。事實上，歐黛兒小姐從來沒有跟我提起過任何一位醫生。」

「那麼，史比或者托尼，這兩個名字她有沒有提起過？」

「沒有，從來沒有。」他的回答非常肯定。

馬克漢低下了頭，伍德也沈默著一語不發，幾分鐘之後他開口道：「馬克漢先生，說來還真有些不好意思，實際上我非常在乎這個女孩。我想，她的公寓已經被你們封鎖了……」他停下來，眼睛裡充滿了乞求的目光，「如果可以，我希望去她的公寓看看。」

馬克漢雖然非常同情他，但最終還是拒絕了他的請求。

「對不起，我們不能答應你。這樣一來即便接線生沒有認出你，也會被記者發現的。到時候，我就不能保證你與這起案件沒有關聯了。」

史伯斯蒂．伍德非常失望，但是沒有再說什麼。

接下來又是一片靜寂，突然，一直窩在椅子裡的萬斯開口說話了：「伍德先生，昨晚和歐黛兒小姐從劇院回來之後，你們又在一起待了半小時，對嗎？那麼你在這期間有沒有發現什麼異常現象？」

「異常？」他表情顯得非常驚訝，「我們聊了一會兒，她有些累了，我就向她道晚安離開了，走的時候我還邀請她今天中午一起吃午餐。感覺並沒有異常。」

「但是，就案情來看，可以肯定你還在那兒的時候，就已經有人躲在她的公寓裡了。」

「你說得有道理，」伍德不由得打了一個寒顫，「這可能就是她尖叫的原因，我離開沒多久，那個人就現身了。」

「那麼，你聽見她的求救聲時，一點也不覺得奇怪嗎？」

「一開始我是覺得很怪異。但是，她告訴我沒什麼，讓我安心回家，所以我就以為她只是做了一個噩夢。我知道她累了，我走的時候她正躺在門邊的一張藤椅上休息，求救聲好像也是從那個地方傳出的，因此我就以為她是睡著了被噩夢驚醒的。如果那時候我不這麼想就好了！」

「真遺憾。」沈默之後，萬斯再次問了一句，「你有沒有注意，客廳的衣櫥是開著還是關著？」

史伯斯蒂・伍德緊鎖著眉頭，回憶著當時的情景。

「應該是關著的吧！如果是打開的話，我想我應該會注意到。」

「那麼，衣櫥上的鑰匙孔有沒有插著鑰匙？」

「這就不知道了。我連衣櫥有沒有鑰匙都不知道。」

就這樣又討論了半個小時，史伯斯蒂・伍德才起身告辭。

「這真是太奇怪了！」馬克漢滿臉的疑問，「你說這麼一個有教養的男人，為什麼會對一個胸大無腦、水性楊花的女人著迷到這種程度！」

「我倒是覺得很平常，」萬斯笑了笑，回答道，「馬克漢，你這麼想，是因為你的道德標準太高了。」

佐證的啟示

九月十二日
星期三
上午九點

星期三，歐黛兒命案出現了一條重要線索，這個線索對案情的發展起著決定性作用；另外，萬斯在這起案件中表現得非常活躍。在分析兇手的心理方面，萬斯的歸納發揮了重要作用，即使案情已經發展到這個階段，萬斯仍然認為只憑藉警力是遠遠不夠的。

九點左右，馬克漢應他的要求來接他，接著我們搭車前往地檢處。

當我們到達的時候，希茲已經在那兒了，他等得有點著急了，見到我們他極力掩飾著他的得意表情。待我們坐定之後，他興奮地站在馬克漢的辦公桌前把玩著一根雪茄，說道：「案情有了突破性的進展，我們逮捕了『公子哥兒』。就在昨天晚上六點鐘左右，一位名叫雷力的值勤巡警正在第六大道一家三十年代的服裝店附近巡邏，他看見『公子哥兒』從電車上下來，往麥克阿樂尼當鋪走去，立即向街角的交警示意，自己則尾隨『公子哥兒』進入了當鋪。不一會兒，交警和另外一名巡警也走了進去。隨後，他們把這個傢伙抓了個正著。當時他正在典當這枚戒指。」

說完，希茲將一枚鑲著方鑽的白金戒指，放在了馬克漢的辦公桌上。

「他們帶他過來的時候，我正在辦公。我立刻讓史尼金拿著戒指去哈林區找那位女傭，想看看她對這枚戒指有什麼看法，結果，她一眼就認出這枚戒指是歐黛兒的。」

「但是，警官，那晚歐黛兒小姐並沒有戴這枚戒指啊？」萬斯隨口說出了他的疑問。

希茲不高興地瞪了他一眼，「那又怎樣？不管怎麼說，這枚戒指肯定是從首飾盒裡被偷走的，不然你給我一個合理的解釋。」

「是啊，我承認是從那裡被拿走的。」萬斯無奈地將自己窩進了椅子裡。

「哈哈！我們真的太幸運了，」希茲轉身對馬克漢說道，「這一線索至少可以說明史比與這起案件有著直接的關係。」

「史比說什麼了？」馬克漢專注地看著希茲，「你們已經盤問過他了吧？」

「是的，」希茲的語調充滿了困惑，「我們跟他較量了一整夜，結果他的陳述始終如一。他說戒指是歐黛兒在一個星期前送給他的，之後他們再也沒有見過面，直到前天下午又見了面。大概四點到五點之間他去了她的公寓。你們還記得女傭說的話嗎？當時她外出買東西，從側門進入了大樓，這段時間側門並沒有被鎖上。史比還承認了晚上九點半左右又回來找過她，但是碰上歐黛兒不在家，於是就直接回家了，之後就一直待在家裡，哪兒也沒有去。他的房東太太提供了他的不在場證明。房東太太說，他回到家之後就一直與他們在家裡玩牌、喝啤酒，直到午夜才散場。但是，房東太太的話並不意味著什麼。史比居住的地方龍蛇混雜，房東太太不但是一名酒鬼，而且還有偷東西的習慣。」

「史比是怎麼解釋指紋的？」

「這個，他說是下午去她家裡時留下的。」

「那麼，衣櫥門把上留下的指紋呢？」

希茲氣憤地哼了一聲：「他也說得頭頭是道！他以為有人想要進來，為了不破壞歐黛兒的好事，就將自己鎖進了衣櫥。」

「他想得還真是周到啊！」萬斯懶洋洋地說道，「這種忠誠的程度實在太讓人感動了，對吧？」

「萬斯先生，難道你相信這個無恥之徒的話嗎？」希茲有些惱怒了。

「並不是相信，只是這位大情聖說得倒也合情合理。」

「去他媽的合情合理！」希茲忍不住抱怨道。

「從他那裡只得到這些線索嗎？」馬克漢顯然對這些內容並不滿意。

「是的，長官，只有這些了。」

「那麼，在他房間裡有沒有找到鑿刀？」

希茲點了點頭，接著說：「我們是不能指望他還留著鑿刀了。」

馬克漢低頭不語，過了一會兒，他開口道：「目前的情況對我們非常不利。即使我們認為史比是有罪的，即使他的不在場證明非常薄弱，但是想想接線生的證詞吧！這樣一來，他的不在場證明在法律上就成立了。」

「不要忘了戒指！」希茲失望極了，「另外我們有他的指紋、盜竊記錄，還知道他恐嚇歐黛兒的事！」

「這些都只是佐證而已，」馬克漢無奈地解釋道，「對於破解謀殺案而言，所需要的證據要比一般案件多得多。即便我們提出控訴，律師也能在二十分鐘內就讓他無罪開釋。很有可能歐黛兒在一個星期以前確實送了他這枚戒指。回想看看吧！女傭說過，就在那段時間，他曾經向她要過錢。另外，我們並不能證明那些指紋是在星期一午後留下的。還有，他和那把鑿刀有什麼關聯我們也無從得知，就像我們無法查證去年夏天在公園大道上發生的竊案是誰幹的一樣。他陳述的經過與我們調查的結果也非常吻合，我們沒有任何證據去反駁他。」

希茲沮喪地癱坐下來，對他而言，這種打擊無疑讓他快要崩潰了，就彷彿航行在茫茫大海上的帆船，突然風消失了，前途一片渺茫。

「我們應該怎麼處理？」希茲把問題丟給了馬克漢。

馬克漢也大受挫折，他想了一下回答道：「我必須親自審問他一番。」

他通知相關人員填寫了借調令，簽過字之後，讓史懷克將它拿給班・韓龍。

這時萬斯發話了：「一定要問問他絲質襯衫的事情，最好找機會問下他會不會身著白色背心搭配晚禮服。」

「這兒又不是男裝店！」馬克漢責備道。

「親愛的馬克漢，不要生氣嘛！看著吧！你從這傢伙那裡得不到任何有用的線索的。」

大概過了十分鐘，副警長從墳墓監獄裡將疑犯帶了進來。

史比這時的模樣，實在有愧於「公子哥兒」的綽號。他的臉色蒼白又憔悴，徹夜詢問的疲憊仍殘留在他身上。鬍子沒有刮，頭髮也沒有梳理，鬢角乾燥而又凌亂，領帶也歪在了一邊。但是，桀驁不馴的模樣卻沒有改變。他藐視地看了希茲一眼，更可氣的是，他竟然對於馬克漢的存在置之不理。

對於馬克漢的提問，他的回答也與希茲說的一模一樣，就連每一個細節都分毫不差，讓人覺得彷彿是在背誦課文一樣。馬克漢的態度時而友好，時而嚴厲，但是漸漸地他的耐心被消磨殆盡了，此刻馬克漢就像一頭冷酷的野獸。然而，史比也彷彿吃了秤砣鐵了心，對馬克漢猛烈的追問毫不畏懼。儘管這個人非常討厭，但此時的堅持也不得不令人佩服。

半小時之後，馬克漢無奈地放棄了，他原本的計畫也被迫流產了。正當馬克漢準備讓人帶走史比的時候，萬斯懶洋洋地起身坐到了辦公桌上，他以一種好奇的眼神看著史比。

「喜歡玩康康牌嗎？」他平靜地說道，「這是一個非常愚蠢的遊戲，對嗎？以前在倫敦，這種遊戲是相當普遍的。據我了解，這種把戲來自東印度吧！我想，你們仍然在用兩副牌玩吧？這樣可以更快地進行配對遊戲。」

史比疑惑地皺起了眉頭。檢警總是以咄咄逼人的形式來盤問對方，萬斯突然這樣問他，讓他有些措手不及。此刻，他的臉上寫滿了困惑與不安。他決定以耍賴的手段與對手交鋒。

「對了，」萬斯仍然以平靜的態度問著，「歐黛兒客廳的衣櫥，是不是可以從鑰匙孔裡看見沙發？」

突然，史比臉上的笑容消失了。

「另外，」萬斯牢牢地盯著史比，追問道，「為什麼當時沒有發出警告呢？」

我的位置離史比很近，雖然他臉上的表情沒有任何變化，但是，我發現他的瞳孔在變大。我猜，馬克漢一定也注意到了。

萬斯沒有給他回答的機會，繼續追問道：「不要太在意這些問題啦！但是還是很想知道，你有沒有被當時的情景嚇到？」

「我不懂你在說什麼？」史比氣憤地回答道，儘管他努力想讓自己鎮定，努力想在言語之間裝出一副滿不在乎的樣子，但是他的不安顯而易見。

「那種狀況下任何人都會覺得很不舒服吧！」萬斯沒有理會他，繼續說道，「當你蜷縮在黑漆漆地衣櫥中，突然有人轉動門把想要將它打開，當時的感覺是不是很刺激？」他死死地盯著史比。

史比板著臉，一言不發。

「幸運的是，事先你已經將自己鎖在了衣櫥裡，對吧？」萬斯沒有理會他，急促說道，「哈哈，如果他把門打開了，會是怎樣的一番情景啊！」

萬斯抿著嘴笑了起來，那種笑容讓人覺得毛骨悚然。

「對了，差點忘記了，你可以用你的鑿刀對付他。在黑暗的衣櫥裡你不覺得害怕嗎？你有沒有想過，如果他的身手比你敏捷，身體比你強壯，在你還沒有反擊之前，就一把掐住你了的脖子……不敢想像，真是令人不寒而慄啊！」

「你怎麼這麼奇怪？在這裡亂說些什麼？」史比終於被激怒了，他粗魯地大叫道，同時臉上閃過一抹驚恐的神色；但是，他的怒氣很快又轉變為了嬉皮笑臉，同時他還對著萬斯輕蔑地笑了笑。

萬斯坐回了座位，無精打采地伸了一個懶腰，讓人覺得他對這起案件的興趣蕩然無存了。自始至終，馬克漢一直聚精會神地注視著這場鬧劇，只有希茲煩躁地在一旁抽著香煙。

這時，史比突然開口了：「你們是不是早就算計好了？想讓我在你們不負責任的行為之下被胡亂地判處罪行，是嗎？好吧！真想這樣做的話，我倒要讓你們試試，看看你們有沒有這個能耐給我定罪！」他大聲笑了起來，笑聲是那麼的刺耳，「請你們給我的律師阿比．羅賓（紐約最富有智慧，最狂妄的律師；兩年前被取消律師資格證後，就下落不明，很少有人能夠找到他。）打一個電話吧！告訴他我要見他。」

馬克漢苦惱地揮手示意，讓副警長將史比帶回墳墓監獄。

「你那樣做是為了什麼？」史比被帶走之後，馬克漢焦急地詢問著萬斯。

「這個嘛！是我在內心深處苦思案情時的一道靈光罷了，」萬斯抽著香煙，「我說那些話是覺得史比會被我們說服，說出真相。」

「你真是太帥了！」希茲諷刺著萬斯，「我一直在等著你問他要不要躲貓貓，或者問他的祖母是不是一個有趣的人。」

「親愛的希茲，別這麼不友好嘛！」萬斯笑著懇求道，「你這樣讓我難堪極了！說真的，我和史比的這一番對話，難道對你一點參考價值也沒有嗎？」

「有，當然有了，」希茲不屑地說道，「至少讓我了解到，歐黛兒被殺的時候，他正好躲在衣櫥裡。但是萬斯，你要記住，這起案件具備專業手法，而且史比是在當鋪被當場抓獲的，而你現在的做法不但對我們一點幫助也沒有，反而還幫他洗脫了嫌疑。」

他煩躁地將頭轉向馬克漢：「長官，我們現在應該怎麼辦？」

「對於目前的局勢，我也很頭疼。」馬克漢心情不悅，「如果阿比・羅賓幫史比辯護的話，我們就只能等著接受失敗了。雖然我一直覺得他與這起案件一定有什麼關聯，但是法官只會依照證據行事。」

「那我們不如這樣好了！首先將那位『公子哥兒』放了，派人緊緊盯著他，看他有什麼舉動，然後時機合適時將他再次逮捕。這就叫做欲擒故縱。」希茲不懷好意地建議道。

馬克漢低頭思考了一會兒，說道：「這個辦法或許可行。一直將他關著，反而什麼證據也找不著。」

「是的，長官，也許這是我們最後的機會了。」

「就這樣做吧！」馬克漢點了點頭，「讓他覺得我們拿他沒有辦法了，這樣或許會露出些破綻來。希茲，這件事情就由你來處理了。找一些身手敏捷的人來，日夜盯著他，總有一天狐狸尾巴會露出來的。」

「知道了，長官，我會好好處理這件事的。」

「另外，我還想進一步了解有關查爾斯·卡蘭佛的事情，」馬克漢補充道，「盡你們最大的努力查出他和歐黛兒有什麼關係，還有安柏洛斯·斯科特醫師的所有資料，也請你費心幫我調查一下。他跟那個女人一定有些不可告人的事情，不過暫時不要靠他太近了。」

希茲悶悶不樂地將這個人的名字寫在了記事本上。

這時，萬斯打著哈欠提醒道：「在你們釋放那個俘虜之前，最好看看他是不是也有一把歐黛兒公寓的鑰匙。」

希茲咧嘴笑了起來：「不錯！這個建議很有道理。奇怪了，我怎麼沒想起來呢？」

話音剛落，他就消失不見了。

無緣再會的情人

九月十二日

星期三

上午十點三十分

顯然，史懷克已經等很久了，因為希茲剛剛走出房門，他就進來了。

「長官，門外有很多記者。」他皺著眉頭說道，「你說十點半跟他們見面的。」

看到馬克漢點頭之後，史懷克這才將門打開，很快整個屋子就被記者塞滿了。

「麻煩你們了，現在請不要問任何問題。」馬克漢輕鬆地說道，「目前還不是時候，所以我只能告訴你們一些我知道的事情。是的，希茲警官說得很對，歐黛兒命案的兇手與去年夏天在公園大道作案的竊賊是同一個人。」

接著，他簡單地向記者們說了伯納副督察發現鑿刀的事兒。

「雖然現在還沒有展開逮捕行動，但是我們已經鎖定了一名嫌犯。事實上，警方已經掌控了整個局面，但是我們必須保守祕密，不讓疑犯有任何逃脫的機會。另外，某件遺失的珠寶，也已經被我們找到了……」

大約五分鐘之後，馬克漢結束了與記者的會談。整個過程中，他始終沒有提及歐黛兒家的女傭和接線生的證詞，甚至沒有提起任何一個與案情有關的人的名字。

記者離開之後，萬斯對著馬克漢豎起了大拇指。

「親愛的馬克漢，你應付記者的功夫真是一流！法律訓練果然有它的獨到之處。你那句『某件遺失的珠寶，也已經被我們找到了！』說得太好了！簡直就是在欺騙社會！真應該給你頒個最佳口才獎啊！看來，我要多花點工夫來研究，虛偽暗示和隱瞞事實這兩門課了。」

「不要說這些無聊的事情了！」馬克漢煩躁地回應道，「希茲已經走了，快點告訴我，你剛才為什麼要和史比說那些話？心裡到底在想什麼？黑暗的衣櫥、威脅、掐住脖子、從鑰匙孔偷看，這些都是什麼意思？」

「這些話有什麼神祕之處嗎？」萬斯反問著馬克漢，「在那個恐怖的夜晚，托尼的確躲在衣櫥裡，我只是想以外行人的方式，來確認他躲在衣櫥裡的時間而已。」

「結果怎樣？」

萬斯沮喪地搖了搖頭。

「你明白的，馬克漢。這個想法既模糊又曖昧，同時充滿了想像的空間，實在無法確定。也許可以證明一些事情，但是，目前為止我還沒有發現它對我們有什麼幫助，因為它讓原本模糊的情況變得更複雜了。現在我已經後悔那樣質問史比了。」

「莫非你認為史比親眼目睹了這起凶殺案？」

「這只是其中一部分。」

「萬斯，你真的嚇到我了！」馬克漢大笑起來，「那麼根據你的推測，史比是無罪的，只是他把知道的事情都隱瞞起來了，同時還捏造了不在場證明，就連在被捕的時候也一句話不說。萬斯，你不覺得這樣說很牽強嗎？」

「這個我知道。」萬斯也很無奈，「但是這種感覺一直困擾著我，我不得不遵照它的旨意去行事。就彷彿被惡靈附身一樣，我的五臟六腑被它肆意地啃噬著。」

「萬斯，你知道這個想法意味著什麼嗎？意味著史伯斯蒂．伍德和歐黛兒小姐從劇院回來之前，房間內已經躲藏了兩個互不相識的人，一個是史比，一個是你虛擬出來的兇手！」

「是的，正是這個想法讓我摸不著頭腦。」

「天哪！這樣一來，他們倆必定是前後進入的房間，並且各自躲藏了起來。我想知道，他們是怎麼進去的，最後又是怎麼出來的？誰讓歐黛兒發出了尖叫聲？那個時候，另外一個傢伙又在做什麼？如果史比不是兇手，是個驚嚇過度、不敢出聲的目擊者，那麼他又是怎樣撬開首飾盒拿走戒指的？」

「拜託！不要再說下去了！」萬斯哀求著，「我承認我的想法很難讓人理解。但是你知道的，我自從生下來就喜歡幻想。只是這一次，我的想法瘋狂得有些過頭了。老天爺啊！我該怎麼辦啊！」

「親愛的萬斯，就這一點，我們的看法是完全相同的。」馬克漢笑了起來。

這時，史懷克進來了，他遞給馬克漢一封信：「是信差送來的，上面還說是『急件』。」

這封出自斯科特醫師之手的信寫得既正式又講究，信裡詳細說明了星期一晚上十一點至凌晨一點之間他所有的活動，同時他還在信中對訊問時失禮的態度表示道歉。但是不管怎樣，他的解釋都無法讓人相信。他說那天因為診治的工作他感到特別疲憊，我們的突然造訪讓他很不愉快，尤其是檢察官不友好的態度更是讓他非常不爽；最後他說道，只要我們需要，他會盡一切努力協助我們的工作；他還特別強調，當時朝著我們發脾氣真是沒必要，因為想要證明他週一晚上的行蹤輕而易舉。

「真是一個滑頭！」萬斯說道，「看來，他已經仔細地考慮了整個狀況，最後告訴你一個不在場證明，這樣一來，案件變得更加棘手了。發現了嗎？他說他一直跟病人在一起。說得跟真的一樣！到時候，你說要訊問病人，他又會說病人太累了，不適宜去訪問。看看吧！在這樣一籌莫展的情況下，他還能編出一個不在場證明來，還真挺厲害的！」

「我才不在乎這些呢！」馬克漢順手將信收了起來，「我就不相信了，那個渾球會神不知鬼不覺地進入歐黛兒的公寓。太難想像了，你說他鬼鬼祟祟進入房間時是什麼模樣啊？」接著，他隨手拿起一沓文件，「好了，如果你不反對的話，那麼現在我要為我每月那一萬五千元的薪水，開始努力工作了。」

可萬斯並沒有離開的意思，自顧自地走到桌子旁，翻起電話薄來。

「馬克漢，要不要聽我的建議？」不一會兒，萬斯開口說道，「我認為你應該和路易．

曼尼斯先生好好談談，而不是在意你手邊的那些例行工作。目前為止，所有與瑪格麗特有關的男人，就他還沒有被傳喚。我對他很好奇啊！真想看看他長什麼樣。算上他，整個故事的男主角們就都到齊了。據我所知，他就住在淑女街，很容易找到。」

馬克漢本來不同意萬斯的提議，但他知道萬斯這樣做一定有自己的目的。於是，沈默片刻之後，他表示可以試試看，反正就目前的狀況而言，沒有任何線索可尋了，是會會曼尼斯的時候了。

「好的，」他答應道，順手按下了鈴聲讓史懷克進來，「不過我可不抱太大希望。希茲說過，一年以前歐黛兒已經將他的名字從情人名單中刪除掉了。」

「說不定他們藕斷絲連呢！或者，他還為此在發著脾氣，喝著悶酒呢！這些，只有問過他之後我們才能知道。」萬斯坐回椅子上，「但是我想他一定樂意接受調查的。」

接著，馬克漢讓史懷克轉告崔西，讓崔西開車將曼尼斯帶到這裡；還讓崔西隨身帶了一張傳票，說必要的時候可以用上。

大約半小時以後，崔西回來了，「曼尼斯先生非常配合，他現在已經在接待室了。」

不一會兒，曼尼斯被帶了進來。

他身材高大，腳步很沈重，他的樣貌正是中年男子的寫照，歲月無情地鞭打在他身上，他一邊掙扎著，一邊卻又不得不承認容顏一去不回。他上身穿著格子花紋的西裝、織錦背心，腳踩一雙珍珠灰的長筒靴，手裡還拿著一根雕工精細的手杖。一身裝扮看似講究卻令人覺得做作。但是，當我們注意到他的五官之後，才發現這身可笑的裝扮算不上什麼。一對小得出奇的眼睛射出一股狡黠的光亮；而鼻子同他那肥厚的嘴唇以及漏斗式的下巴比較起來，可以用小巧來形容。這樣的面容加上他那逢迎諂媚的態度，十足讓人厭惡。

當馬克漢請他坐下來的時候，他的屁股只挨到了椅子的邊緣，他將粗胖的手放在膝蓋上，用戒備的眼神看著我們。

「很抱歉打擾你，曼尼斯先生，」馬克漢禮貌地說道，「但是，這件事情迫在眉睫。前天晚上，一位名叫瑪格麗特．歐黛兒的小姐被人殺害了。在調查過程中，我們得知有一段時間，你與她來往得非常密切。我想你也許知道一些事情，能夠幫助我們盡快破案。」

曼尼斯的臉上露出一抹奉承的笑容。

「是的，很久以前我就認識金絲雀了。關於這一點，我想你們已經知道了吧！」他輕輕地嘆了一口氣，「我想說她是個不錯的女人，長得漂亮又有品位，打扮得非常得體。可惜啊！她如果繼續在演藝界打拼的話，一定會成為耀眼的明星的。」接著，他做出一個否認的手勢，「可是我已經有一年多沒有見她了，所以……你明白我的意思吧？」

曼尼斯非常謹慎，他的目光始終沒有離開馬克漢的臉。

「你們曾經有過爭吵？」馬克漢隨口說出這麼一句。

「沒有，我倒不覺得有過爭吵。」曼尼斯停頓了一下，想必在考慮如何解釋吧，「當然，可以說我們有過意見不和的時候。當我們厭倦了彼此，決定分手的時候，為了金錢有過小小的摩擦。我最後跟她說的話是，只要她需要朋友，可以隨時來找我。」

「看來你很關心她。」馬克漢輕輕說著，「你們之間就沒有死灰復燃過？」

「沒有，這是不可能的。從那以後，我們就再也沒有聯繫過。」

「曼尼斯先生，」馬克漢的語調中充滿了歉意，「有一個比較私人的問題想要問問你，你有沒有被她敲詐過？」

曼尼斯在用力地思考著什麼，此刻他的眼睛變得比平常更小了。

「沒有！當然沒有。」雖然想得時間久了一點，但是他仍然刻意地強調道，並且還揮舞著雙手，「一次也沒發生過。」最後他又忍不住悄聲問道，「你怎麼會這樣想？」

馬克漢解釋道：「有人告訴我，曾經有一兩位愛慕者被她敲詐過。」

曼尼斯的臉上立刻露出了驚訝的神色。「啊？你是在開玩笑嗎？不可能的！」接著，他不懷好意地看著馬克漢，「不過，也許她敲詐的對象是查爾斯·卡蘭佛？」

馬克漢追問道：「為什麼是卡蘭佛？」

曼尼斯再一次揮舞著他的手，這次充斥著輕蔑的味道。

「只是這樣覺得，並沒有什麼特別的理由。」

「是不是卡蘭佛告訴過你？」

「怎麼會？我倒想問問你，卡蘭佛為什麼要告訴我？他這樣做有什麼目的？」

「那麼，你有沒有告訴過卡蘭佛，歐黛兒敲詐過你？」

「沒有！絕對沒有！」曼尼斯發笑了，笑容極盡誇張，「你的問題真是太可笑了！」

「那你為什麼要提到卡蘭佛？」

「不是已經跟你說過了嗎？沒有理由。他認識金絲雀又不是什麼祕密。」

接著，馬克漢轉移了話題。

「你認識安柏洛斯．斯科特醫師嗎？他與歐黛兒又是什麼關係？」

曼尼斯愣了一下，然後說：「不認識。我和她交往的那段時間，沒發現她認識的人當中有這麼一個。」

「那麼，你知道除了卡蘭佛，還有誰跟她比較好嗎？」

曼尼斯搖了搖埋下的頭：「這個我還真不清楚。你們應該知道的，她水性楊花，一會兒跟這個男人好，一會兒又換成那個男人。可惜我並不認識這些男人。」

「聽說過托尼．史比嗎？」馬克漢坐直了身子，看著曼尼斯。

曼尼斯轉動著眼珠，猶豫不決。

「這個人，我好像聽說過；不過，我也不確定。你們怎麼會覺得我認識這個人呢？」

「你能想想看，誰有可能殺害歐黛兒小姐嗎？」

結果，問來問去他都在強調不認識馬克漢提到的那些人；接下來的幾個問題也沒得到有用的答案，馬克漢只好讓他離開了。

「老兄，結果並不壞，對吧？」萬斯倒是覺得這次問話有些收獲，「這個曼尼斯不是個想不通啊！」

好東西。真不明白，他為什麼總是一副膽怯的樣子，好像害怕別人發現什麼似的。真是讓人

「是的，他的確很小心。什麼線索也沒撈著。」馬克漢補充說。

「那可不一定，」萬斯靠在椅子上抽著香煙，「我倒覺得得到了不少線索呢！很明顯，他肯定也被敲詐過；另外，他與歐黛兒一定還有來往。你看見了嗎？當你提到卡蘭佛的時候，他的表情多麼不自然啊！想必，他把卡蘭佛拖下水也是有原因的。他避重就輕的措辭，更是讓人覺得有問題。我看，曼尼斯與卡蘭佛一定有某種交集。不管怎樣，曼尼斯還是為我們提供了一些啟示。對了，我敢肯定他並不認識斯科特醫師；但是他卻知道有史比，只不過他不想承認。情況不在我們預料之中，線索倒是不少，但是，我們到底該從哪裡著手呢？」

「我被打敗了。」馬克漢無奈地看著萬斯。

「我理解，」萬斯同情地說道，「但是，現在必須用智慧來面對這一切。走吧！已經到午餐時間了，去品嘗一客馬葛黎魚排吧！它會讓你振奮起來的。」

馬克漢看了看手錶，然後起身與大家一同前往了史蒂文森俱樂部。

鑿刀與火鉗

九月十二日
星期三
中午

我和萬斯吃過午餐之後，沒有回到馬克漢的辦公室，因為馬克漢有一大堆的公事要忙，而希茲還在調查卡蘭佛和斯科特，歐黛兒命案沒有任何進展。湊巧的是，萬斯有兩張喬丹諾的《聖．賽奈夫人》歌劇票，於是兩點左右我們來到大都會劇院。整個歌劇情節非常精彩，但是萬斯並沒有專心看，歌劇一結束，他就讓司機立刻載我們回到史蒂文森俱樂部。萬斯本來在下午有兩個約會，但是他取消了，就等馬克漢到來，可見他對歐黛兒命案頗為用心。

六點剛過，馬克漢就來了，一臉的疲憊相，煩躁不安。用餐時，他只提到了希茲已經把卡蘭佛、斯科特醫師以及曼尼斯的調查報告交給他了。直到我們吃完晚飯，坐到我們喜歡的那個角落後，才再次談起了歐黛兒命案。

這次的討論給了我們一個新的方向，但順朝著這個方向，我們能很快找到兇手。

這兩天超重的壓力以及極度的焦慮讓馬克漢有些吃不消了，他明顯憔悴了許多，嘴角卻依舊洋溢著不屈不撓的堅毅。他慢悠悠地點燃一支雪茄，接著，狠狠地吸了幾口。

「這些討厭的報紙！」他抱怨道，「總是喜歡干擾我們辦案！今天的晚報看了嗎？氣死我了，全部都在找兇手，好像是我故意把他藏起來一樣。」

「老兄，別這樣。」萬斯笑了，「你忘了嗎？這是一個民主的社會，每個人都可以自由地評論。」

馬克漢不屑地說：「我不是指這個，只是覺得那些自以為聰明的記者實在不招人喜歡。你知道他們在做些什麼嗎？他們正在努力地將這起齷齪的案件，轉變為家喻戶曉的充滿激情的連續劇。你去看看吧！現在就連小學生都知道這起搶劫殺人案了。」

萬斯將眉毛向上挑著，停止了點煙的舉動，瞪著馬克漢說：「喂！你不會說你告訴媒體的消息，都是真的吧？」

馬克漢被嚇了一跳：「你這話是什麼意思？」

萬斯詭異地笑著：「我倒認為你是在耍小聰明。哈哈，這樣一來真正的兇手，就會覺得自己很安全，而你也可以從容不迫地進行調查了。」

馬克漢很不悅：「萬斯，你這是在說什麼呢？」

「沒什麼，真的。」萬斯安慰著馬克漢，「我知道希茲認定史比就是兇手，但是我實在沒想到，你也認為這起案件是慣竊所為。我一直以為你放走史比是真的希望他可以將兇手引出來，甚至認為你只是在應付那位喜歡輕信別人的希茲警官。」

「我明白了！又是你那荒謬的想法在作怪。」馬克漢擺明是在諷刺萬斯，「什麼兩名歹徒藏在不同的地方！哈哈，你的想法果然比希茲高明多了！」

「喂！不要這樣！我知道我的想法有些荒謬，但是你那套竊賊作案也好不到哪兒去。」

「我倒想知道哪裡不好了？」馬克漢憤憤地說道。

「原因很簡單，這起案件顯然是有人精心籌劃了很長時間進行的蓄意謀殺，根本不是慣竊所為。」

馬克漢哈哈大笑起來：「萬斯，你知道嗎？你為我點亮了一盞明燈。」

萬斯故意對他鞠躬道謝：「是嗎？能為你帶來光明，我很榮幸啊！」

接下來一陣沈默，半晌馬克漢才繼續說道：「難道又是因為你的那些推測，得知殺害歐黛兒的兇手是一個聰明絕頂的人？」他的語氣中仍然充滿了譏諷。

「是的，這與我推測班森謀殺案的邏輯相同。」萬斯的聲音依舊悅耳。

馬克漢無奈地笑了。

「好的，不要以為我輕視了你的貢獻，但這次我想你真的錯了。我們現在面對的這起案件，就是一起再普通不過的謀財害命案罷了。」

「是啊！尤其是害命。」萬斯冷漠地補充了一句，「可惜啊，你和警方現在卻只能被動地等待兇手現身。」

「我承認，目前的狀況並不是大家希望的。」馬克漢沮喪地說，「可是，不管怎樣我都不明白你那些高深的想法對這起案件有什麼幫助。案情不過就是這樣，我們現在需要做的就是找到證據。都怪那些記者，他們對案件大肆渲染，弄得民眾都關注起這件事來了。」

「好啊，馬克漢！」萬斯的語氣既溫和又嚴肅，「假如你真要這麼看的話，就請你放棄這起案件吧！否則你只會在這上面狠狠摔一個大跟頭。我敢打賭這就是一樁高明的謀殺案，這與兇手的智慧是分不開的。你還是相信我吧！只有聰明絕頂的人才幹得出這種事情。」

看著萬斯堅定的表情，聽著他那就事論事的平淡語氣，馬克漢又抑制不住自己想要嘲諷他的衝動了。「好樣的！那現在請你告訴我，」他的態度甚至有些無理取鬧，「這些稀奇古怪的結論，你是怎麼得出來的？」

「願意效勞。」萬斯吐出幾個煙圈，懶散地看著煙圈在空氣中飄散，接著用冷淡的語氣開口說道，「馬克漢，你知道嗎？任何藝術都有它的特質，這在鑒賞家的眼中被視為『原創力』，也就是指狂熱與自發的創造力；而贗品就不具備這一點，因為它太完美，精雕細琢的跡象太明顯。任何一個人都可以看出意大利畫家波特西里、佛蘭德畫家魯本斯他們的畫是有瑕疵的。但是對於原始創作而言，這些瑕疵算不上什麼；然而，你去看那些贗品吧！那裡面不會有任何瑕疵出現。真正的藝術家是不會將所有的細節都計畫得準確無誤的，只有模仿者才會這樣做。儘管如此，就算模仿者的功底再好，他也無法模仿出原作者的那種氣息。仿製品透露著的是不真實、做作，因此不論仿製品與真跡多麼像，都始終有天壤之別。你明白我的意思嗎？」

「我們的大評論家，很感謝你的這番教導！」

萬斯笑著謙虛地鞠了一躬，接著說了下去。

「現在讓我們看看歐黛兒命案吧！你跟希茲都覺得這起案件不過是一樁普通、卑鄙、無恥的刑事案。可我不這樣想，我不關心案件的表面跡象，我在意的是什麼原因導致了命案的發生。據我觀察，這是一起刻意安排的模仿式案件，並不是一件單純的命案，兇手對每一個細節都把握得非常精準，稱得上是一名技術純熟的模仿高手；兇手的作案手法也很厲害，完美得幾乎沒有任何線索可尋，但這正是它的敗筆所在。命案的組裝並不完整，這是因為它缺少了原創力。說得好聽一點，它是一件精心雕琢的作品；說得難聽一點，它就是一件贗品。」萬斯向馬克漢拋去一個迷人的微笑，「我想這些內容不會讓你覺得乏味吧！」

「萬斯，你接著說。」這次馬克漢客氣了很多，這樣的轉變讓人覺得有些滑稽。但是，很明顯他對萬斯的這些話產生了興趣。

「生命與藝術相同，」萬斯繼續緩慢地說道，「人類的一切活動不是真實就是虛假，不是真摯就是偽善。例如，兩個人一起吃飯，他們所做的事情是相同的。但是敏銳的觀察者可以看出誰的教養更好一些，而誰又在刻意模仿著對方。」他朝著天花板吐出一個煙圈，隨即將身體縮回椅子裡。

「馬克漢，你是怎樣看待一件齷齪、卑鄙的搶劫殺人案的？它的一般特徵是殘暴、凶狠、倉促、凌亂不堪、被損的首飾盒、扯斷的項鏈、撕破的衣服、翻倒的台燈、破碎的花瓶，以及散落一地的雜物。這些狀況是大家普遍的印象；但是，你稍微細想一下就會發現，這些情節只會在小說和戲劇裡出現，在案件裡怎麼會全部出現呢？我的意思是，在真實的刑事案件現場，這些是不會井然有序地全部出現的。原因很簡單，在真實的生活中任何一件事都不會一成不變地上演，錯誤總會隨時隨地地發生。」

他用手輕輕地比畫著。

「但是仔細分析一下這起案件吧！你會發現，它的佈局以及所有細節都像是事先安排好的一樣，就像左拉的小說，它幾乎是完美無缺的，即便是最後的結局也都是經過計算的。在藝術領域上，這被稱為精雕細琢過的犯罪。因此在我看來，這件命案是蓄意發生的，我實在沒有辦法找到任何瑕疵。我想你能明白，任何完美的東西都不是真實、自然的。」

馬克漢低頭不語，過了一會兒他問：「你還是認為這是蓄意謀殺？」不同的是，這次馬克漢的聲音裡沒有任何諷刺的味道。

「是的。如果是普通竊賊所為，這個世上就不會存在心理學、藝術法則以及真理了。同樣的道理，如果它真的是純粹的入室搶劫案，那麼大師的作品與贗品也就沒有區別了。」萬斯的語氣非常堅定。

「我了解了，你已經完全打消了入室搶劫的念頭了。」

「那只是故弄玄虛罷了！」萬斯語氣很堅決，「從這起蓄意安排的命案來看，它背後一定隱藏著一個不可告人的祕密。我敢肯定，這名兇手接受過高等教育，想像力也非常豐富。

我猜一定是那個女人的存在讓他身處萬劫不復的境地，甚至會給他帶來毀滅性的災難，否則他是不會冒險來玩這樣的遊戲的。因此，衡量二者之後，他選擇動手殺掉這個女人。」

馬克漢沒有立刻搭腔，他好像失去了判斷能力一樣，半天沒回過神來。最後他用懷疑的眼神盯著萬斯，開口說：「那麼你如何解釋那個被撬開的首飾盒？你那動人的假設，與經驗老到的慣竊使用鑿刀這一點好像並不相符？」

「這個我知道，」萬斯點了點頭，「我一直在為它苦惱。是的，馬克漢，整個作案現場都是刻意安排的，只有那把鑿刀是個意外。就好像是模仿者完成作品之後，原創者又隨即出現一樣，為這幅贗品添上了一道點睛之筆。」

「這樣一來，我們的矛頭不是又指向史比了嗎？」

「他嘛？嗯，是，的確可以這樣解釋，但也許並不像你想的那樣。我並不懷疑史比撬開了那個首飾盒，那可能是他唯一做過的事情，或者說是案發之後唯一能讓他做的事情。這就是為什麼他只拿到了死者當晚沒有佩戴的戒指的原因，而其他所有佩戴在死者身上的廉價貨都不翼而飛了。」

「你怎麼這麼肯定？」

「老兄，你還不明白嗎？就是那把火鉗！誰會在首飾盒被撬開之後，還用一把生鐵製成的火鉗去敲打呢？除非首飾盒沒有被打開之前才會這樣做。首飾盒上那看似瘋狂的痕跡，可以肯定只是兇手的障眼法罷了。真凶並不在乎能不能打開首飾盒，而只是要讓別人覺得他曾經費力地試圖打開它，他還特意將火鉗扔在了扭曲變形的首飾盒旁。」

「我明白了。」看起來萬斯的觀點令馬克漢印象深刻。因為在梳妝台上出現的火鉗，始終沒有一個合理的解釋，「你之所以質問史比有沒有看見另外一名兇手，原因就在這裡？」

「對。就首飾盒而言，我認為有兩種可能的情況：一種是當兇手偽裝現場時，史比已經躲在公寓裡了；另一種是，在兇手行凶、偽裝現場離開之後，史比才闖入房間看見這一景象。但是，從與史比的談話中我肯定，兇手行凶時他已經在現場了。」

「躲在衣櫥裡嗎？」

「嗯，這樣一來就可以說明衣櫥為什麼沒有被搜刮了。原因很簡單：如果不是因為史比在裡面反鎖了衣櫥，兇手一定會找到他。從兇手的小心謹慎來看，他絕不可能忽略衣櫥。正是如此，衣櫥把手上留下了史比的指紋。」

萬斯挪動了一下身體。

「親愛的馬克漢，除非你順著這個思路來偵查案件，否則一切行動都是白費。」

非常嫌疑人

九月十二日

星期三

晚上

萬斯說完之後，馬克漢陷入沈思，整個房間沈寂良久。馬克漢的看法動搖了。是的，僅憑是史比的指紋就斷定他是兇手，這一看法已經不能滿足馬克漢了。雖然不知道兇手到底是誰，案情仍然撲朔迷離，但是有一點萬斯已經肯定了——史比不可能是兇手。馬克漢開始有些贊同萬斯的想法了，但他嘴上卻不願認輸。

「該死，萬斯！」他的眼睛充滿渴望，「我才不會被你那些誇張的看法說服呢！不過，我對你的分析倒是很感興趣，我想問你……」

他猛地坐直了身體，盯住對方。「誰是真正的男主角？」

「說真的，這個我完全沒有頭緒。」萬斯的回答令人沮喪，「可以肯定的是，那名兇手一定是一個機靈、聰明、膽量十足的傢伙，而且正陷於被死者徹底毀滅的階段中。我想他應該是一個天性殘忍，並且以自我為中心的宿命論者，一個瘋狂的人。」

「你該不會說是個瘋子吧？」

「天哪！馬克漢，他不是瘋子，只是一個行為、思想瘋狂的人。他的思維是正常的，是一個精於算計的瘋狂的傢伙；可以說他就像你、我，還有老范一樣。只是我們的這種行為無傷大雅，而這位老兄的瘋狂行為已經超越了法律所能容忍的程度。如果他的這種行為局限於高爾夫球，你也就不會要揪他出來了；只可惜他將冷靜的理智用在了殺害一個女子上，所以你必須把他揪出來！」

「是的！」馬克漢冷冷地回答著，「在我的理念中，殺人就是瘋子的行為。」

「但是老兄，他並不是一個殺人狂。不要忘記了心理學上的微妙特質，兇手是被某一個人激怒了，正因為被激怒，他才設計了這種巧奪天工的殺人手法。這起案件說明他有著過人的智慧。他的行為有些駭人，但是只要你抓到他，就會發現他是一個再正常不過的人。」

馬克漢再次陷入沈思。

「可惜你的推斷與已知的命案並不相符。萬斯，對於我們而言，事實才是最重要的。」

「你怎麼會無緣無故就承認自己的缺點呢？」萬斯挑釁地說。過了一會兒，他繼續說道：「我倒想聽聽看，哪些事實與我的推斷不符了？」

「照你這麼說的話，與歐黛兒謀殺案扯得上關係的只有四個人。希茲已經徹底調查過歐黛兒了，自從她在法利斯露臉以來，這兩年中與她有曖昧關係的只有曼尼斯、斯科特醫師、卡蘭佛老爹，還有就是史伯斯蒂．伍德了。除此之外，這個挑剔的金絲雀沒有同其他任何人親近過。」

「看來你已經擬定了一份名單啊！」萬斯語氣很冷漠，「不知道你在想些什麼，你以為是殺人集團嗎？」

「當然不是，」馬克漢異常地有耐心，「我只是需要一個合理的情況。一年以前曼尼斯已經和金絲雀斷絕關係了；卡蘭佛和伍德這兩個人有著充分的不在場證明；剩下的就只有斯科特醫師了。儘管這個人脾氣非常暴躁，但我實在無法將他與竊賊或者殺人犯聯繫在一起。另外，他也有不在場證明，雖然是自己提供的，但聽起來很可信。」

萬斯無奈地搖了搖頭：「真是悲哀！一位具有十分豐富法學知識的人，竟然會有這麼幼稚的想法。」

「難道你不覺得這很合理嗎？」馬克漢反駁道。

「馬克漢！」萬斯厲聲說道，「你的推論沒有任何道理！唉，如果你能夠分辨理性與非理性的差異，那麼現在的你就會是神而不是執法者了。你知道嗎？再這樣下去，你只會越陷越深。這起案件的關鍵不在於已知的情況，而是那些不為人知的事情；也就是說，我們要找到真實的一面。」

他抽了一口香煙，將身體仰靠在椅子上。

「你不是說希茲已經給你調查報告了嗎？那麼請你告訴我，你對他們了解多少。他們的媽媽叫什麼名字？他們早餐都吃些什麼？他們會對野葛過敏嗎？好吧！就從史伯斯蒂・伍德開始吧！你對他了解多少？」

馬克漢清了清喉嚨，開始說道：「他的家族是清教徒，歷代的家族成員做過州長、市長，還有成功的商人。祖宗八代都是純正的新英格蘭人。伍德是新英格蘭上層社會的代表，但是，他與歐黛兒的緋聞卻違背了清教徒堅持的規定──禁慾。」

「嗯，這與一味禁慾的規定有著逆反的心理。」萬斯說道，「那他從事什麼工作？他的錢又是從哪裡來的？」

「他的父親靠著生產汽車裝飾配件發跡，隨後這份事業留給他繼承。雖然他並不是很情願，但是，應該也設計過一些裝飾配件吧！」

「哦，但願裝有芳香紙片的玻璃瓶不是出自他手。可惜啊！設計汽車裝飾配件的人，並不能說明他不會殺人啊！」

「不會是他的。」馬克漢忍著脾氣說，「至少他與你說的條件不符。我們已經了解過了，他離開歐黛兒之後，一直和瑞豐法官待在一起。這是不爭的事實！」

「是的，我同意。」萬斯笑了，「還有什麼要補充的嗎？」

「對了，他的老婆很有錢，據說是一位參議員的女兒。」

「這個我可不關心。說說曼尼斯吧！」

馬克漢看了看報告：「他父母坐著最便宜的三等艙移民到這邊。他的本名應該是曼尼克維茲，出生於東岸。曾經在父親開設的毛皮店裡學做生意，後來在聖佛斯哥公司工作，還當上了工廠領班。積攢了一筆錢之後，開始炒地皮；之後又做起毛皮生意，直到現在。他就讀於公立商業專科學校夜間部；一九〇〇年結婚，一年之後就離婚了，從此出入各種俱樂部，過著紙醉金迷的生活，但是從來沒有大醉過。據我的猜測，俱樂部裡的消費經常是由他來支付的。他還在音樂劇上投資了很多錢，所以總有美女環抱左右。他尤其偏愛金髮美女。」

「這對我來說沒有任何幫助。」萬斯嘆氣，「在這個城市裡，到處都有曼尼斯這樣的人物。那麼，那位醫師呢？」

「斯科特醫師的家族好像也是移民過來的。他是法匈混血，在中西部的一個小鎮長大。是俄亥俄州立大學的醫學博士，在芝加哥的時候曾經從事過一些黑市交易，但是從來沒有被逮捕過。自從來到艾伯尼以後，就瘋狂迷戀上了X光儀器的研究，發明了一種豐胸產品，還因此成立了上市公司，讓他狠狠地賺了一筆。隨後兩年去了維也納。」

「嗯，與弗洛伊德很像！」

「回到紐約之後，開設了一家私人療養院，療養院的收費高得離譜，於是他也步入了暴發戶之列。從那以後，他一直很有錢。幾年前因為一件毀約案被告發，但是最終以庭外和解的方式收場了。另外，至今未婚。」

「像他這樣的人，永遠不會結婚的！」萬斯說，「這個報告倒是很有意思，嗯，不錯！我真想成為一名神經病，好讓他來治療我啊！我實在太想進一步了解他了！你說，那個可憐的女人被害時，我們這位醫師在哪裡呢？這一點，你能告訴我嗎？」

「愛莫能助，可不管怎樣，我都覺得他不會殺人的。」

「你很固執啊！」萬斯說道，「好吧！我們繼續。卡蘭佛呢？他那個『老爹』的綽號很有意思啊！可以跟貝多芬的綽號『矮冬瓜』，俾斯麥的綽號『瘋狂的容克』媲美了。」

「卡蘭佛是紐約坦曼尼協會忠貞的黨員。他這一生大部分時間都在為政治作貢獻，二十五歲的時候就已經赫赫有名了。有一段時間，他還在布魯克林區為民主黨聚會專門開設了一家俱樂部。曾經擔任過兩屆市議員，還當過律師。離開政壇以後，經營過一家小型的賽馬中心，還取得了薩拉托加非法賭場的特許。現在在新澤西有一家撞球場。總而言之，是一個職業賭徒，而且酷愛杯中物。」

「結婚了嗎？」

「很抱歉，沒有這項記錄。但是卡蘭佛當時不在場，別忘了他有一張晚上十一點半在波士頓開的超速罰單。」

「這就是你剛剛說的不在場證明？」

「是的，從法律角度來看的確如此。」馬克漢回答，「那張罰單上清楚地寫著當時的時間、地點。波士頓距離這裡大概有五十英里，開車至少要花上兩小時。因此，卡蘭佛大概是在晚上九點半左右離開紐約的，就時間而言，他沒有辦法在歐黛兒死亡之前趕到。另外，我已經查過那張罰單了，千真萬確；而且那張罰單也是我讓人註銷的。」

「那位交警有沒有當面指認卡蘭佛？」

「沒有，我在電話裡向他描述了卡蘭佛，並且他把車牌號碼也記下來了。」

萬斯瞪大眼睛，憐憫地看著馬克漢。

「天哪！親愛的馬克漢，你實在讓我……難道你不知道，那位偏遠地方的交警，只是在那晚十一點半發生命案的時候，將一張罰單交給了一位在波士頓附近開著卡蘭佛的車的中年男子嗎？如果卡蘭佛有意在午夜時分作案的話，那樣的不在場證明，是可以事先安排的！」

「萬斯，」馬克漢哈哈大笑，「你這樣說不覺得很滑稽嗎？你以為每一個罪犯都會事先編造不在場證明嗎？你太抬舉他們的智慧了！」

「是的，」萬斯的表情很冷漠，「我就是這樣想的。如果一個人身處絕境，正準備籌劃一起謀殺案的時候，他一定會激發自己所有的智慧的。真正讓我驚訝的是，你們這些警員竟然會這麼幼稚，認為謀殺案的兇手會不為自己的安全考慮。真令人失望！」

馬克漢聽了之後，十分不滿地辯駁：「我敢向你保證那張罰單，的的確確是卡蘭佛本人從交警手中拿到的。」

「好吧，我相信你。」萬斯無奈了，「那不過是一個假設罷了！當然了，也不排除它的可能性。不過我堅信，歐黛兒小姐是被一位心思縝密、智慧超群的人殺害的。」

「可惜我認為，」馬克漢發怒了，「只有和她關係親密的人才會做出這種事情來，但是這些人只有曼尼斯、卡蘭佛、斯科特和伍德。可惜的是，這四個人都缺少作案時間。」

「老朋友，看來我們倆要唱反調了。」萬斯平靜地說，「他們四個人都有嫌疑，而且我肯定，兇手就是其中一個！」

馬克漢不屑地看著他，「好吧！好吧！真相大白了！那麼你告訴我，兇手到底是誰？你說出來，我立刻逮捕他，這樣我就可以處理別的案子了。」

「你總是這麼毛毛躁躁！」萬斯嘆了一口氣，「智者是不會那樣的。所謂『欲速則不達』，你沒有聽說過嗎？《可蘭經》說得更直白：『毛躁是魔鬼』；還有莎士比亞的著作，裡面到處都在批評急躁、求速，例如，他厭倦了飛快地奔跑。聰明的人是不會這麼急躁的，因為摔倒的人總是跑得最快的人；另外，莫里哀說：『急則有損，忙則出錯』；喬叟也這樣認為，他說：『焦急的人是得不到好處的。』就連上帝的子民們也懂得『完美與匆忙是不能相提並論的』，『急躁的人永遠被煩惱困擾著』……」

馬克漢煩躁地打斷了他的話：「該死！不要說這些無聊的事情了，我要回家了！」

這次見面不歡而散。

登門拜訪

九月十三日
星期四
上午十點

萬斯昨晚告訴老管家柯瑞，讓他第二天早上九點叫醒他，這讓老管家吃驚不已。到了上午十點，我們已經坐在屋頂的小花園中吃著早餐，享受九月中旬和煦的陽光了。

「老范，」我們正在喝第二杯咖啡時，他對我說，「一個女人再怎麼嚴守祕密，也會找一個人傾訴心事的。知己心腹對於女性而言是一項重要的資產，這個人可以是母親、愛人、牧師、醫生，或者閨中密友。但是對於歐黛兒來說，母親和牧師並不存在；愛人——那個時髦的史比——是潛在的敵人；而醫師，我們大可以把他排除在外，歐黛兒是一個聰明、機警的人，她是不會把祕密告訴醫師這樣的人的；看來只有閨中密友了。好的，我們今天的任務就是把她找出來。」他點了一支香煙，站了起來，「我看我們還是先去拜訪一下住在第七大道的本傑寧．布德先生吧！」

本傑寧．布德是一位有名的攝影師，他在紐約市中心開了一家攝影工作室。萬斯和我徑直走到前台，一名年輕女子坐在那裡，她染著一頭火紅色的頭髮，畫著濃黑的眼線。萬斯禮貌地問候了她，然後從口袋裡拿出一張照片，放在她的面前。

「小姐麻煩你，我正在製作一台音樂喜劇，需要與這位女子聯絡，」他說，「但是我把她的名片弄丟了，幸好她留下的這張照片上留有布德攝影工作室的標誌，我想也許你願意幫我個忙，告訴我在哪裡可以找到她。」

接著，他將一張五元面值的鈔票放在了記事本下面，等待著年輕女子回應。

那名女子用一種微妙的眼神上下打量著他，鮮紅的嘴唇泛起一絲笑意，我明白那代表著什麼意思。之後，她拿著那張照片消失在了門後，不到十分鐘，她回到前台，順手將照片還給了萬斯。照片背面留下了她寫上的姓名和地址。

「她叫艾拉．福斯特，現在住在貝拉田旅館。」她的嘴角再次浮現出那種微妙的笑容，「你太大意了，那個倒楣的女孩也許會因為你不小心弄丟了地址而失去一次演出的機會。」隨後本來只是微笑的她，突然大笑了起來。

「你說得對，小姐，」萬斯假裝嚴肅地回答她，「我一定把你的話記在心上。」說完，他優雅地行了個禮離開了。

「唉！」當我們回到第七大道時，萬斯說，「進去之前，真應該把自己偽裝成劇團老闆的樣子，頭戴一頂黑色禮帽，身穿一件紫色襯衫，手持一根鑲金拐杖，這樣那個女人就不會取笑我了！哈哈，那樣的話會是多麼有趣的偽裝啊！」

隨即，萬斯拐進街角的一家花店，挑選了一束紅薔薇打算送給「本傑寧・布德攝影工作室」的那位前台小姐。

「好了，我們現在去貝拉田旅館拜訪這位艾拉吧！」他愉悅地說著。

當我們準備穿越市區的時候，萬斯為我揭開了籠罩在艾拉・福斯特小姐身上的謎團。

「現在你一定對我如何想到這位閨中密友感到疑惑吧。其實早在我們檢視金絲雀的房間時，我就已經預料到只靠警方根本破不了案。儘管現場看起來是一樁簡單的入室搶劫案，但我堅信事實並非如此。就憑他們的例行調查是遠遠不夠的，還得挖掘更深的內幕才行。所以，當我發現寫字檯上那些亂七八糟的紙堆裡有艾拉的照片時，我就意識到這是死者的女友。哈哈，趁希茲沒注意的時候，我將這張照片放進口袋了。不僅如此，後來我發現屋子裡就只有這一張照片，照片上面還寫著『永遠屬於你，艾拉』，我確定這就是金絲雀的閨中密友了。當然，那幾個字早就看不到了，在去詢問前台小姐之前就被我擦掉了。哦，我們到了，但願有所收獲。」

貝拉田在東三十街上，雖然是一家規模很小的公寓式旅館，收費卻一點也不便宜。它有著美式的大廳，大廳裡的客人都是些有錢有勢的人。萬斯讓侍者將名片送給福斯特小姐，隨後侍者告訴我們幾分鐘之後就可以會面了，可沒想到這一等就等了三刻鐘。接近正午的時候，一名侍者把我們帶到了福斯特的公寓。

見到這位小姐的時候，我們不得不感慨上帝實在太眷顧她了，賦予她那麼完美的條件；

而上帝沒有考慮到的地方，也被她彌補起來了。她身材苗條而又凹凸有致，金髮碧眼，睫毛纖長濃密，看得出她在睫毛上面花了很多工夫。整個女人簡直就是謝瑞海報裡那些靚麗女子的化身。

「你就是萬斯先生？」她先開口說道，「你的大名經常出現在《城市話題》上。」

萬斯聳了聳肩，然後親切地向她介紹我：「這位是范達因先生，只是一位律師，目前還沒有得到那本雜誌的青睞。」

「我們坐下來談吧！」福斯特小姐舉止優雅，說的話彷彿出自某個舞台劇的台詞，「我也不清楚為什麼會見你，但是我想你一定是為公事而來的，也許你想讓我參加義賣活動；不過，萬斯先生，我真的很忙。也許你無法想像……我非常熱愛我的工作。」她深深地嘆了一口氣。

「當然，我想還有很多人同樣喜歡你的工作。」萬斯禮貌地回應著，「不過要讓你失望了，我並不是來邀請你參加義賣活動的，而是有一件很重要的事情，比義賣更重要的事情。你跟瑪格麗特．歐黛兒小姐非常親密吧！」

一聽到這個名字，福斯特小姐立刻站了起來，瞬間，她那迷人的氣質消失不見了。她輕蔑地瞇起眼睛，一絲冷笑扭曲了她那張完美的臉。她頭一揚，生氣地說：「你們聽好了！我什麼也不知道，所以無可奉告。請你與你的律師朋友立刻離開！」

然而萬斯並沒有要走的意思，反而慢吞吞地掏出一盒瑞奇牌香煙，優閒地取出一根。

「允許我抽根煙嗎？你也來一根吧！這可是上等的好貨，是我從君士坦丁堡的代理商那裡直接進口的。」

可惜福斯特小姐並不領情，不屑地看著萬斯，隨後轉身走到了電話跟前。「立刻給我出去！否則我就要叫警衛了。」

當她拿起聽筒的時候，萬斯若無其事地說著：「好吧！如果你真的這樣做，那我只有帶你到紐約地檢處接受盤問了。」接著他點燃香煙，自顧自地吞雲吐霧。

她猶豫了一下，放下了聽筒，轉身說道：「你是誰？你到底想要幹什麼？我認識她，這跟你有什麼關係？」

「跟我當然沒有關係了。」萬斯笑了，「說實在的，這跟任何人都沒有關係。事實上，也不關那個即將被他們逮捕的可憐的傢伙的事。對了，我有一位當檢察官的朋友，所以清楚地知道整個情況。警方正在進行全方位的調查與搜索，不知道他們下一步會幹些什麼。我想如果你能跟我好好聊一聊，一定會給你省去很多麻煩的。」他強調道，「當然了，如果你喜歡與警方合作的話，我也只有成全你，讓你接受他們那種粗暴的盤問方式。對了，目前為止他們還不知道你與歐黛兒之間的關係，如果你聰明一點的話，我想我不會讓他們知道這件事情的。」

福斯特小姐呆立在那裡仔細地端詳著萬斯，她的手還握在聽筒上。最終她坐回了自己的位子上。

「要不要來根香煙？」萬斯關切地問著。

她的眼睛死死地盯著萬斯，機械地接過香煙，彷彿還在猶豫著到底要不要相信他。終於她開口了：「他們想要逮捕的那個人是誰？」

「一個名叫史比的男人。他們的想法很蠢，對吧？」

「他！」她的聲音裡充斥著鄙夷和厭惡，「就那個痞子？他連隻貓都不敢弄死。」

「的確如此！可惜，這並不能將他從電椅上拉下來。」萬斯笑了，「福斯特小姐，希望你能給我五分鐘的時間，以朋友的身分跟我談談，我用我的名譽擔保，絕對不會向警方泄漏任何關於你的事。實際上，我和警方毫無關係，只是不願看見無辜的人受罰。如果你肯提供線索給我的話，放心，我會忘記它們的出處的。只要你相信我，我就保證你安然無恙。」

這名女子並不急著回答。她一直在打量萬斯，她的神態表明她要和這位向她保證日後不會遭到煩擾的男士進行一次談話，不管怎樣，對她來說，這並不會使她有任何損失——眼下，她和金絲雀之間的關係已經被人發現了。

「我想你說得對，」福斯特小姐的語氣中隱藏著一絲懷疑，「我也不明白自己為什麼會有這種想法。」她停了一會兒，繼續說道，「但是你最好記住，你向我保證過不把我牽扯進來的。一旦我被牽扯進來，我一定會反擊，像我這樣的女子，要是逼急了可會把人啃噬得屍骨無存。我說到做到！」

「我向你保證，這種事絕對不會發生。」萬斯表現得很誠摯，「小姐，一定有誰提醒你離這起案子遠一點吧？」

「是我的——未婚夫，」福斯特小姐的話語中飽含著女性獨有的魅力，「他是一個有名望的人，他擔心我以證人的身分參與到這起案子後，會爆出什麼醜聞，或因此影響名譽。」

「我理解他的想法，」萬斯點頭表示十分贊同，「順便問一句，如此疼愛你的這位男士是誰啊？」

「這個真讓人難為情，」福斯特小姐羞答答地說，「我還沒宣布訂婚的消息呢！」

「沒關係的，」萬斯說，「不過，你知道只要我多打聽打聽，很快就會知道他是誰。但你要是和我兜圈子或者欺騙我，那我對你的承諾也就不存在了。」

福斯特小姐想了一會兒，說：「我想你會很快查出他是誰的。那好吧，我告訴你——既然我已經相信你的承諾了。」福斯特小姐的眼睛張得大大的，看著萬斯微微笑了一下，「我相信你不會讓我失望的。」

「哦，親愛的福斯特小姐！」萬斯無奈地說。

「嗯，我的未婚夫就是曼尼斯，他可是一家大型毛皮進口公司的老闆。你知道的，」福斯特小姐向萬斯靠近低聲說，「親愛的路易——也就是曼尼斯先生——曾經和瑪姬（福斯特小姐直呼歐黛兒的名字）交往過一段時間，這也是他讓我遠離這起案子的原因。他說警方可能會盤問他一些事情，報紙上或許還會出現他的名字，他擔心自己的生意會因此而受到負面影響呢！」

「這個我也了解，」萬斯點點頭，說道：「那麼請問你知道你那位未婚夫，星期一的晚上在哪裡嗎？」

福斯特小姐愣住了。

「哦，這個我當然知道。那天晚上從十點半到第二天凌晨兩點鐘，他都一直和我在一起。當時我們激烈地討論著一齣他很喜歡的音樂劇，他還說讓我演女主角呢！」

「我相信你會演得很好的，」萬斯說，「這麼說星期一晚上，你一直都待在家裡了？」

「不。」福斯特小姐對這問題好像很感興趣，「那晚我去看了音樂劇《醜聞》，但我是提前回家的，因為路易要來。」

「我堅信你提前回家，他當時一定很開心吧。」我想，萬斯此刻肯定對曼尼斯這個出乎意料的不在場證明一定感到失望。的確，萬斯發現這種問話是沒有什麼指望了。所以他換了一個話題。

「福斯特小姐，你認識一個叫查爾斯·卡蘭佛的人嗎？這個人是歐黛兒小姐的朋友。」

「哦，你說的是老爹嗎？還好啦！」福斯特小姐的回答比剛才平靜了許多，「他是一個好人，過去也和瑪姬交往過。雖然瑪姬因為史伯斯蒂·伍德先生拋棄了他，但是他對那個女人依然舊情難忘，常常跟在她後面，給她送花或禮物。有些男人就是這樣。唉，可憐的老爹！星期一晚上他還給我打電話要我幫他給瑪姬通一個電話，說他想和大家聚一聚。我當時真應該幫助他，那樣的話，瑪姬就不會死了。這個世界就是讓人意想不到，是不是？」

「不，一點都不是。」萬斯抽著煙，平靜地說。對於他的這份沈著我真是佩服得五體投地。「你還記得那晚卡蘭佛是什麼時候給你打電話的嗎？」萬斯不經意地問，不知情的人一定認為這是一個無關緊要的問題。

「讓我想一想……」福斯特小姐優美地抿著雙唇，「應該是十一點五十分。我記得當時壁爐牆上的掛鐘敲了十二聲，剛開始我幾乎聽不清對方講話。你不知道，我習慣將我的鐘撥快十分鐘，這樣我和誰約會都不會遲到。」

萬斯看了一眼牆上的鐘，然後又看了看自己的手錶。

「真的，快了十分鐘。那麼，你為什麼沒有同意安排聚會的事呢？」

「哦，因為當時我正忙著討論那齣戲，沒有時間，所以拒絕了。事實上，曼尼斯當時也不願意和誰聚會。這不全是我的錯，對吧？」

「當然，」萬斯安慰她說，「工作總是最主要的嘛，更何況這份工作對你來說是那麼重要。另外，我還想向你打聽一個人，問完這個人我就不會再打擾你了。你知道歐黛兒小姐和斯科特醫師之間的交往情況嗎？」

聽到這話，福斯特小姐突然緊張起來。

「我最擔心你問到他，」她焦慮地說，「我真不知該如何跟你說。斯科特醫師對瑪姬的愛很瘋狂。她最初並沒有拒絕這份愛，可是後來又反悔了，因為她發現斯科特醫師的醋勁特別大——他吃起醋來簡直和瘋子一樣。醫師曾威脅過她，說想要她的命。你知道嗎？有一次醫師還要開槍殺死她，結果誤傷了自己。我提醒過瑪姬要提防這個人，但是她好像一點都不害怕似的。不管怎樣，我覺得她是在玩火。該不會你認為有可能是……你真的認為他——」

萬斯突然打岔問：「還有沒有別人也像他這樣愛吃醋？」

「我想沒有別人了，」福斯特小姐搖頭回答道，「和瑪姬關係親密的男人並不多，她又不是花癡，你懂我的意思嗎？除了你提到的這幾個人，真的沒有別人了，除了……哦，對了，還有史伯斯蒂．伍德先生。幾個月前，這個人竟然讓老爹三次出局。星期一晚上瑪姬還跟他一起吃的晚餐，當時我要約她一起看《醜聞》呢！我知道的就是這些了。」

萬斯站起身，伸出手說：「感謝你對我的幫助。不必擔心，沒有人知道我找過你。」

「我想知道你的結論，你認為是誰殺了瑪姬？」福斯特小姐充滿真摯的情感問道，「路易認為是想偷她珠寶的竊賊幹的。」

「我不會笨到借曼尼斯先生的懷疑而引發不必要的爭議，」萬斯半開玩笑地說，「沒人知道這是誰犯下的案子，但是警方和曼尼斯先生的想法一樣。」

沒過多久，福斯特小姐打量著萬斯，疑心地問：「你為什麼對這起凶殺案這麼感興趣呢？你不認識瑪姬，對吧？我從未聽她提到過你。」

萬斯大笑著說：「可愛的姑娘，我自己也搞不清楚，怎麼會對這起案子這麼關心。說真的，我不能給你一個完整的解釋。你說得沒錯，我從來沒有見過歐黛兒小姐，但是如果史比先生受到了處罰，那麼真凶就會逍遙法外，而我的良心也會受到譴責。或許是我太感情用事了，是不是？」

「不，我想我也會和你一樣，」福斯特小姐目不斜視地看著萬斯說，「我也是冒著一生的幸福把這些事告訴了你，主要就是因為我相信你，我相信你不管怎樣都不會害我的。」

萬斯把手放在自己胸口，表情十分嚴肅。

「親愛的福斯特小姐，等我離開這裡時，就當我從未來過。我和范達因先生也會從你的心中永遠消失。」

萬斯誠懇的態度消除了她的疑慮，福斯特小姐溫柔地和我們說了聲再見。

誰是撒謊者

九月十三日

星期四

下午

我們又回到街上時，萬斯得意地說：「還不錯，我的調查比較順利。我認為那位美麗的艾拉（此處，萬斯直接稱呼福斯特小姐的芳名）就是一座蘊藏著豐富線索的寶藏，我說得對嗎？親愛的老范，只是在她提到心上人的時候，你得克制一下自己的情緒——真的，你必須這樣做。當時，我看到你嚇了一跳，然後又聽到了你的嘆息聲。一名優秀的律師是不應該有這樣的情緒反應的。」

這時萬斯來到貝拉田旅館附近的一家百貨店裡，撥通了馬克漢的電話，說：「中午我們一起吃飯，我要告訴你一堆祕密。」緊接著這兩個人又在電話裡辯論起來了，萬斯又一次佔了上風。打完電話，我們便坐上一輛出租車前往市中心。

「其實艾拉很聰明——她與其他女人不一樣，她是一個有大腦、會思考的女人，」他想了想接著說，「而且她要比希茲聰明得多，很快就知道史比是清白的。儘管她把無辜的史比描述得很粗鄙且一文不值，但她的描述卻又是那麼的正確——十分傳神！當然你也發現了，她對我們心無芥蒂。這一點多麼感人啊！親愛的老范，這個案子是個棘手的問題，我想一定是哪裡出了錯。」

說完，他便抽起了煙，許久之後，他說：「曼尼斯，他怎麼會在這個時候突然冒了出來呢，而且讓艾拉閉嘴，不要插手這件事？這到底是為什麼呢？難道他的理由是真實的，誰知道呢？另外，他說他和那位金髮新歡，從十點半到第二天凌晨都待在一起，這是真的嗎？嗯，我想只有天知道了。他說的那個討論新劇演出的理由也令人生疑。

「接下來是卡蘭佛。他打電話的時間離午夜只差十分鐘，但是他又是怎樣在高速行進的車子裡打電話的呢？這是很難做到的。或許他的確想同那個女人聚一聚，可他沒有必要弄出一個不在場證明啊，難道是因為害怕？大概是吧！但是他卻為什麼要如此迂迴呢？他為什麼不直接給她打電話呢？唉，也許他打過電話！因為有人真的在當天晚上十一點四十分的時候給她打過電話，所以我們必須調查一下這件事情。對了，卡蘭佛或許真的給她打過電話，但卻是一個男人接的電話——那麼這個男人又是誰呢？由此他才向艾拉求助，這樣的確很合理。不管怎樣，他當時不在波士頓。哦，可憐的馬克漢，如果他發現了這件事，真不敢想像他會有多沮喪。

「不過真正令我擔心的其實是斯科特醫師。他的醋勁很重，就像一個瘋子；這一點倒和安柏洛斯的性格完全相符，即無法自控的人。他那種看似洋溢父愛的說辭，實際上只是在轉移我們的注意力。真沒想到，斯科特醫師竟然會拿槍威脅歐黛兒。不，不好，我現在開始擔心起來了。這種人就是一個不折不扣的偏執狂，而且還有被迫害妄想症，他絕對敢扣下扳機殺死她。在他的思維中，他大概認為歐黛兒和老爹，或歐黛兒和伍德，正密謀著要陷害他或者是嘲笑他。這種人不僅最難捉摸，而且還十分危險。聰明的艾拉已經看穿他了，並且警告金絲雀要小心提防他。

「總之，這是一種極其可怕的糾纏。好在我目前的精神很好，事情也有了一些眉目——儘管現在我還沒辦法理清思路。這真是傷腦筋啊！」

這時，馬克漢已經在銀行家俱樂部等著我們了，他一見到萬斯就沒好氣地和他打招呼，說：「到底有什麼重要的事情非要勞煩我？」

萬斯滿臉堆笑地回應馬克漢：「不要這麼激動嘛，你的獵物史比還好嗎？」

「除了加入『基督教奉獻團』以外，到目前為止他可是很乖呢！」

「星期天快到了，那時他會有時間。你是不是因為這個才不高興的？」

「我放下手上的要事到這兒來，可不是為了向你報告我高興與否的！」

「這個不需要報告，你高不高興全寫在臉上了。高興點，叫你過來是因為我要給你一些線索，讓你琢磨琢磨。」

「我的上帝啊！我現在有一大堆做不完的事情。」

「喂，服務員，來點奶油蛋卷。」萬斯沒有徵求我們的意見，直接點了午餐，「現在，來談談我的發現吧。首先，我們發現卡蘭佛老爹在星期一的晚上並沒有去波士頓，而是在我們這個罪惡之都的某個地方，計畫著一個午夜聚會。」

「是嗎？」馬克漢略顯諷刺地說，「這麼說真是奇怪了，那麼那個在去往賀伯岡路上的人，就是他的分身啦！」

「你愛怎麼說就怎麼說吧，但是事實就是，卡蘭佛在星期一的晚上，的確沒有離開紐約。」萬斯絲毫不介意他的諷刺。

「那麼超速罰單的事，你要怎麼解釋呢？」

「這個就得你來解釋了。但是如果你願意採納我的建議的話，就立刻派人把那位交通警察找來，指認一下老爹；假如他說卡蘭佛就是他開罰單的那個人，我馬上在你面前消失。」

「有意思，好的！我願意試一試。今天下午我就會把那位交警帶到史蒂文森俱樂部，然後讓他指認卡蘭佛。你還發現了什麼驚人的內幕？」

「曼尼斯也是值得調查的人物。」

馬克漢這時把手中的刀叉放了下來，身子向後靠了靠，說道：「我真服了你啦！這一點還用你說嗎？如果我們掌握了不利於他的證據，他早就被捕入獄了。我說萬斯老友，拜託你恢復正常好嗎？」

「還有，斯科特醫師瘋狂地迷戀著金絲雀，並且他的嫉妒心已經到了你無法想像的地步。幾天前他還拿著槍威脅過她，結果自己中槍了。」

「這聽起來還像句正常人說的話，」馬克漢把身子坐直起來，問道：「你是怎麼得到這個消息的？」

「嗯……這是我的祕密。」

馬克漢有點不耐煩：「有必要弄得這麼神祕嗎？」

「哎呀，我也是沒辦法啊，因為我已經向對方作過保證。何況我天生就是個遵守承諾的人。」萬斯說得很輕鬆。馬克漢對自己這個朋友十分了解，也就沒有追問下去。

我們回到馬克漢的辦公室，站了不到五分鐘，希茲也來了。

「報告長官，我們在曼尼斯身上發現了新的線索，我想我應該把它加入我昨天送過來的報告中。波克找到了一張他的照片，並且拿它給歐黛兒公寓大樓的兩名接線生指認。這兩個人都認得照片裡的人。他們說曼尼斯來過公寓七次，但是他並不是找金絲雀，而是找住在二號公寓裡的一個女人。那個女人叫芙麗斯比，曾經是曼尼斯毛皮大衣的模特兒。半年來他來看過她許多次，有幾次還帶她出去過，但是最近一個多月裡，沒看到曼尼斯來找這個女人。你認為這條線索有什麼幫助嗎？」

「這個很難說，」馬克漢的表情好像在追問萬斯什麼似的，「不過仍然感謝你所提供的消息，警官。」

「順便說一句，」萬斯的語調十分優雅，這時希茲警官已經走出了馬克漢的辦公室，「我倒認為自己此刻正常得很。」

「是的，十分正常。但是，我總不能只因為誰去找過他的這位模特兒，就說人家是殺人兇手吧？」

「你不要太心急了，我們沒有必要指控他謀殺啊！」萬斯說完打了個哈欠，「親愛的老范，下午我想去大都會博物館看古埃及裴納墓碑，你有興趣和我一起去嗎？」說著向門口走去。臨近門口，突然停下腳步，問道：「馬克漢，那位開罰單的波士頓交警找來了嗎？」

一句話，提醒了馬克漢，他按了下鈴把史懷克叫了進來，說道：「我馬上調查這名交警。如果方便的話，五點左右會到史蒂文森俱樂部來。到時候我會把那位交通警察留在那裡，卡蘭佛也會在晚餐前到這裡來。」

當天下午，萬斯和我來到史蒂文森俱樂部時，看到馬克漢正坐在一張正對著圓形大廳入口的椅子上，身旁還有一名高大粗獷、古銅色皮膚、年約四十歲的男人，看上去有些拘謹。

「這位是費普斯交通警官，剛剛從波士頓過來，」馬克漢介紹說，「我們和卡蘭佛約好五點半在這裡碰頭。」

萬斯拉過一張椅子，也坐了下來。

「希望卡蘭佛能夠準時赴約！」

「一定會的，」馬克漢說，「接下來就看你的了。」

「其實我們已經失去了有利時機，不要抱太大的信心，希望是很渺茫的。」萬斯喃喃地說道。

大概不到十分鐘，卡蘭佛出現在圓形大廳門口，在櫃台旁稍作停留之後便向馬克漢走來。走近時他向我們打了個招呼。在回答了幾個問題後，他就離開了。

「你還記得這個被你開了罰單的人嗎，警官？」馬克漢轉身問費普斯。

費普斯露出痛苦的表情。「好像是他，有點像，長官。但只是一點點，又好像不是他……啊！不是，不是他，長官，我可以肯定地說不是他。我記起來了，那個被我開罰單的傢伙要比這位先生胖一些，還要矮一些。」

「你確定嗎？」

「沒錯，長官，我很確定。我記得當時那個傢伙還想和我理論，試圖用五美元收買我，我就用燈照著他看了一下。」

說完，馬克漢給了費普斯一筆不少的小費，叫他離開了。

「唉！」萬斯鬆了口氣說，「看來我不必自動消失了。不過這個結果可不令人滿意啊，看來我們還要繼續面對。哦，對了，馬克漢，你知道卡蘭佛的弟弟長什麼樣子嗎？」

「樣子嘛，就是費普斯說的那個樣子啊！」馬克漢說，「我見過他弟弟，的確比他矮一點，也比他略胖。這其中必有蹊蹺，看樣子我得問問卡蘭佛究竟是怎麼一回事。」

馬克漢剛要起身，萬斯就把他硬拉回到座位上，說：「著什麼急啊，你要學會有點耐性，卡蘭佛是跑不掉的。目前有幾件更重要的事急需查清。我現在對曼尼斯和斯科特充滿了好奇。」

馬克漢坐回到椅子上。

「曼尼斯和斯科特都不在這裡，現在我想知道的是卡蘭佛他為什麼要撒謊？」

「我可以為你解答，」萬斯說，「答案很簡單：他只是為了製造一個不在場的證明，讓你誤認為星期一午夜時分，他人在新澤西。」

「廢話，這還用得著你說！可我真不希望你把卡蘭佛當成兇手。大概他知道一些內幕，但是說他殺人就太荒謬了。」

「有什麼荒謬？」

「他根本就不是那種人。即使存在對他不利的證據，我也不會相信他是兇手的。」

「哦！原來不過是你的主觀判斷！你之所以這樣想，只是因為你覺得他的本性與殺人這種行為沒有絲毫連帶關係。不過我警告你，這種假設是很危險的，或者說是一種形而上的、不準確的推斷。我與你的觀點恰恰相反，我認為那個賭徒絕對有可能犯罪。但是，我並不反對理論本身。馬克漢，你把主觀意識強加在這種無知的暗示上，反而認為我所提出的能夠使案子進一步發展的推論是荒誕無稽的。前後一致大概真的是我們小小心靈中的一個妖怪，但即使這樣，它仍然是無價之寶。要不要喝杯茶，親愛的馬克漢？」

隨後我們走進了棕櫚廳，在靠近入口處的一張桌子旁坐了下來。萬斯要了一杯烏龍茶，馬克漢和我則點了咖啡。舞台上一組非常棒的四人管弦樂團正在演奏柴可夫斯基的《D大調小提琴協奏曲》，我們聽著音樂，愜意地坐在舒適的椅子上，沒有人說話。馬克漢的臉上還帶著倦容，整個人沒什麼精神。萬斯則沈浸在思考中，我想他一定在思考從星期二早上到現在那個一直縈繞在他心頭的問題。他這樣出神的樣子可不多見。

我們大約坐了半小時，史伯斯蒂．伍德走了過來。打過招呼之後馬克漢便邀他坐在我們身邊。他一臉沮喪，眼神中還流露出焦慮與不安。

「有一個問題我不太敢問你，馬克漢先生，」伍德點了一杯薑汁汽水，然後膽怯地說，「我會不會被要求作為目擊證人出庭啊？」

「上一次不是和你說過這個問題嘛，」馬克漢回答，「事實上，這段期間並沒有什麼進展，也沒什麼改變。」

「那你監視的那個人現在怎麼樣了？」

「還在監視中，沒有展開逮捕行動。但是無論如何，我們希望能夠在最短的時間內，能有所突破。」

「這麼說你還是要把我留在紐約了？」

「假如你能夠照顧好自己的話——我想是的。」

伍德沈默了一會兒，低低地說了一聲：「我並不想逃避什麼責任——也許我這樣說顯得有些自私。但是，不管怎樣，我希望那位接線生出來作證說明歐黛兒小姐曾經求救時，別把我扯進去，好不好？」

「是的，我考慮過這件事。如果進入了訴訟程序，我們可以不讓你出庭作證，保證不讓你曝光。我想那時你就不必以證人的身分出庭了。不過，事情最終會變成什麼樣我們也不能預測，若被告辯稱關鍵時刻不在場，而法官又對接線生的證詞產生懷疑，或是他的證詞不被接受，那時你就必須得出面了。」

伍德喝了一口薑汁汽水，聽到這話，他臉上的不安與沮喪消失了一大半。

「謝謝你，尊敬的馬克漢先生。」他抬起頭，看著馬克漢，「我想你仍然不滿我去找歐黛兒小姐。我也知道，你認為我無知而且用情不專，但是她在我的生命中佔有十分重要的位置，我無法把她從我生命中排除。即使你不理解也無所謂——連我自己都不明白。」

「我很理解，真的。」萬斯的臉上露出了我從來沒有見到過的同情，「你不必為此道歉。這種情感我們常常在歷史和神話故事裡見到。與你的情況最相符的，恐怕是同卡呂普索仙女一起生活在奧巨吉亞島上的奧德修斯了。自從紅髮夜妖莉莉絲設計報復她那容易聽信別人、受人影響的亞當以來，那雙媚惑人的柔軟臂膀就開始纏繞在男人的頸間，就像是一條毒蛇。遺憾的是，我們這些凡夫俗子都是那個淫亂男人的後代。」

伍德欣慰地笑了笑：「謝謝你向我提供了一些背景。」說完，他轉向馬克漢，「歐黛兒小姐的遺物要怎麼處理——例如她的家具？」

「聽希茲警官說，歐黛兒小姐的一位住在西雅圖的姨媽過一陣子會來紐約，我想她是來處理這些遺物的。」

「那麼這些東西要原封不動地保留到什麼時候呢？」

「這個說不好，總之，我們要等她姨媽來了再說。」

「那個屋子裡有幾件小東西，我很想留作紀念。」伍德不好意思地說。

和他又隨便聊了幾分鐘後，他便起身說他還有個約會，先走一步。

「我真希望這起凶殺案中沒有他的名字。」伍德走後，馬克漢說。

「是的，他真是一個讓人同情的人，」萬斯附和著說，「這種事總會使人感到遺憾，但是壞人終究會得到報應的。」

「如果伍德在星期一的晚上沒有去冬園，此刻應該正和家人團聚在一起，我們也不會遇到這麼多麻煩了。」

「的確，」萬斯說著，看了一眼錶，又加了一句：「剛才你提到冬園，倒提醒了我。我想提前吃晚餐，你介意嗎？因為今晚我要去看《醜聞》。」

聽到這話，我和馬克漢不禁感到訝異，盯著萬斯，他就像神志失常的病人一樣。

「幹嗎這麼驚訝啊，馬克漢。怎麼這樣沒有興致呢？對了，我希望明天和你一塊兒吃午餐的時候，帶給你一些好消息。」

醜聞

九月十四日
星期五
中午

第二天，萬斯睡到很晚才起床，因為前一晚我真的陪他看了《醜聞》這出舞台劇。我猜不準他到底在打什麼鬼主意，竟然想到去看這出他根本不喜歡的舞台劇。中午的時候，他讓司機備好車，隨後乘車去了貝拉田旅館。

「我很希望再次拜訪那位迷人的姑娘艾拉，」萬斯說，「我還想為這位姑娘帶去一束鮮花，可是我又擔心曼尼斯先生會反應過敏，質問她花是誰送的。」

福斯特小姐十分沮喪又帶著一絲怨恨地走了出來，看上去她並不樂意接待我們。

「我就知道是這樣！」福斯特小姐冷笑著說，一副了然於胸的樣子，「我猜你這次來是想告訴我，警方並不需要你的幫助，也可以發現我的事。」她表現出的輕蔑態度十分明顯，「一定是你告訴他們的吧？你可真是一個紳士啊！當然，也怪我自己太笨了、太容易相信人，怨不得別人。」

萬斯站在一邊靜靜地聽著她的抱怨，在福斯特小姐說完之後，萬斯微微一笑，十分親切地向她彎腰致意。

「親愛的福斯特小姐，我只是路過這裡順便向你致意，並且想告訴你警方已經對歐黛兒小姐熟識的幾個朋友進行了調查，而在這份調查報告中並沒有你的名字。昨天我感覺你好像很為這件事擔心，所以現在過來告訴你調查報告的事，希望能夠讓你安心。」

聽到這話，福斯特小姐的警戒性消失了。

「你沒有騙我？我的上帝啊！真不知道路易發現我這麼多嘴，我會遭到怎樣的懲罰。」

「我向你保證，他一定不會知道的，除非你親自告訴他。那麼……我現在可以進去坐一會兒嗎？」他在等她邀請。

「哦，當然，實在對不起。我剛才在喝咖啡，請進來和我一起分享吧。」說著福斯特小姐按了一下服務鈴，又點了兩杯咖啡。

半小時前他剛喝兩杯咖啡，真不知道他什麼時候對這種旅館的劣質咖啡產生興趣了。

「昨天事情多，我直到很晚才去看《醜聞》，」萬斯以一種閒聊的態度說，「但是我還是錯過了這齣諷刺喜劇的前一部分。你為什麼也那麼晚才去看呢？」

「我忙得不可開交，」福斯特小姐說，「因為我目前正在彩排一齣舞台劇《兩個皇后》。可惜這齣劇要延期推出了，路易總是訂不到他想要的時段。」

「那麼你喜歡諷刺喜劇嗎？」萬斯問道，「我想對於演員來說，演諷刺喜劇的挑戰性要比一般音樂喜劇高一些。」

「沒錯，」福斯特小姐以一種非常專業的口吻說道，「諷刺喜劇非常難把握，而且演員常常會迷失其中。即使是那些天才演員也不一定能得到真正發揮自己演藝技能的空間，這真叫人鬱悶，不知道你是否明白我的意思。」

「嗯，完全明白。」萬斯端起咖啡杯，啜了一口，「但是，我覺得《醜聞》裡面有幾個角色很適合你，而且你會發揮得淋漓盡致，這些角色就好像是特別為你設計的一樣。我在看這齣劇的時候，一直幻想著這些角色應該由你來演。而且，你一定想不到，這種幻想讓我不能很好地欣賞飾演那個角色的女孩的表演。」

「萬斯先生，你太抬舉我了。不過，我有副好嗓子這倒是真的，這可是我常年苦練得來的；另外，我的舞蹈是馬可夫教授教的。」

「真的啊！」當我聽到萬斯說這三個字的時候，我確定他從來沒有聽說過這個人物，但是他做作的驚嘆聲卻使人感到，這個馬可夫教授是世界上首屈一指的芭蕾舞大師。「這麼說，你更應該在《醜聞》裡出演幾個角色。在我的印象中，那個女演員的演唱毫無感情，舞蹈也不純熟；除此之外，我認為她的個人氣質和魅力也遠不及你。說真的，這個星期一的晚上你準備演唱《中國搖籃曲》嗎？」

「嗯……這個我也不知道，」福斯特小姐謹慎地回答，「工作人員把燈光打得太低了，而且我的戲服是粉紅色的不好看，可是它們都挺可愛的，是不是？」

「當然，穿在你身上會顯得更可愛。你鍾愛什麼顏色呢？」

「我很喜歡淡紫色，」福斯特小姐這時的口氣投入了許多，「其實我穿藍綠色的衣服也不難看，但是曾經有一位藝術家告訴我，我穿白色的衣服最好看。而且他想為我畫一幅肖像，可惜當時和我交往的那位紳士卻不喜歡他。」

萬斯端詳著福斯特小姐。

「我很贊成你那位藝術家朋友的看法。而且，你知道嗎？我認為《醜聞》中聖默立茲那場戲最適合你。那位個子嬌小、潔白無瑕的黑髮美人，唱《雪之歌》時太可愛、太迷人啦！但是說真的，她要是留著一頭金黃色的頭髮就更完美了。黑髮美人太過北方氣，看到她我就感覺自己身處隆冬時節，缺少火花和生命力的瑞士度假村一樣。而你恰恰可以彌補這種缺憾啊！」

「你說得太對啦！我自己也很喜歡這個角色，而且我最喜歡的皮草就是白狐的皮毛。可惜在諷刺喜劇中，我一旦扮演了戲裡的角色，現實生活中的我就不復存在了；而且曲終人散時，沒有人會記得你是誰。」她悵然地說。

這時，萬斯把手中的咖啡杯放了下來，突然用一種責備的眼光看著她。過了一會兒，萬斯有些嚴厲地說：「親愛的福斯特小姐，你為什麼要隱瞞這個星期一的晚上曼尼斯到你這兒來的時間？這種行為好像和你那高尚的氣質不相符啊！」

「你這話是什麼意思？」福斯特小姐把身子坐直，驚恐又氣憤地大聲說道。

「你瞧，」萬斯開始解釋，「《醜聞》中聖默立茲那場戲直到晚上十一點才上場，而且當時已經不再售票了，所以你根本不可能在看這一幕戲的同時，又在十點半接待曼尼斯。好啦，不要再隱瞞了，說實話，星期一的晚上曼尼斯，究竟是什麼時間到你這兒來的？」

聽到這話，福斯特小姐氣得脹紅了臉。

「你真是一隻狡猾的狐狸！你怎麼不去當警察？好吧，就算我是看完戲才回家的，那又怎麼樣呢？難道我犯法了不成？」

「當然，這是你自己的意願，」萬斯的口氣很溫和，「只是讓我對你，對你所說的很早就回家的話的信任程度大大降低了而已。」說著，萬斯誠摯地向前屈下身子，「我到這兒來不是找麻煩的，相反，我是來保護你，使你不受到騷擾的。你可以想一下，警方按照線索一直追查的話，遲早有一天會找到你這兒來；但是，如果我能向檢察官提供有關星期一晚上特定事件的正確消息的話，情況就不同了。」

福斯特小姐沈默了一陣，眉頭緊鎖。

「聽我說，萬斯先生，我並沒有隱瞞什麼，路易也沒有。只有在路易要我說當天十點半他在哪裡的情況下，我才會那樣做。你懂我的意思嗎？這就是感情。我想他這樣做一定有他的理由。但是由於你的智慧和你的責備，我勉為其難：那天，路易是午夜過後才來這裡的。不過我只對別人回答過十點半。聽清楚了嗎？」

萬斯向她鞠了一躬，表示感謝。

「聽清楚了，因為你的誠實，我更加喜歡你了。」

「不要太得意，」福斯特小姐急切地說，一種熱情的光芒從她眼中閃爍出來，「雖然路易是午夜過後才到我這兒來的，但是假如你認為他會知道一些關於瑪姬死亡的事，你就錯了。早在一年前，他就和瑪姬分手了。哼！他根本不了解瑪姬是什麼樣的女人。如果哪個沒有大腦的警察認為路易是殺人兇手的話，那我一定會出面作證，證明他當時並不在案發現場——儘管這是我最不願做的事情。」

「我真是越來越喜歡你了。」萬斯在與福斯特小姐告別時說。她向萬斯伸出一隻手，萬斯把她的手輕輕地舉到自己的唇邊，親吻了她。

我們離開後，萬斯陷入了深思，直到我們的車停在刑事法庭大樓前時，他才開口說話。

「我真的被這個單純的艾拉迷住了，」他說，「那個花言巧語的曼尼斯根本配不上她，真是一朵鮮花插在牛糞上！女人那麼機靈，但同時又很容易上當受騙。雖然女人具有看穿男人心思的本領，但是對於自己的男人，女人又是相當盲目的。眼前這位甜美的艾拉就是這樣，她對曼尼斯就是一種盲從。她的路易可能告訴她，說星期一的晚上他正在辦公室裡拼命工作，她當然不相信；可是她卻清楚得很，她親愛的路易千萬不能與金絲雀殺人事件有絲毫的關係。我祝願她是對的，也希望曼尼斯不會被捕——至少是在他出錢捧紅她之前不要被捕。如果我是警察的話，陷在這樣的案子裡，我真想辭職回家。不說廢話了，我堅信福斯特小姐星期一的晚上沒有去劇院！」

當我們來到馬克漢的辦公室時，希茲和馬克漢正在裡面商量什麼事情。馬克漢的面前放了一本活頁紙，其中幾頁已經密密麻麻地寫滿了表格和備注。手中點燃的雪茄冒出一縷濃煙。希茲坐在他對面，胳膊肘撐在茶几上，雙手拄腮，那張以往充滿鬥志的臉，此刻透露著一股鬱鬱寡歡的悲哀。

馬克漢看到我們在門口，說：「我正和希茲警官試著把這起案件的所有明確線索整理出來，然後看看這些線索之間是否有哪些被我們忽略掉了。我已經把斯科特醫師迷戀金絲雀並威脅她的事告訴給希茲警官了，還有讓那位交通警察費普斯指認卡蘭佛的事，都告訴他了。現在的線索已經亂如麻了，我們要盡快理清思路。」

說完，馬克漢順手拿起一沓文件，用迴紋針固定好。

「目前我們沒有掌握任何實質性的證據起訴誰。雖然史比、斯科特醫師和卡蘭佛的身上有很多可疑之處，但我們按這種思路一路調查，又能得到什麼結果呢？我們好像又回到了原點。我們找到了史比的指紋，可以推斷是他在星期一的下午留下的；斯科特提供了一個不攻自破的不在場證明，他這個人瘋狂而又危險；卡蘭佛把車子借給了他的弟弟，卻對我們撒謊，讓我一直誤以為星期一的午夜他在波士頓；至於曼尼斯，當我們問到他與金絲雀的關係時，他總是拐彎抹角，不肯正面回答我們的問題。」

「聽上去你的線索不是沒有用啊！」萬斯說著，向希茲旁邊的椅子走去，「我想只要你將它們做出恰當的整理，你就會從中發現一些端倪。對我來說，案件最關鍵的問題就是某些特定的要素至今下落不明。如果我們能夠找到它們，我敢保證，所有的疑問都會水落石出的；就像拼圖，只要找到失落的缺塊，把它們填上我們就會看到整個圖案。」

「『找到它們』這話說得容易，」馬克漢抱怨地說，「你知道去哪兒找嗎？」

這時，希茲將熄掉的雪茄重新點燃了，那種不耐煩的表情又出現了。

「你幫不了史比，他就是這起凶殺案的罪魁禍首。如果沒有阿比．羅賓，我堅信可以逼他說出實情；還有一點值得一提的是，萬斯先生，史比有歐黛兒公寓的鑰匙，沒錯吧。」說完，希茲遲疑地看了馬克漢一眼。

「我並不想讓你感覺我是在挑剔、抱怨什麼，親愛的長官，但是我認為花這麼多時間去追查歐黛兒的這些男性朋友，如卡蘭佛、曼尼斯，還有那位醫生，簡直是在浪費時間。」

「也許你說得對，」馬克漢表示贊同，「但我想知道斯科特這樣做的目的是什麼呢？」

「這個問題問得好，也許對我們有幫助，」希茲改口說，「如果斯科特醫師因為過於迷戀歐黛兒，而瘋狂到威脅她甚至開槍殺死她的地步，又在你要求他給出不在場的證明時突然情緒失控，那他一定是隱藏了一些我們不知道的信息。為什麼不嚇一嚇他？他目前的口供實在沒有什麼價值。」

「這是個好主意。」萬斯表示同意。

這時，馬克漢迅速抬起頭，開始查閱他的日程表。

「今天下午我有時間。這樣吧，警官，你把他帶到這裡來，如果可以的話，申請一張傳票帶過去——就看他來不來了。吃完午飯你就去做這件事。」說完，馬克漢煩躁地敲著桌子，「要是有時間，我一定要想辦法將那些把這起案子搞得如此複雜的渾蛋們，一個一個地過濾一遍，先從斯科特開始；我要把現在這些可疑但看上去沒用的間接證據，變成給他們定罪的有力證據，其他的先排除，到時候具體問題具體分析！」

希茲帶著一臉的失望離開了。

「可憐的傢伙！」萬斯看著希茲的背影嘆了一口氣，「這個不幸的傢伙，他的職位要背負所有由絕望帶來的痛苦和憤怒。」

「換成你也是一樣的，」馬克漢大聲說，「你不知道被一堆記者追著跑的感覺。哦，對了，你昨天不是說今天會帶來什麼好消息嗎？」

「我想我真的帶來了一些希望。」萬斯坐了下來，「我可以告訴你，曼尼斯的不在場證明是撒謊。至於他在這段時間去了哪裡，就要由你來調查了。把曼尼斯作為你下一個要過濾的對象吧。我相信重壓之下，他會屈服並且和你談判的。你要表現得狠一點，讓他感覺你在懷疑他就是兇手。對，詢問他一些有關那個毛皮大衣模特兒——我忘了叫什麼名字——哦，芙麗斯比。」萬斯突然停了下來，眉頭緊鎖好像在思考什麼。過了一會兒，他有些激動地說：「哦！天哪，天哪！我懷疑……一定是的，沒錯，沒錯！馬克漢你一定要問他一些有關那位模特兒的事情。例如，問他上一次看見那個模特兒是什麼時候。但是你在問她問題的時候，一定要裝作你無所不知，故弄玄虛一點。」

「聽著，萬斯，」馬克漢有些生氣地說，「你已經對曼尼斯意有所指地嘮叨了三天，到底查出了什麼？」

「直覺——僅僅是直覺而已，不騙你，我的心中總有這種莫名的感覺。」

「我現在懷疑自己是否真的認識你十五年了，」馬克漢的眼神十分銳利地看著萬斯，然後聳了聳肩膀說，「等我忙完斯科特的事，再去考慮曼尼斯。」

被詛咒的醫師

九月十四日

星期五

下午兩點

中午，我們在馬克漢辦公室的私人房間吃午飯。大概在兩點鐘的時候，斯科特醫師被叫了來，希茲警官陪他一起來的。從警官的表情來看，他一點也不喜歡這個人。

馬克漢示意讓斯科特醫師坐在自己對面。

「這算什麼？」斯科特醫師狠狠地說，「難道國家規定的公權力，就是使市民被迫放下手上的工作，到這裡受你們羞辱嗎？」

「我們的職責是讓罪犯伏法，」馬克漢以同樣的語氣回答，「如果市民認為協助司法機關辦案是被侮辱的事情，那麼他就是失職；如果你對我們提出的問題感到害怕，或者很難回答的話，你有權請出你的律師。需要給他打電話嗎？」

斯科特醫師猶豫了一會兒，說：「沒有這個必要，檢察官。但是請告訴我，這次把我叫過來到底是為什麼？」

「好的。我們發現一些有關你和歐黛兒小姐之間的問題，希望你能夠解釋一下，而且最好說清楚。首先我想知道，為什麼上次問到你們的關係時你要欺騙我？」

「我只是感覺你們一直都在窺視我的隱私，聽說在俄國有一段時間這種行為很常見。」

「斯科特醫師，如果窺視行為是不道德的，那麼你完全可以用回答剛才那個問題的方式輕易地說服我，這樣一來，我們就會馬上忘掉所有與你有關的事情。事實上，你對歐黛兒小姐的愛遠不是父女之情，是不是？」

「難道我們這個國家的警察，都不懂得如何尊重別人的感情問題嗎？」斯科特醫師的語氣十分無奈和不滿。

「在某些特殊情況下是這樣的，但在其他情況下就未必了。」馬克漢強忍著怒氣回答道，「當然，你也可以拒絕回答我這個問題。不過你選擇說出實情的話，就可以免去在法庭上面對公開審問時所帶來的侮辱了。」

斯科特醫師並沒有立即回話，而是在思索了一陣後，說：「即使我承認對歐黛兒小姐的愛遠高於父愛，那又怎樣呢？」

馬克漢得到了滿意的回答，接著問道：「你是不是很愛吃醋啊？」

「吃醋？」斯科特醫師諷刺地說，「這東西是愛戀中極其正常的事。那些大師級人物，克拉夫特、埃濱、莫爾、弗洛伊德、法蘭茲，還有阿德勒，都將吃醋看做是在相互吸引的愛戀中產生的一種親密的心理反應。」

「真是受益匪淺。」馬克漢點著頭說，「那麼，我想你迷戀歐黛兒小姐，或者說她深深地吸引著你，那你就會偶爾顯露出在這種在愛戀中產生的那種吃醋的心理反應嘍？」

「你愛怎麼想就怎麼想好了，真不明白我的感情與你何干？」

「若不是因為你的感情使你的行為具有高度嫌疑，我才懶得打聽這些呢。現在我已經完全清楚了，這種感情衝昏了你的頭腦，使你威脅歐黛兒小姐，甚至殺死她包括你自己；而從這位女子被殺的事實來看，法律上對你的嫌疑不僅是自然合理的，而且你的嫌疑最大。」

斯科特醫師的臉原本就是蒼白的，現在聽到這話，臉上基本沒了血色。他那修長的手指緊緊地握在坐椅的扶手上，坐在那兒一動不動，直勾勾地看著馬克漢。

馬克漢接著說：「我想你不會否認這一切從而增加我對你的懷疑的。」

萬斯身體前傾，與斯科特醫師靠得很近，問道：「斯科特醫師，現在來講一講你是用什麼方法威脅歐黛兒小姐的？」

斯科特醫師好像被嚇了一跳，猛地把頭轉向萬斯。他整個身體僵直著，臉脹得通紅，嘴角開始痙攣，脖子上也出現了青筋。剛開始我還擔心他會失控，但過了一會兒，他還是鎮定了下來。

「你認為我威脅說要殺了她，我就真的會這樣做？」由於憤怒和激動，斯科特醫師說的每一個字都在顫抖，「你想用這個理由把我送到刑場？呸！」他停了一會，等他再開口說話的時候，語氣已經恢復了平靜，「我承認我說過那樣的話，但只是嚇嚇她。如果你掌握的消息真的像你所說得那麼正確，你就應該清楚，當我威脅她時我手裡拿的是一把左輪手槍。一般情況下，拿那種手槍的人都只是把它拿出來嚇唬人而已。相信我，我真的沒有開槍，雖然當時我真想那樣做。」

「我相信你，」萬斯點點頭，「你的解釋聽起來也合理。」

受到萬斯鼓舞的斯科特醫師轉過頭，對馬克漢繼續說：「我想你應該知道，威脅並不是暴力行為的前兆。即使對人類心理進行最簡單的研究，也可以得出威脅只是表面證據的結論。通常情況下，威脅只是出於憤怒，而內心卻扮演著安全閥的角色。我是個沒結過婚的男人，感情生活還不穩定，我經常接觸的人大都是高度敏感、神經兮兮的。有一段時間，我被這位年輕漂亮的女人迷住了，雖然我知道她的回報遠不及我對她的付出。我為此深受折磨，而她卻絲毫沒有要撫慰我這顆受傷的心靈的意思。我承認，我曾多次懷疑她是有意這樣折磨我的——告訴我她和其他男人有染，對她的不忠絲毫不加掩飾。有幾次我幾乎發狂了，為了使她感到害怕從而改變對我的態度，我真的威脅過她。我想你是一個擁有判斷人類本性能力的人，你會相信我說的話的。」

「先不說這些，」馬克漢沒有對他的話作出承諾，「你能夠明確交代一下，你在星期一晚上的行蹤嗎？」

這個男人的臉上又一次沒了血色，但是語氣依舊是那麼溫文爾雅。

「難道我上次的回答沒有令你滿意，我遺漏了什麼嗎？」

「那晚你看診的病人叫什麼名字？」

「安娜．布里頓夫人。她是新澤西朗布藍崎區布里頓國家銀行已故總裁阿瑪斯．布里頓的遺孀。」

「我記得上次你說，從晚上十一點到第二天凌晨一點，你都一直和她待在一起？」

「是的。」

「這麼說，布里頓夫人就是唯一一位能夠證明你當時在療養院的人啦？」

「我想是的。我通常在晚上十點以後不按門鈴，用自己的鑰匙開門進去。」

「我可以和布里頓夫人聊聊嗎？」

斯科特醫師表示反對，說：「布里頓夫人現在病得不輕，去年夏天她先生過世使她受到了巨大的打擊，從此她就一直處於神志不清的狀態。有時候連我都感到害怕，現在的她哪怕受到一點干擾或刺激，都會造成難以想像的後果。」

說完，斯科特醫師彷彿經過預演一般，從一隻鑲著金邊的皮夾子裡掏出一張剪報，遞給馬克漢，解釋道：「這上面記載了她由於悲傷過度而被送到一家私人療養院治療的情況。我已經擔任她的主治醫師好多年了。」

看完剪報，馬克漢把它還給了醫師。屋內出現了短暫的沈寂，但隨即被萬斯的一個提問打破了。

「順便問一句醫師，那天晚上在療養院值夜班的護士叫什麼名字？」

斯科特醫師的目光立刻轉向萬斯。

「值夜班的護士？怎麼問起她了，她和這件事沒有什麼關係啊？星期一的晚上她可是忙得不可開交。好吧，既然你要知道她的名字，那麼我就告訴你，她叫芬葛——阿美妮雅·芬葛小姐。」

萬斯將這個名字記了下來，然後站起來將這張寫有名字的紙條交給了希茲。

「警官，麻煩你在明天上午十一點的時候，將芬葛小姐帶到這兒來。」馬克漢說，同時向希茲輕輕眨了一下眼睛。

「我會照做的，長官。」希茲的表情好像在說芬葛小姐將要倒楣似的。

斯科特醫師則是滿臉疑慮。「很抱歉，你們這種鍥而不捨的追問讓我很疲乏，」他的傲慢已經消失了，「到此為止，好嗎？」

「那就到此為止吧，」馬克漢十分禮貌地說，「需要我為你叫一輛計程車嗎？」

「非常感謝，但是我的車就停在樓下。」說完，斯科特醫師高傲地走了。

這時，馬克漢吩咐史懷克把崔西找過來。崔西警探立刻趕到了。他先擦了擦眼鏡，然後向我們殷勤地鞠了一躬。不知情的人還以為他是一名演員呢，但是他辦案細心的那股勁兒卻是局裡人人皆知的。

「我要你再去把曼尼斯先生帶過來，」馬克漢對他說，「馬上，我就在這兒等他。」

接到命令後，崔西又殷勤地鞠了一躬，然後扶了扶眼鏡離開了。

「那麼現在，」馬克漢用責備的眼神盯著萬斯，說道：「你來說一說，你怎麼又讓斯科特對那名值夜班的護士產生戒心了，你的腦袋是不是壞掉了，你以為我沒有考慮到那名護士嗎？現在你這樣做已經打草驚蛇了。從現在到明天上午十一點，他可以在這麼長的時間裡教會那名護士如何回答我們的問題。萬斯，我們的目的是查證他的不在場證明，這下子都被你破壞了。」

「是的，我是提醒他讓他警覺，」萬斯得意地笑著，「當你的對手用一種極其誇張的表情說明自己的精神已經崩潰到無法承受你的問題時，事實上，他的這種焦躁不安早就消失得無影無蹤了。馬克漢，我的腦袋怎麼會壞掉呢？既然我們倆都想到了那個護士，難道那位奸詐狡猾的醫師就不會想到嗎？如果芬葛護士是那種容易被人收買作偽證的人，那麼兩天前她就已經被人收買了，斯科特醫師就會在上次訊問時主動提起這位護士，這樣一來，他便有了週一晚上自己在療養院裡的證人了。但是，自始至終斯科特醫師都沒有提到那名護士，很顯然芬葛護士並沒有被誰收買作偽證。馬克漢，其實我是故意讓他提高警覺的。現在，我來問你個問題，你認為在我們訊問芬葛小姐之前，斯科特醫師會做什麼？此刻我的腦袋已經空空的沒有思路了。」

「等一下，」希茲插話說，「我想確定一下，明天上午我到底要不要把芬葛護士帶到這兒來？」

「沒有這個必要了，」萬斯回答，「我們不找那位南丁格爾了，斯科特醫師最不願見到的事就是我們和她碰面。」

「這話不假，」馬克漢表示同意地說，「但是也有可能他在星期一的晚上，做了什麼見不得人的事，可是與這起案子沒有關係。」

「沒錯，似乎每個認識金絲雀的傢伙都在星期一的晚上做了些見不得人的事，這真讓人費解。史比絞盡腦汁地想辦法讓我們相信當時他正在樂此不疲地打牌；卡蘭佛，你會相信這個人喜歡深夜到新澤西大湖附近的郊區遊蕩嗎？斯科特努力地希望得到我們的信任，要我們相信他當時正在安慰一名身心受創的病人；而曼尼斯為了躲避我們的追問，不辭辛勞地製造出一個不在場證明。其實，這些人當時都在做著一件不願讓人知道的事情。那麼究竟是什麼事呢？為什麼他們會不約而同地選擇同一時間，即謀殺夜這晚神祕地做一些事情，卻又不敢聲張呢？甚至都不願意說出來為自己洗刷嫌疑，難道那晚這座城市的上空有鬼魂在遊蕩？難道是人們被詛咒，做了見不得光的事？是邪術嗎？我真不知道還有什麼原因了。」

希茲頑固地宣稱：「不用想了，一定是史比幹的，我第一眼看到這起凶殺案的時候，就知道這是慣竊所為，並且兇手的指紋就擺在眼前，還有伯納關於鑿刀的鑒定報告，足以說明問題。」

此時的馬克漢已經被弄糊塗了。起先他也認為史比就是兇手，但是後來又被萬斯說服了，相信這起凶殺案是一個非常有頭腦，而且受過高等教育的人的有計畫的預謀。可現在，他好像又站回了希茲那邊。

「不得不承認，」馬克漢說，「斯科特、卡蘭佛還有曼尼斯，他們是有嫌疑的，但是他們都有證明自己不在場的證據；然而史比卻是唯一一位合乎邏輯推理的嫌疑人，他既有行凶動機，又是唯一一位被不利證據指向的人。」

萬斯疲憊地嘆了口氣，說：「是的，指紋和鑿刀。如果你這麼相信這些不會說話的證物，那麼史比的指紋是在歐黛兒的公寓裡發現的，這樣一來，我們想都不用想，一定是史比殺了那個可憐的女人。這是多麼簡單的事情啊，我們沒有必要如此大費周章調查這起案子，把史比按在電椅上，不就一了百了了？這樣我們的工作效率多高啊！但是，你認為這樣做就夠了嗎？這是我們的工作嗎？」

「我知道你一直對我們推斷史比是兇手不以為然。」馬克漢不耐煩地打斷萬斯。

「哦，我承認，你們推斷史比是兇手也是合乎邏輯的，而且你們的這種推論令我無法反駁。但是，不要忘了，多數司空見怪的真理往往只是表面上的合情合理——那也就是為什麼它們經常會出錯的原因。雖然你的推論可以說服一般人，但它並不是既成事實啊！」

希茲一動不動地坐在桌子旁皺著眉，我真懷疑他沒有聽到馬克漢和萬斯之間的對話。

「馬克漢先生，」希茲突然沒頭沒腦地說，「如果我們能找到證明史比是如何進出歐黛兒公寓的證據，那麼我們就可以指證他是兇手了。但是我一直想不通這點，我想我們還是找個建築師看看這棟老房子——鬼知道它是什麼時候建造的——裡面一定有可以進出的暗道。」

「我的上帝啊！」萬斯無奈地看著他，然後以一種懷疑的語調說，「你真天真！暗道——隱藏在牆壁之間的機關門？可愛的警官，你是不是科幻電影看多啦，這種東西可是會腐化人的。有時間還是看看歌劇吧，雖然無聊，但卻不會腐化你。」

「好，好，就當我什麼都沒說，萬斯先生。」很明顯，希茲警官對自己的想法也沒什麼把握，「但是我們弄不清楚史比進出的方式，就沒有辦法證明他來過。」

「我同意這個看法，警官，」馬克漢說，「我現在就叫人找一個優秀的建築師過來。」說完，馬克漢按了一下鈴，把史懷克叫了進來，向他交代了任務。

此時的萬斯略微放鬆了些，伸了伸腿，打了個哈欠，「這麼說，我們現在能稍微輕鬆一會兒啦，叫幾個人進來為我們扇扇風吧，讓我們享受一下美妙的音樂。」

「你是在說笑嗎？萬斯先生，」希茲將一支雪茄點燃，「即使建築師沒有看出什麼名堂，史比也難逃嫌疑，而且他還是嫌疑最重的一個。」

「這個兇手嘛，我倒認為是曼尼斯，」萬斯提出意見，「至於我為什麼會這樣想，我也說不清，但是我認為他絕不是一個好人，而且我感覺到他在試圖隱瞞什麼。馬克漢，你敢在他交代完星期一晚上的行蹤之後，放他走嗎？哦，千萬別忘了要故作神祕地暗示他一些有關那個毛皮大衣模特兒的事。」

午夜訪客

九月十四日

星期五

下午三點三十分

不到三十分鐘，曼尼斯就出現在門口了。希茲站了起來，將座位讓給他，自己轉身坐到了靠窗的大椅子上。萬斯仍然坐在馬克漢右邊的小桌子上，這個位置正好可以斜斜地看到剛來的這個人。

我可以清楚地從曼尼斯的眼神中感受到他並不喜歡這次會面。他用那雙小小的眼睛迅速地掃視了整間屋子，然後把目光停留在希茲的身上，狐疑地看著他，最後他的視線落到了馬克漢身上。他的一舉一動比第一次談話時小心得多，當他對馬克漢諂媚地問候時，他的聲音有些顫抖，好像馬克漢令他感到不舒服一樣，但是最後還是這位令人生畏的檢察官示意他坐下來。曼尼斯將自己的帽子和手杖都放在桌上，自己只坐在了椅子的邊緣，背部繃得筆直。

「我對你在星期三對我所說的一切表示很遺憾，當時你說的每一句話都沒有使我滿意，曼尼斯先生。」馬克漢開門見山地說，「當然，我深信你不希望我採取一些激烈的手段，逼你說出關於這起凶殺案你所知道的一切。」

「你認為我知道什麼？」曼尼斯努力地微笑著，試圖消除彼此的敵意，「親愛的馬克漢先生！」他好像很絕望，將手一攤，但這正是他狡猾的掩飾，「假如我知道什麼，請相信我，我一定會全部告訴你的，我發誓！」

「真高興聽到你這句話。感謝你對我們工作的支持，這會使我們的工作輕鬆一些。那麼我想知道星期一午夜，你在哪裡？」

曼尼斯瞇縫著眼睛端坐在那裡，片刻之後，他說話了。

「我要告訴你，我在星期一晚上的行蹤嗎？我為什麼要這樣做呢？難道我是被懷疑的對象，是這樣嗎？」

「不是，至少現在沒有懷疑你；但是你那種不願回答問題的態度確實可疑。為什麼你如此在意，不讓我們知道你的行蹤呢？」

「當然對於這一點，我沒有理由不讓你知道，」曼尼斯聳了一下肩膀，接著說，「我也沒有什麼好丟臉的，絕對沒有！那晚，我有一堆帳目要處理，所以我一直在辦公室工作到十點鐘才離開——大概更晚一點，然後大約在十點三十分……」

「好了！」萬斯突然打斷他說，「不必把其他人扯進來。」

萬斯的這句話好像能引起人們的好奇心，所以曼尼斯機靈地揣摩著他的這番話，試圖破解其中的奧祕。雖然他並沒有從萬斯的語言中獲得一絲啟發，不過這也夠讓他費神的了。

「你不想知道我當晚十點三十分時在哪裡嗎？」

「沒有這個必要，」萬斯回答，「我們想知道你在這個時間之後去了哪裡，所以我們對你在這段時間裡見過什麼人沒有一點興趣。但是，我們也不是好騙的。」萬斯的這番話，使屋子裡充滿了智慧和神祕，這種氣氛正是他希望的。他沒有破壞福斯特小姐對他的信任，而是在曼尼斯的心裡悄悄地種下了一顆疑惑的種子。

就在曼尼斯準備回答這個問題之前，萬斯站起來倚在馬克漢的桌旁，說：「我們了解到，你認識一位叫芙麗斯比的小姐，她現在住在七十一街184號——說得清楚一些就是歐黛兒小姐居住的那棟公寓大樓，她的門牌號是二號。這位小姐是你以前的一名模特兒，她是一位很友善的女孩，我們還知道她對自己的前任雇主，也就是曼尼斯先生你，充滿了關愛。那麼你還記得上一次見到她是什麼時候嗎？你不必急著回答，我想你需要好好回憶一下。」

曼尼斯真的開始回憶起來。一分鐘過後，他開口反問了一個問題：「難道我沒有拜訪芙麗斯比小姐的權利嗎？」

「不，你當然有這種權利。但是令我疑惑的是，為什麼你會因為這個如此簡單又不難回答的問題，而焦躁不安呢？」

「我焦躁不安？」曼尼斯掩飾著自己的神態，勉強地笑了一下，「我只是在想你們為什麼要打探我的個人隱私。」

「那好，讓我告訴你，與芙麗斯比小姐住在同一所公寓裡的歐黛兒小姐，大約是在星期一的午夜被人殺害的。從現場的環境來看，大樓的前門是沒有人進出的，而側門又是鎖著的，所以兇手唯一進出她的公寓的途徑就是二號公寓。由此說來，當天除了你以外，並沒有其他認識歐黛兒小姐的人到過二號公寓。」

聽到這話，曼尼斯的身子向前探了探，兩隻手緊緊地握著桌子的邊緣；他的眼睛睜得很大，厚厚的雙唇微微張開著，從他的神情看，他一點都不害怕，而是十分詫異。曼尼斯只是呆呆地坐在那裡看著萬斯，不相信會有這種事。

「那麼你們查到的情況就是，除了二號公寓，真的就沒有其他什麼地方可以進入歐黛兒的房間，難道只是因為那個側門是鎖著的？」曼尼斯冷笑著說，「如果星期一的晚上那個側門恰巧沒鎖好，那我現在還會出現在這裡嗎？會嗎？」

「我想你還是會和我們在一起，和馬克漢在一起的。」萬斯看著他說。

「我想我也會在這裡看到你們的！」曼尼斯隨口說出了這句話，「讓我告訴你吧，這裡絕對是我能夠出現的地方！」說完，他突然轉向馬克漢，「我自認為是一個好人，這一點你是知道的，但是我已經忍了太久了。其實星期一的晚上，那個側門根本就沒有鎖，而且我還知道那天晚上十一點五十五分的時候，是誰偷偷地溜出了歐黛兒的房間。」

「說下去！」萬斯急切地說。他坐下來靜靜地點了一根煙。

馬克漢一直處在驚訝之中，沒說一句話；希茲則靜靜地坐在一邊，叼著半支雪茄。

過了一會兒，馬克漢向後靠了靠，兩隻胳膊交叉著端在胸前。「曼尼斯先生，我想你最好把你知道的全部都告訴我們。」馬克漢的語氣中透露著一股強迫的意味。

這時，曼尼斯也向後靠了一下。

「我會告訴你的，請相信我。剛才你說得很對，我那天整晚都和芙麗斯比小姐待在一起。但這真的沒什麼大不了的！」

「那你當天是幾點到達公寓的？」

「大約下午五點四十五分。我先搭的地鐵，在七十二街下了車之後，就走了過去。」

「你是從公寓的前門進去的嗎？」

「不是的，同往常一樣，我是從大樓旁邊的巷子走進去的——也就是說，是從側門進去的。我找誰與別人無關，而且只要不被前廳的接線生看到就好。」

「這麼說前廳的接線生一直沒有發現你，」希茲說，「管理員在六點之前還沒有閂上側門啦！」

「那麼你那天整晚都待在那裡嗎，曼尼斯先生？」馬克漢問道。

「是的，一直待到午夜。芙麗斯比小姐煮了美味的晚餐，我又帶了一瓶酒。當時我們就好像是在舉辦一個小型的聯誼會——雖然只有我們倆。十一點五十五分之前我還沒有離開公寓，這一點你可以問芙麗斯比小姐。我現在就可以給她打電話，證實我剛才說的話。我說的每一句話都是實話，沒有半句謊言。」

「那麼十一點五十五分到十二點這段時間，發生了什麼事？」

曼尼斯開始猶豫了，他好像不太樂意說到這一點。「你知道我是個好人。但是，請問為什麼要把我無緣無故地扯進和自己毫不相關的事情裡呢？」

曼尼斯停下來等待著回答，但是並沒有人回應他，他只好繼續說：「當然，你是對的，真的發生了一些事情。午夜之後，因為我還有一個約會，所以我大約在午夜前的幾分鐘便向她道別了。當我打開門正要向外走的時候，我看到有個人偷偷摸摸地從金絲雀的寓所出來，穿過後廳的通道，向側門走去。當時大廳的燈亮著，而且二號公寓的門正好與側門相對，所以我看清了那個傢伙的臉，就像我此刻看見你的臉一樣清楚。」

「他是誰？」

「如果你想知道的話，我就告訴你，他就是卡蘭佛老爹。」

馬克漢的頭微微動了一下。「然後你做了什麼？」

「什麼也沒做，馬克漢先生。我沒有多想，因為我知道卡蘭佛老爹正在追求金絲雀小姐，所以他一定是來找金絲雀的；並且我也不希望被老爹看到——我在哪兒與他無關。所以我只是靜靜地等他離開了我才走。」

「你也是從側門離開的嗎？」

「當然啦，然後我便從相同的地方離開了。其實當時我想從前門走的，因為我知道通常情況下，側門總會在午夜時被管理員鎖上。但是，當我看見卡蘭佛老爹可以通過那裡時，我就告訴自己跟著做準沒錯。這樣一來就不必打擾接線生了。所以我選擇還是從進來的地方出去。我走到百老匯大道上，叫了一輛計程車，去了……」

「可以了！」萬斯再一次打斷了曼尼斯的話。

「哦，好吧，」曼尼斯好像要結束他的陳述，「但是我不希望你們認為……」

「我們不會的。」萬斯又一次打斷了曼尼斯的話。

馬克漢十分疑惑地看著萬斯。

「為什麼你不立刻將這條線索告訴警方呢？」

「我為什麼要蹚這個渾水呢！」曼尼斯抱怨地大叫道，「我招惹的麻煩已經夠多了，而且多得不得了啦！」

「你的顧慮真是偉大啊！」對於他的這種說法，馬克漢頗為厭惡，「但是，當你得知這起凶殺案的時候，你告訴過我歐黛兒小姐勒索過卡蘭佛。」

「是的。這正好說明我做對了一件事——為你提供了一個寶貴的線索！」

「當晚，你還看見其他什麼人出現在大廳或巷子裡嗎？」

「沒有，絕對沒有。」

「那麼，你注意到歐黛兒小姐的寓所裡有什麼動靜嗎？」

「一點聲音都沒有。」曼尼斯確定地搖著頭說。

「十一點五十五分，你確定卡蘭佛是這個時間離開的嗎？」

「這一點毫無疑問，因為當時我看了一眼手錶，然後對芙麗斯比說：『我要在我來的這一天離開，儘管還有五分鐘就是明天了。』」

對於曼尼斯所說的話，馬克漢仔細地揣摩著每一個細節，試圖用各種方法使他說出更多的事情來。可是，曼尼斯不僅沒有再多說什麼，而且也沒有修改任何細節。半小時的交叉盤問後，曼尼斯獲准離開了。

「不管怎麼樣，我們現在已經找到了那塊遺失的拼圖，」萬斯說，「但是它是否能夠填進圖上空缺的部位，我還不敢確定；可是它還是有一些幫助的，而且我要說的是，我對曼尼斯的直覺被證實了！」

「是啊！你那分毫不差的直覺是無人能及的，」馬克漢的眼神有些疑惑，「可是當他要告訴我一些事情的時候，你為什麼要打斷他，而且還打斷了兩次？」

「親愛的馬克漢，對於這一點我現在還不能告訴你，請原諒。」萬斯說。

雖然萬斯在說這句話時的態度不尋常，但是馬克漢知道，在這種時刻，萬斯一定是認真的。所以馬克漢沒有再追問下去。這時我在想，福斯特小姐是否能感覺到她對萬斯真誠的信任是多麼的安全無虞啊！

曼尼斯所說的事令希茲感到震驚。「我真的不知道側門沒有鎖，」他抱怨道，「但是我不明白，在曼尼斯離開後，是誰把它再度鎖上的呢？六點以後又是誰將它打開的呢？」

「我的警官，不要著急，時機一到，這些疑問都會水落石出的。」萬斯說。

「大概——但也未必。如果我們真的有了新發現，那麼你就會相信我說的話，問題就出在史比身上——他就是那個被我們掌握了大量證據的傢伙。卡蘭佛不是撬開鐵盒的行家，曼尼斯也不是。」

「那晚還有一個專家在場，而且並不是你那位綽號為『公子哥兒』的史比，雖然他在雕鑿首飾盒方面的技術能夠與雕刻大師米開朗基羅媲美。」

「有兩個人在那裡？這就是你的看法，萬斯先生？你曾說過這一點，當時我並沒有否認你的看法。但是假如我們能夠緊緊抓住史比這個主要線索，那麼我們就能找出他的同黨。」

「不是同黨，警官。這個人更像是個陌生人。」

此時的馬克漢只是靜靜地坐在那兒，凝視著屋角。

「如果這起凶殺案在卡蘭佛身上就宣告結束，我會感到很難過。」他說。

「我說馬克漢，」萬斯說，「那位紳士編造的不在場證明不正好暴露出一些可疑之處嘛。我想你現在應該明白昨晚在俱樂部裡，我為什麼執意要你問他這件事了。我的想法就是，假如你能夠讓曼尼斯向你傾吐真話，使大家站在強有力的立場上，那麼你自然而然地就可以使卡蘭佛招供。你看，這次直覺又贏了！其實以你對他的了解，你完全可以在不知不覺中使他陷入一種困境，不是嗎？」

「你說得沒錯，這正是我要做的。」馬克漢按鈴將史懷克叫了進來，「立刻把查爾斯・卡蘭佛抓來，」馬克漢急躁地命令道，「打電話到史蒂文森俱樂部，或者往他家裡打電話——他住在西二十七街拐角處的那家俱樂部裡。告訴他，我要他在半小時之內趕到我這裡來，不然的話我會派幾名幹員用手銬把他抓來。」

說完，馬克漢抽著雪茄，站在窗前，他心浮氣躁地看著窗外；而萬斯卻坐在一邊愉快地閱讀《華爾街日報》；希茲為自己倒了一杯水，隨意看著房間裡的擺設。

沒多久，史懷克進來了。「很抱歉，長官，沒找到卡蘭佛。沒人知道他去哪兒了，聽說他在今天深夜以後才會回來。」

「該死的傢伙！那好，晚上再說。」馬克漢轉身對希茲說，「今晚你的任務就是逮捕卡蘭佛，然後明天早上九點把他帶到這兒來。」

「好的，明天我會準時把他帶來的！」但是希茲仍然心存疑惑，「有件事在我心裡盤旋了很久，我一直弄不明白。你還記得那個擺在客廳桌子上的黑色文件盒嗎？它竟然是空的，但是大部分女人都會用那種盒子裝信件或類似的東西。而困擾我的是：那盒子並不是被撬開的，而是用上面的鑰匙打開的。不管怎樣，一個慣竊也不會對信或文件感興趣的。你明白我的意思嗎，長官？」

「我的警官，我好崇拜你啊！」萬斯大叫，「我真是感到羞愧！太佩服你了！黑色文件盒——那是一個被打開了卻沒有絲毫破損的、空無一物的文件盒！當然！我確定它不是史比打開的！這是另一個傢伙的傑作。」

「那麼你對這個盒子有什麼看法，希茲警官？」馬克漢問。

「長官，就像萬斯先生一直堅持的：那晚除了史比，大概還有一個人待在屋裡。而你告訴過我，卡蘭佛曾在你面前承認，他在六月份的時候付給歐黛兒一大筆錢，只是為了拿回他的信。但是，假設他並沒有付這筆錢，又或者他在星期一的晚上取回那些信。他不是告訴過你要花錢買回那些信的嗎？也許這就是為什麼曼尼斯會在那裡看見他的原因了。」

「聽上去很有道理，」馬克漢說，「那我們下一步要怎麼走呢？」

「如果卡蘭佛在星期一的晚上把它們拿走了，那麼他大概還保存著；如果那些信中有任何一封的日期是在他說拿回信件的六月份以後，那麼我們就掌握了指控他的證據了。」

「然後呢？」

「然後？就像我說的，我在想卡蘭佛今天出城，假如我們能夠得到那些信的話……」

「說得沒錯，它們對我們會有一些幫助，」馬克漢冷靜地說，並直視著希茲，「但是這種事你連想都不要想。」

「可是長官，」希茲喃喃地說，「這樣做，卡蘭佛的真實面目就會暴露出來。」

扭曲的時鐘

九月十五日
星期六
上午九點

第二天早上，馬克漢、萬斯和我在喬治王子俱樂部一起吃了早餐，然後在九點左右來到了馬克漢的辦公室。這時候希茲正陪著卡蘭佛在接待室等著我們。

從卡蘭佛走進辦公室後的態度看，顯然希茲警官沒有熱情地招待他。卡蘭佛氣勢洶洶地向馬克漢的桌子走去，憤怒地看著馬克漢。

「我這算是被捕了嗎？」卡蘭佛的語氣中帶著一種壓抑的不安和憤怒。

「目前還不算，」馬克漢簡單地回答道，「但是如果你被逮捕了，也是你自找的——請坐吧！」

卡蘭佛先是猶豫了一陣，然後就近坐在了一把椅子上。

「你這位警官為什麼一大早七點半就把我從床上硬拉起來？」說著，卡蘭佛指指希茲，「還用囚車、拘捕令威脅我，難道就是因為我對這種高壓不合法的方式抗議嗎？」

「如果你拒絕了我的邀請，那麼你必然會受到合法程序的威脅。今天我只上半天班，所以希望你能立刻為我作出合理的解釋。」

「讓我在這種情形下解釋，想得美！」與先前的冷靜相比，此刻的卡蘭佛已經暴跳如雷了，「無論你來軟的還是來硬的，都休想從我這兒得到什麼。」

「正合我意，」馬克漢不懷好意地說，「既然身為自由公民的你拒絕作出任何解釋，那麼我只好改變你目前的身分了。」說著馬克漢轉向希茲，「警官，讓班申批一張查爾斯·卡蘭佛的拘捕令，然後把這位先生關起來。」

卡蘭佛聽了，頓時目瞪口呆，倒吸了一口涼氣。

「你憑什麼抓我？」卡蘭佛問道。

「瑪格麗特·歐黛兒謀殺案。」

卡蘭佛一躍而起，臉色慘白，下巴的肌肉不停地抽搐著。他咆哮道：「等等！這不公平，你休想把這項罪名強加在我身上。」

「或許吧。但是如果你不願意在這裡說的話，我們可以在法庭上談。」

「不用了，我在這兒說。」卡蘭佛再次坐下，吸了口氣，略微平靜了一些。「你到底想知道什麼？」

馬克漢拿出一根雪茄，不慌不忙地點上。

「首先，你為什麼撒謊說你在星期一的晚上去了波士頓？」

對於這個問題，卡蘭佛顯然早有準備。

「當我聽說金絲雀被殺時，我認為自己需要一個不在場證明，而我的弟弟恰巧給了我一張他在波士頓的罰單，它就成了我的不在場證明。」

「你為什麼要虛構一個不在場證明呢？」

「其實我並不需要，但是我認為這能夠為我減少一些麻煩。因為很多人都知道我當時正在追求歐黛兒小姐，而且這些人之中也有人聽說她一直在勒索我——事實上是我告訴他們的，我真是笨啊！例如，我告訴過曼尼斯——我們倆都被她勒索過。」

「這就是你虛構不在場證明的唯一理由嗎？」馬克漢用銳利的眼神看著他。

「這個理由還不夠嗎？勒索是構成動機的前提啊，不是嗎？」

「但是只有動機，並不一定會使一個人有嫌疑。」

「或許吧。我只是不希望自己與這件事有任何瓜葛。你不會因為急著破案就污蔑我與這起案子有關吧？」

馬克漢帶著威脅的笑容說：「事實上，歐黛兒小姐勒索你的事，並不是你撒謊的唯一理由，甚至不是你的主要理由。」

若卡蘭佛沒有瞇起眼睛，他的外形真像一座雕像。

「看來你知道得比我多啊！」他刻意將話說得輕鬆了些。

「怎麼會比你多呢，卡蘭佛先生？」馬克漢糾正道，「但也不算少——星期一晚上十一點至午夜，這段時間你在哪兒？」

「我想你是知道的。」

「是的。你在歐黛兒小姐的公寓裡。」

雖然此時的卡蘭佛不停地冷笑，但是笑聲卻掩飾不住馬克漢的指控帶給他的驚嚇。

「如果這是你的猜測，那麼很明顯，你仍然一無所知。其實我已經有兩個星期沒踏進她的公寓了。」

「你的說辭我可以輕易地駁斥掉，因為我有可靠的證人。」

「證人！」這兩個字好像是從卡蘭佛的嘴裡蹦出來的一樣。

馬克漢點點頭，說：「有一個人看見你在星期一的晚上十一點五十五分從歐黛兒小姐的公寓裡出來，而且還是從側門離開的。」

卡蘭佛有些驚慌，張著嘴，呼吸也變得沈重了。

「恰好就在十一點半至十二點之間，」馬克漢冷漠地繼續說道，「歐黛兒小姐被勒死了，她的房子遭到洗劫。對此你有什麼話要說嗎？」

辦公室裡頓時一片沈寂。

過了一段時間，卡蘭佛開口了：「我要好好想一想。」

馬克漢表現得很有耐心。

幾分鐘後，卡蘭佛將身子坐正，說：「我會告訴你那晚我都做了什麼，但是信不信就由你了。」說完，他又恢復到那個冷靜自信的賭徒模樣，「我並不在乎你有多少證人，也不管他們是誰。這是你從我這裡得到的唯一信息。其實我應該早點告訴你，但是在沒有人推我下水之前，有什麼理由值得我去蹚這個渾水呢？在星期二之前，你還可以相信我，但是目前，你已經有了先入為主的想法，而且你也希望能夠捉到這名兇手封住媒體的嘴。」

「不要管這些，先說你自己的事吧。」馬克漢命令道，「如果你說的是真的，就沒有必要擔心報紙。」

卡蘭佛心裡十分清楚，這是無法改變的事實。即使是最尖刻的政敵，也不曾抨擊過馬克漢用不恰當的手段沽名釣譽，哪怕只是很不起眼的手段。

「事實上，我所說的只是一點點。」卡蘭佛開始敘述，「當天，我在午夜之前來到了歐黛兒小姐所住的公寓大樓，但是我並沒有進入她的公寓，我甚至都沒有按她家的門鈴。」

「難道這是你慣有的拜訪方式？」

「你不信，是嗎？但是它是事實。當時我是很想見她，但是當我走到她家門口的時候，我改變了主意……」

「等一下，我想知道你是怎樣進入那棟大樓的？」

「從側門——就是巷子旁的那個側門走進去的。只要它開著，我都會從那裡進去。當然，歐黛兒小姐也要我從那兒進去，這樣接線生就不會發現我常去找她了。」

「星期一的晚上，都那麼晚了，側門還沒鎖嗎？」

「當然，要不我怎麼可能進去！即使我有鑰匙也沒有用，那扇門是從裡面閂上的。但是在我的記憶中，我還是第一次發現這扇門在那麼晚的時候還沒鎖。」

「好吧，你從側門進去，然後呢？」

「然後我順著後廳走到歐黛兒小姐公寓的門前，當時我停留了大約一分鐘。我想大概有人和她在一起，除非她一個人在家，否則我是不會按門鈴的……」

「請原諒，卡蘭佛先生，」萬斯打斷了卡蘭佛的敘述，「為什麼你認為當時屋裡還有其他人呢？」

卡蘭佛開始猶豫起來。

「難道是因為，」萬斯提示他說，「你在來之前給歐黛兒小姐打過電話，但接電話的卻是個男人？」

卡蘭佛緩緩地點了點頭，說：「我找不到其他特別的理由否認你的說法。的確，就是這個原因。」

「在電話裡那個男人對你說了什麼？」

「只說了一點點，他說『喂』之後，我說我要找歐黛兒小姐，他告訴我歐黛兒小姐不在，然後沒等我說話就掛斷了。」

萬斯轉過頭看著馬克漢：「我想，這正好解釋了傑蘇所說的：十一點四十分時歐黛兒家的電話響了。」

「也許。」馬克漢不感興趣。現在的他急於從他口中知道接下來的事情，於是他從被萬斯打斷的部分接著問：「你說當時你在公寓門口站了一會兒，那你為什麼不按門鈴呢？」

「因為我聽到屋子裡有男人說話的聲音。」

馬克漢立刻振奮起來：「男人的聲音？你確定？」

「當然確定，」卡蘭佛肯定地說，「真的有男人的聲音，不然我會按門鈴的。」

「你聽出他是誰了嗎？」

「這個很難。聲音非常模糊，而且有點沙啞。我熟悉這個聲音，我想這個聲音和接我電話的聲音是同一人的。」

「你還記得你都聽到了什麼嗎？」

卡蘭佛眉頭緊鎖，看著馬克漢身後敞開的窗戶。

「我還記得那些話，」他慢慢地說，「當時我沒有太在意，但是當我第二天看到報紙時，前一晚我所聽到的那些話，才突然浮現在我的腦海裡……」

「什麼話？」馬克漢急切地問。

「嗯，我聽到的是：『哦，我的天！哦，我的天！』這聲音好像重複了兩三遍。」

卡蘭佛的描述使這間陳舊的辦公室籠罩著一股恐怖的氣氛，而且還是一種震懾人心的恐怖氣氛，其中包含著卡蘭佛不經意的、冷漠的、重複的痛苦尖叫聲。

沈寂了片刻後，馬克漢問道：「聽到男人的聲音後，你又做了什麼？」

「我輕輕地轉身向後廳走去，出了側門，直接回家了。」

又沈寂了一會兒。卡蘭佛的供述使人驚訝，但是它與曼尼斯的說辭完全吻合。就在這時，萬斯坐直身子，說：「我說，卡蘭佛先生，從十一點四十分你給歐黛兒小姐打電話，到十一點五十五分你從側門離開她所住的公寓，這段時間你都在做什麼？」

「我在二十三街搭了地鐵前往上城。」卡蘭佛停頓片刻後才回答道。

「奇怪——真是奇怪，」萬斯看著手中燃燒的煙頭，「十五分鐘之內你好像不太可能給任何人打電話吧？」

這時，我突然想到艾拉．福斯特小姐說的，卡蘭佛曾在星期一晚上十一點五十分給她打了一個電話。萬斯並沒有向他透露他所知道的事情，單單這個問題就讓對方夠受的了。卡蘭佛開始擔心情況會變得對他不利，從而閃爍其詞。

「假如我在七十二街下地鐵，然後在走到歐黛兒小姐的公寓之前給別人打電話，是完全有可能的，不是嗎？」

「當然。」萬斯喃喃地說，「但是，嚴格來說，假如你在十一點四十分給歐黛兒小姐打電話，然後走進地鐵，坐到七十二街，然後又走到七十一街，來到公寓大樓，在她門口駐足片刻，最後在十一點五十五分離開——全程你只花了十五分鐘，我想你很難有時間停下來給誰打電話吧。不過，這個我不想追問了，我想知道的是從十一點到十一點四十分你給歐黛兒小姐打電話的這段時間裡，你到底在幹什麼？」

「說實話，那晚我十分沮喪。因為我知道歐黛兒小姐和別的男人出去了——她說好和我約會的。於是我氣急敗壞地在街上閒逛了一小時，或者更久。」

「在街上閒逛一小時？」萬斯皺著眉頭問。

「是的，」卡蘭佛充滿敵意地說，然後轉身仔細打量著馬克漢，「你還記得我曾建議你從斯科特醫師下手嗎？你在他那裡追查到什麼線索了嗎？」

「哦！斯科特醫師！當然！那麼卡蘭佛先生，你怎麼會在街上閒逛？『街上』，請注意！對於你剛才陳述的事情，我所強調的是『街上』這兩個字，但是你卻出乎意料地提起了斯科特醫師。你怎麼會想到他？現在可沒有人提到他。很好，非常好！現在我已經找到另一塊拼圖了。」

馬克漢和希茲奇怪地看著萬斯，他好像瘋了一樣。萬斯慢慢地從煙盒中抽出一支瑞奇煙點上，然後對卡蘭佛微笑著說：「親愛的朋友，你可以告訴我們，當你在街上漫步時，你是什麼時候、在哪裡遇見斯科特醫師的。你不想說的話，我可以替你說。」

卡蘭佛沈默了整整一分鐘，冰冷的目光注視著馬克漢。

「我所知道的基本上都告訴你們了。那好吧，我把剩下的事也告訴你們。」卡蘭佛苦笑著說，「我是在將近十一點半時前往歐黛兒小姐那裡的，我認為那個時候她會在家。當我走到巷口時，我看到斯科特醫師站在那裡。他和我打了個招呼，然後告訴我，歐黛兒小姐正和另一個人在一起，於是我向街角的安索尼雅旅館走去。大約十分鐘以後，我給歐黛兒小姐打了一個電話，就像我前面說的，是一個男人接的電話。又過了十分鐘，我給歐黛兒小姐的一個朋友打電話，希望她能夠安排一個聚會，但是人家不願意，所以我又回到她的公寓。我回去時，醫師已經走了。然後我順著巷子向前走，從側門進去，在她家門前駐足了一分鐘，就像我剛才說的，我聽到了一個男人的聲音。接著我就轉身回家了。這就是整個經過。」

就在這時，史懷克進來和希茲耳語了一陣。只見希茲立刻站了起來，跟著祕書向門外走去。但是不久他又回到辦公室，並且帶了一包鼓鼓的牛皮紙袋。希茲將紙袋交給馬克漢，小聲地向馬克漢報告著什麼，音量低得我們都聽不到。馬克漢的臉上頓時浮現出一種驚訝，然後揮手要希茲坐回到他的位子，轉向卡蘭佛說：「對不起，你現在要在接待室裡等上幾分鐘，我現在有一件要緊事要辦。」

卡蘭佛沒說一句話就離開了，然後馬克漢將那個紙袋打開。

「我很討厭這樣做，警官。我昨天就告訴過你。」

「是的，我知道。」希茲的語氣與馬克漢截然不同，他並不認為自己有什麼不對的地方。「如果這些信件沒有什麼問題，而卡蘭佛又沒有撒謊的話，那麼我會派人把它們放回原處，也就沒有人知道它們被動過了；但是如果它們證實卡蘭佛是一個騙子，那麼我們就可以名正言順地得到它們。」

馬克漢沒有多說什麼，只是帶著厭惡的表情開始檢查這些信件，並特別留意了信封上的日期。裡面有兩張照片，馬克漢只是瞄了一眼便放回去了，並且將一張好像畫有鋼筆素描之類的紙撕碎，扔進了垃圾桶裡。我注意到他挑出三封信放在一邊。馬克漢花了五分鐘將其他的信看了一遍，把它們放回了紙袋，然後向希茲點頭。

「把卡蘭佛帶進來吧。」馬克漢站了起來，轉身向窗外看去。

當卡蘭佛重新坐到桌前的椅子上時，馬克漢頭也不抬地說：「你說你在六月份的時候，從歐黛兒小姐那裡將你的信買了回來。你還記得是哪一天嗎？」

「記不清了，」卡蘭佛輕鬆地回答著，「我想應該是在六月初吧——好像是第一個星期。」

馬克漢指著那三封被他放在一旁的信，問道：「那麼，這堆信中怎麼剛好有你在七月下旬從阿第倫達克山寫給歐黛兒小姐的一封和解信呢？」

卡蘭佛此時的自控能力很強。經過一陣冷靜的思考後，他溫和而又平靜地說：「看來你已經合法地取得了這些信。」

馬克漢好像被針刺了一下，同時也因為卡蘭佛的謊言而憤怒了。

「很抱歉，我不得不承認，」馬克漢說，「它們都是從你的住處拿來的——但是這並不是我的意思。不過既然它們已經意外地來到了我的桌子上，我想你最好還是解釋一下。在歐黛兒小姐的屍體被發現的那天早上，她的公寓裡有一個空的黑色文件盒，而且種種跡象表明，它在星期一的晚上被人打開過。」

「現在我了解了，很好。」卡蘭佛的笑聲很刺耳，「事實是——雖然我並不希望得到你們的信任——直到八月中旬，也就是三個星期以前，我才將歐黛兒小姐勒索我的那筆錢付給她，那是我拿回所有信件的最後時間。我在前面說是六月，是為了把日期儘量向前推。因為我想事情發生的時間離這起案子越久，我的嫌疑就越小。」

馬克漢只是站在那兒呆呆地摸著信，萬斯倒是幫他解決了這個難題。

「我認為，」萬斯說，「你應該相信卡蘭佛先生的解釋，然後將這些情書還給他。」

馬克漢猶豫著，將那三封信放進牛皮紙袋裡，交給了卡蘭佛。

「我希望你能明白，這種竊取信件的行為我並不贊同，你最好把它們帶回家銷毀——我不會拘留你，但是希望你能待在我找得到你的地方。」

「放心，我不會逃的。」說完，他跟隨希茲向電梯走去。

鈴聲響起

九月十五日
星期六
上午十點

希茲重新回到馬克漢的辦公室時，失望地搖了搖頭，說：「歐黛兒死亡的那晚應該有一些跡象可循啊！」

「你說得沒錯，」萬斯說道，「那是愛慕歐黛兒小姐的男人們的午夜祕密聚會。不用猜，曼尼斯一定也在那裡。他看見了卡蘭佛，卡蘭佛又看到了斯科特，而斯科特看見的是史伯斯蒂．伍德……」

「怪事！怎麼沒有人看到史比呢？」

「但是，」馬克漢說，「我們目前還不確定卡蘭佛的話是否全部屬實。對了，萬斯，你真的相信他是在八月份將這些信買回來的嗎？」

「我真希望我知道！我現在也是一頭霧水。」

「不管怎樣，」希茲說，「卡蘭佛堅持說自己在十一點四十分時給歐黛兒打了電話，有關那個接電話的男人的事，傑蘇的口供是可以證明的。我認為卡蘭佛的確在當晚看到了斯科特，因為是他暗示我們要留意這位醫生的。他先發制人，說自己看到了斯科特醫師，他認為如果自己不說，醫師也會說自己看到了卡蘭佛。」

「假如卡蘭佛真的有不在場證明的話，」萬斯說，「那麼他完全可以說斯科特醫師在撒謊。但是，無論你相不相信卡蘭佛的口供，你都應該相信我的說法，那就是，當晚除了史比，歐黛兒的公寓裡一定還有另一名訪客。」

「大概是吧，」希茲勉勉強強地承認，「但是，即便這樣，也只是一個對史比不利的證據而已。」

「或許是這樣，警官。」馬克漢皺起眉頭說，「現在我唯一想知道的是，側門是怎麼被打開的，然後又是怎樣被人從裡面鎖上的。我們知道它在午夜左右並沒有鎖，而且曼尼斯和卡蘭佛都曾從那兒經過。」

「你是不是對這些瑣事太過計較了，」萬斯冷淡地說，「我認為我們只要找出那個和史比同時待在金絲雀的那個金碧輝煌的籠子裡的人，你所說的門的問題就水落石出了。」

「我想應該是曼尼斯、卡蘭佛、斯科特這三人中的一個。目前這三個人的嫌疑最大。如果我們認為卡蘭佛說的是實話，那麼這三個人都有可能在十一點三十分至午夜這段時間內，進入過歐黛兒的公寓。」

「是的。但是目前你只是從卡蘭佛那兒了解到當時斯科特也在附近，可現在他這種說法還沒有得到證實。」

這時，希茲突然看著牆上的鐘大叫起來：「哦，我的天，你昨天不是說十一點要找那個護士過來嗎，到底要不要找？」

「她的事已經讓我大傷腦筋啦，」萬斯抱怨道，「我真是一點都不願意見到她。我期盼著出現奇蹟。十點半之前我們還是等著斯科特醫師到來吧，警官。」

話音剛落，史懷克就進來向馬克漢報告說，斯科特醫生已經趕過來了。馬克漢被這種情形逗樂了，而希茲卻用一種無法理解的驚訝表情看著萬斯。

「我承認自己不是聰明人，警官。」萬斯笑著說，「斯科特醫師昨天就意識到我們會抓住他說謊的把柄，因此他一定會親自過來向我們解釋的。」

「你說得沒錯。」希茲臉上的那種驚訝消失了。

當斯科特醫師走進辦公室時，我發現他那慣有的優雅氣質已經蕩然無存，取而代之的是歉意和焦慮。很明顯，過度的緊張使他陷入了煩惱的深淵。

「長官，我這次來是想，」醫師一邊說，一邊在馬克漢的示意下坐了下來，「告訴你那晚的真相。」

「我們最歡迎的就是真相，醫師。」馬克漢笑著對他說。

醫師同意地點了點頭。

「對於我先前對你撒謊的事，我很後悔，因為當時我沒有正確衡量過這件事的嚴重性。

我想只要我說了謊話，我就會毫無選擇地繼續欺騙下去。但是，經過一段時間的深思熟慮後，我得出一個結論：坦白是通往智慧的必經之路。

「真相是這樣的：星期一晚上我提到過的那幾小時裡，我並沒有和布里頓夫人待在一起。當晚十點半之前我一直待在家裡，然後去了歐黛兒小姐住的那棟公寓。我到達那裡時大約是十一點，但是我在十一點半之前一直站在大樓外的街道上，之後便回家了。」

「這麼簡單的敘述，好像不需要再解釋什麼了。」

「不，長官，我了解。我正準備解釋呢！」斯科特醫師吞吞吐吐地說，他那白皙的臉上露出緊張的神情，兩隻手緊緊握在一起，「我知道當晚歐黛兒小姐要同一位叫史伯斯蒂．伍德的男人共進晚餐，然後去劇院，這讓我十分心痛。因為就是這個男人令歐黛兒小姐對我越來越冷淡，所以我開始威脅這個美麗的女人。那晚我一個人在家，腦海裡不斷湧出他倆在一起的情形，突然產生了報復的想法。我問我自己，為什麼不立刻結束他們這種讓人無法容忍的情形呢？史伯斯蒂．伍德應該和她一起下地獄！」

醫師越說越激動，全身顫抖得厲害，甚至連眼睛裡的神經都開始抽動。

「長官，請不要忘了，此刻我正飽受煎熬，對史伯斯蒂．伍德的憎恨使我失去理智，根本不知道自己在做什麼，甚至在失去自控能力的情況下，將手槍放進了口袋飛奔出家門。當時，我認為他們倆就快從劇院回來了，所以我計畫強行進入她的公寓，並開始行動。我在大樓對面的街道上看到他倆走了進去——那時大約是十一點——可是，當我準備和他們攤牌的時候，我卻猶豫了。我並沒有立刻執行我的報復計畫，我先把報復的念頭擱在了一邊，享受著一種令我瘋狂滿足的快感，即他們的生死此刻已經操控在我的手裡了。」

醫師的手抖得更厲害了。

「我站在那兒，暗自高興著，大約站了半小時，就在我決定和他們作一了斷時，一個叫卡蘭佛的男子突然走到我面前。他停下來和我打了個招呼，我知道他一定也是來找歐黛兒小姐的，所以我直接告訴他歐黛兒小姐正在會客呢，他就轉身離開向百老匯大道走去了。當卡蘭佛轉進街角時，那個史伯斯蒂・伍德從公寓裡走了出來，跳上一輛車……我的偉大計畫因為拖得太久失敗了。這時我好像剛從噩夢中醒來，精神幾乎崩潰，但是我還是設法回了家。這就是事情的全部經過，我對上帝發誓這都是真的！」

說完，醫師全身癱軟地陷在椅子裡。此時的他已經不再被當初那種壓抑的緊張和激動所折磨，只是顯得無精打采並且有些冷漠。他喘了一會兒氣，用手揉搓著前額。很明顯，他的身體狀況已經不適合繼續問下去了。馬克漢便派崔西將醫師送回了家。

「這是一種歇斯底里後的短暫虛脫，」萬斯說，「所有偏執狂的神經都會過早衰弱。我想他明年就會住進精神病院。」

「大概是的，萬斯先生。」希茲對這種有關病態心理學的話題一點興趣都沒有，反而感到厭煩，「我目前只關心怎樣把這些事情聯繫在一起。」

「你說得很對，」馬克漢說，「不可否認的是他們的敘述中存在一些事實根據。」

「但是，我們不能忘了，」萬斯提示說，「他們的敘述並沒有排除他們其中任何一個人是兇手的可能。就像你說的，時間上非常吻合，但即使分毫不差，他們當中任何一個人都有可能在當晚進入了歐黛兒的公寓。舉例來說，曼尼斯大概會在卡蘭佛進入公寓、在她家門前駐足的時候，從二號房間進入到她的房間；而曼尼斯離開時，也有可能正好看到卡蘭佛離去；卡蘭佛或許在十一點半時和醫師見過面、說過話，然後向安索尼雅旅館走去，接著在十二點之前回來，進入歐黛兒的公寓，他出來的時候，曼尼斯正好將芙麗斯比小姐的門打開了；再有，那位顫抖的醫師很有可能是在十一點半，也就是史伯斯蒂伍德離開後進入公寓的，大約待了二十分鐘，然後在卡蘭佛從安索尼雅旅館回來之前離開的。不！他們吻合的敘述一點都不會使任何一個人免於殺人的嫌疑。」

「而且，」馬克漢補充道，「還有那句『哦，我的天！』的叫聲，我想是曼尼斯或者斯科特發出來的——如果卡蘭佛真的聽到這句叫喊聲的話。」

「毫無疑問，他真的聽到了。」萬斯說，「當晚，歐黛兒公寓裡的確傳出了這樣的叫聲。卡蘭佛還沒有如此豐富的想像力去捏造這種令人毛骨悚然的情境。」

「但是，如果他真的聽到了，」馬克漢說，「他就自動排除了嫌疑啊！」

「也不盡然，親愛的馬克漢。他很可能是在離開公寓時聽到的，然後發現，原來在他造訪歐黛兒的同時，屋子裡還有別人。」

「你想說，衣櫥裡躲著一個人。」

「是的，就是這樣。你知道的，這個人很可能就是那個受到驚嚇的史比。當他從衣櫥裡出來，看到令人毛骨悚然的景象，自然地叫了起來。」

「可是，」馬克漢諷刺地說，「史比並沒有讓我感覺到他有什麼特別的宗教信仰。」

「是嗎？」萬斯聳了聳肩，「事實證明，那些沒有宗教信仰的人往往比基督徒更愛呼喊老天。難道你不知道，真正言行一致的神學家大都是無神論者？」

此時，希茲正坐在一旁沈思著，他將叼在嘴裡的雪茄拿了下來，深深地嘆了口氣。

「好吧，」他說，「我願意承認，除了史比，當晚還有其他人進入過歐黛兒的公寓，而且同意史比就躲在衣櫥的說法。但是，如果這樣推測的話，那麼另外一個人就不會看見史比，即使我們找到他，對我們也沒有多大的幫助。」

「不要這麼擔心嘛，警官，」萬斯笑著開導他，「當你找到這個神祕人物時，我敢保證，你這些憂慮會一掃而空，你會欣喜若狂、手舞足蹈。」

「我他媽的一定會的！」希茲憤憤地說。

這時，史懷克拿著一張字條進來，將它放在馬克漢的桌上。

「那位建築師剛剛打來電話，這是他的報告。」

馬克漢瞄了一眼，「沒什麼特別的，上面說牆是實心的，而且沒有其他空間或暗門。」

「那太不幸了，警官，」萬斯嘆氣道，「看來你真的要放棄看那種科幻電影了，裡面的情節對你的影響真大啊！」

希茲鬱悶地哼了一聲：「就算只有側門可以進出又怎樣？我們目前已經確定了星期一晚上側門沒有鎖，難道這還不能給史比定罪嗎？」

「或許可以。但是我們現在沒有足夠的證據說明那扇門往常都是鎖的，而且我們現在還不知道在史比離開後，那扇門又是如何閂上的；阿比・羅賓也會注意到這一點。依我看，我們最好還是再等一等，看看會不會有什麼進展。」

事情果真立刻有了進展。史懷克進來報告：史尼金警探希望馬上見到馬克漢。

史尼金一臉興奮地走了進來。他的身後跟著一個衣衫襤褸、年紀約六十歲的小老頭，臉上布滿了驚嚇與惶恐。史尼金探員拿著個用報紙包著的小包裹，得意揚揚地將包裹放在馬克漢的桌子上，說：「這裡是金絲雀的珠寶首飾，我對照過女僕給我的首飾遺失清單，它們全在這裡了。這位是帕司先生。」

希茲走上前看了看，馬克漢迫不及待地把包裹打開了。一堆璀璨奪目的首飾出現在我們眼前——幾枚製作精巧的戒指、三隻華麗的手鐲、一條鑲有鑽石的項鏈和一副精美的有柄望遠鏡。寶石不僅大而且切割製作得不落俗套。

馬克漢疑惑地抬起頭看著史尼金，還沒等他開口，史尼金便給出說明：「這些東西是帕司先生發現的。他是一位清道夫，他說他是在昨天下午，在二十三街菲奇格大廈附近的垃圾桶裡發現的，然後就把它們帶回家了。他把這些東西帶回家後，總覺得害怕，於是今早就把它們送到局裡來。」

帕司先生看起來很不安。「是、是的，長官——是，」他的嘴唇顫抖著，「我有個習慣，總愛翻看撿到的包裹之類的東西。我不想把它們帶回家，長官，它們讓我擔驚受怕，睡不好覺。所以今早一逮到機會，我就趕快把它們送了過來。」

「謝謝你，帕司先生。」馬克漢親切地說，然後他對史尼金說，「帶他出去吧，把他的姓名和地址留下來就可以了。」

這時的萬斯仍然在對著那包珠寶發呆。

「喂，夥計，」馬克漢問帕司，「你發現它時它就是這樣包著的嗎？」

「是的，長官。我一點都沒動過。」

「好的！」

帕司如釋重負地拖著蹣跚的腳步，跟隨史尼金離開了。

「菲奇格大廈隔著麥迪遜廣場，正好和史蒂文森俱樂部相對。」馬克漢緊皺著眉頭說。

「是的，」萬斯指著報紙左側邊緣說，「你看，在這張昨天的《前鋒報》上有三個明顯的孔，這些孔是木頭報夾弄出來的，而這種報夾往往只出現在俱樂部的閱覽室。」

「你的眼睛真尖啊，萬斯先生。」希茲略顯敬佩地說。

「我知道了。」馬克漢突然按了一下鈴，「史蒂文森俱樂部會保存一週之內的報紙。」

當史懷克再次出現時，馬克漢要他馬上打電話與俱樂部的經理聯繫。沒過多久電話接通了。馬克漢大約講了五分鐘，掛上話筒後，困惑地看著希茲。

「史蒂文森俱樂部裡有兩份《前鋒報》，而昨天的那兩份現在都在報架上。」

「卡蘭佛不是告訴過我們，他只看《前鋒報》和什麼賽馬新聞報嗎？」萬斯隨即提示了一句。

「他的確這麼說過，」馬克漢肯定地說，「但是，俱樂部裡的兩份報紙已經證明了一切。」他轉向希茲說，「你在調查曼尼斯時，是否發現他還是其他俱樂部的會員？」

「當然！」希茲將他的記事本拿了出來，翻了一會兒說，「他還是佛伊兒和大世界兩家俱樂部的會員。」

馬克漢把電話遞給他。「看看你會有什麼發現。」

希茲用了十五分鐘給這兩家俱樂部打了電話。

「一無所獲啊，」希茲說道，「佛伊兒不用報夾，而大世界不留過期的報紙。」

「不知道史比先生是不是俱樂部的會員，警官？」萬斯挑釁地問。

「哦，我知道這些珠寶早晚會將我對史比的看法推翻，」希茲不是滋味地說，「你何必如此挖苦我呢？但是，假如你單純地認為歐黛兒的珠寶首飾是在垃圾桶裡找到的，而我就會認為史比是清白的，那麼你就錯了。不要忘了，我們一直暗中監視著這個傢伙，他很機靈，有可能是察覺到了什麼，藉此警告了某個幫他保管贓物的朋友。」

「我倒認為那位經驗頗多的史比會把自己的戰利品轉賣給專門銷贓的人。但是即使把贓物交給朋友，難道那位朋友還會因為史比的害怕而扔掉它們嗎？」

「可能不會這麼做。我想這些珠寶一定另有隱情，除非我們找到真正的原因，否則史比的涉案嫌疑不會被排除。」

「當然，這件事是不會排除史比的嫌疑的，」萬斯肯定地說，「但是，哎呀，糟糕！它會使他的處境發生變化。」

希茲以一種銳利的眼神看著萬斯。因為萬斯的話激起了他的好奇心，也使他感到詫異。他已經領略了萬斯過人的分析能力，尤其是對人和事，此時再也無法忽視他的意見。

正當他要回應時，史懷克匆匆忙忙地走了進來。

「托尼．史比打來電話，長官，他說希望和您談談。」

馬克漢平素個性沈穩，但他聽到這話還是嚇了一跳。

「喂，警官，」馬克漢不假思索地說，「把桌上的那個分機拿起來一起聽。」說完，他向出去把電話轉進來的史懷克示意，隨即將自己的話筒拿了起來同史比說話。

他大約講了一分鐘，在短暫的爭論後，他們最終達成協議，然後掛斷電話。

「我猜史比一定急著要告訴你什麼，」萬斯說，「我一直等他這麼做呢！」

「你猜對了，他明天上午十點會到這兒來。」

「而且他剛才在電話裡暗示他知道兇手是誰，是嗎？」

「是的，你真聰明。他答應明天過來後告訴我一切。」

「他一定會的。」萬斯自語道。

「但是，馬克漢先生，」希茲說著，他的手仍然停留在話筒上，眼神總是充滿了困惑，「我還是不明白，你為什麼不今天就派人把他帶過來呢？」

「就像你聽到的，希茲警官，史比堅持要等到明天才來，而且威脅說如果我強迫他今天來，他半個字都不會透漏。我認為現在最好的辦法就是順著他，如果我強迫他今天過來，恐怕我們會失去破案的良機；而且明天我有時間，到時候這裡也會十分安靜；再有，你的手下正監視著史比，他逃不掉的。」

「也許你是對的。史比可是個不好對付的傢伙，他要是感覺不爽說不定真的會什麼都不說。」希茲體諒地說道。

「明天我會讓史懷克記錄他的口供，」馬克漢繼續說道，「星期天電梯操作員休息，你最好在電梯旁安排個人；還有，大廳外也要一個，史懷克的辦公室裡也要有一個。」

萬斯輕鬆地伸了個懶腰，然後站起來說：「這一刻真令人振奮！我原計畫今天下午去杜蘭諾美術館看莫奈的畫展的，但又怕這件吸引人的案子使我脫不開身。現在這個關鍵時刻被安排到了明天，這麼說我有時間將自己沈浸在印象派裡啦！各位保重，馬克漢再見。」

失約

九月十六日
星期日
上午十點

第二天早上，我們起床時，外面正下著毛毛細雨。空氣中彌漫著一絲絲寒意，冬天離我們一步步近了。八點半，我們在萬斯的書房吃了早飯。九點鐘，萬斯的車——前一晚交代好的——準時來接我們。我們沿著第五大道行駛著，我們的車幾乎是籠罩在一片黃濛濛的薄霧裡，然後我們來到西十二街馬克漢的家接他。當時他正站在門口等我們，他幾乎沒和我們打招呼就徑直上了車。透過他那焦急嚴肅的表情，我知道他一定期待著史比的說法。

在車子轉進高架鐵路下方的西百老匯大道前，車上沒有一個人說話，後來還是馬克漢先開了口，他的聲音中透露著一種疑慮。

「我懷疑那個史比是否真的會向我們提供一些重要信息，因為他昨天的那通電話有些古怪，可是他又說得很自信，不僅沒有拐彎抹角，而且沒有要求免刑，只是開門見山地說自己知道兇手是誰，並堅持要過來說明一切。」

「但是可以肯定的是，他並沒有殺害金絲雀。」萬斯說，「你知道，我一直猜測案發時，躲在衣櫥裡的人就是他，而且我現在還相信他就是那個目睹全過程的祕密證人——因為衣櫥的鑰匙孔剛好和陳屍的沙發成一直線。如果兇手正巧是他躲在衣櫥裡的時候，殺害了歐黛兒的話，他從鑰匙孔窺視的推論就非常合理了，是不是？還記得嗎？我問過他這個問題，當時他很排斥。」

「可是，如果這樣的話——」

「我知道，這樣會產生更多的疑問——為什麼他不事先示警？為什麼他不早告訴我們？為什麼這樣？又為什麼那樣？我又不是神仙，不會掐指一算什麼都知道，我甚至沒有刻意為我的想法找一個合理的解釋，我只是像平時一樣將我的想法說出來。但我深信，這傢伙知道真凶是誰，又是誰將公寓搜刮一空的。」

「但是，那晚可能進入歐黛兒公寓的三個人當中——曼尼斯、卡蘭佛以及斯科特——史比只認識曼尼斯啊！」

「是的，而且好像只有曼尼斯認識史比。這就有意思了。」

希茲和我們在刑事法庭大樓的法蘭克林街的入口處相遇。他也表現得非常心急，只是匆忙地和我們打了個招呼，平日的客套少了許多。

「我派史尼金負責操作電梯，」希茲說，「厄布里和波克在樓上大廳招待，並等候指示到史懷克的辦公室去。」

我們的腳步聲打破了大樓的寂靜。很快我們就來到了四樓。馬克漢拿出鑰匙打開了辦公室的門，我們隨即跟進去。

「跟蹤史比的高弗爾，」我們剛坐下，希茲便開口說，「只要史比一離開家，他就會向刑事組報告。」

現在是九點四十分。大約過了五分鐘，史懷克帶著他的速記本來了，坐在馬克漢辦公室的旋轉門後，在那裡他不僅可以聽見大夥兒的談話，而且還不容易被人發現。馬克漢坐在那兒點了一根雪茄，希茲也跟著點了一根。萬斯的煙早已抽了一半了，他舒服地靠在一張大皮椅上，一句話也不說，好像滿不在乎似的。但是從他小心翼翼地彈煙灰的樣子，我可以感覺到他並不輕鬆。

大約沈寂了五、六分鐘後，希茲警官焦躁地說：「不，長官，」他似乎在說馬克漢剛才沒有說出來的問題，「我還是有些不明白。那些珠寶包得好好的，這個傢伙又表示要全盤托出當時的情形，這實在說不通啊！」

「我也感覺很奇怪，警官，但是我認為這並不是完全沒有道理。」萬斯懶洋洋地看著天花板說，「搜刮這些珠寶的傢伙其實並不需要它們，而且他不願意把這些東西留在自己身邊。事實上，這些珠寶令他感到恐懼。」

對於希茲來說，這一點好像有些複雜並難以理解，因為前一天案情的新進展，已經將他的所有觀點都粉碎了，這一次他又陷入了沈思之中。

十點整，希茲實在沒有耐性了，他站起來走到大廳門口向外張望。回來後，他把手錶和辦公室的鐘對了一下，焦躁地在辦公室裡走來走去。馬克漢原打算整理一下桌子上的報告，後來也不耐煩地把它們胡亂推到一旁。

「時間到了，他應該來了。」馬克漢強顏歡笑。

「他必須來，」希茲有點憤怒了，他大聲地說，「否則我會用八人大轎把他抬來。」說完他又開始踱步。

又過去了幾分鐘，希茲突然轉身走向大廳。我們聽到他衝著站在電梯旁的史尼金大叫，但是當他再次回到辦公室時，他的表情告訴我們，史比還是沒有出現。

「我要給警局打個電話，」他堅決地說，「看看高弗爾那邊有什麼新的消息，至少我們可以知道史比什麼時候出來。」

可是高弗爾那邊並沒有什麼動靜。

「真他媽的奇怪！」希茲氣憤地掛了電話。

已經十點二十分了，史比還沒出現，馬克漢開始煩躁起來。以前這起凶殺案因為遲遲找不到破案線索而使他挫折不已，此刻他把所有的希望都寄託在史比身上，希望他今天能夠解開謎團，或者可以提供一些能讓警方展開行動的消息。可現在隨著史比的遲到，屋子裡的氣氛越來越緊張了。

馬克漢焦急地把椅子推了回去，起身向窗邊走去。當他轉身回到桌子前時，依然面無表情。「我最多等到十點半，」馬克漢冷冷地說，「如果到時候他還沒來，警官，你可以通知當地分局，讓他們用警車專程把他接過來。」

說完，屋子裡又是一片寂靜。萬斯眼睛微閉著靠在椅子上，我注意到，他的手上雖然拿著煙，但是其實一口都沒有抽。他眉頭緊皺，整個人十分安靜。我知道他此時正在思考一個非比尋常的問題。他的安靜表示他的專心。

我正出神地看著他時，他猛地坐直了身子，睜大眼睛。通過他將煙蒂丟進煙灰缸的動作，我看出他的內心非常激動。

「哎呀！」他叫道，「這是不可能的，但是……」萬斯臉一沈，「該死，是這樣！我真是一個超級大笨蛋，不折不扣的大笨蛋！」

萬斯一躍而起，站在椅子前看著地板，好像被自己想到的事情嚇到了。

「馬克漢，我真不喜歡這樣——一丁點都不喜歡，」萬斯的樣子像受到了驚嚇，「我告訴你，現在發生了一件可怕的事情，我們都疏忽了。」萬斯故作輕鬆地說，可是他的眼神卻與他的聲調不符，「為什麼我昨天就沒想到這件事呢？唉！我竟然讓它就這麼發生了。」

我們驚訝地看著萬斯，現在的他一反常態。

過了一會兒，萬斯好像從恐懼中解脫出來了似的，輕輕抖了抖身體，走到馬克漢桌前，雙手撐在桌邊，說：「現在，你還不明白嗎？」他問，「史比不會來了。我們不用等了——等也沒用。我們現在必須去他那兒，因為他正在那兒等著我們呢。快！戴上你的帽子。」

馬克漢莫名其妙地站了起來，萬斯緊緊地抓著他的胳膊，說：「不要和我辯解，你早晚都要去他那裡的。所以你現在去就合適。唉！真想不到會這樣！」

萬斯一隻手拉著有些不情願的馬克漢，另一隻手召喚希茲。

「希茲警官，你也一塊來。真抱歉給你添麻煩了，這都是我的錯。我早應該猜到的，都怪我昨天下午只想著莫奈的畫。你知道史比的地址嗎？」

希茲遲鈍地點點頭，他已經被萬斯奇怪的要求，弄得不知所措了。

「不要等了，警官。你最好把波克或史尼金一道帶去，這裡不用留人。」

希茲滿臉為難地看著馬克漢，等著他的指示。馬克漢向他點了點頭，表示贊成萬斯的意見。於是大家二話不說穿上了雨衣。

幾分鐘後，我們四個人加上史尼金一起坐上了萬斯的車，向上城開去。史懷克回家前將辦公室的門鎖上，波克和厄布里則回到了刑事組，等候下一步的指示。

史比住在離東河很近的三十五街上的一棟公寓裡，這裡曾經住著一些上流社會的古老家族。但是現在這所公寓四周透著荒廢、頹敗的氣息，街道上垃圾隨處可見，一樓的窗戶上貼著一張偌大的出租告示。

司機把車子停在這棟公寓的前面，希茲先跳下車，四處留意張望了一陣。然後他向站在對面雜貨店門口的男子招了招手，只見這個邋遢的男人鬼鬼祟祟地走了過來。

「高弗爾，你現在可以休息一會兒了。」希茲對他說，「我們親自去找這個傢伙。有什麼麻煩嗎？有沒有什麼情況要報告？」

高弗爾驚訝地看著他：「我得到的指示是在他離開後給局裡打電話報告，但是，長官，他一直沒有出來。莫勒里昨天晚上十點左右跟蹤他回家，而我是今天早上九點接他的班。這個傢伙現在還在裡面。」

「他當然還在裡面，親愛的警官。」萬斯不耐煩地說。

「他的房間是哪一個？」希茲問道。

「二樓，後面的那個。」

「好，我們現在進去，你在這兒待命。」

「小心點，」高弗爾警告他們說，「這個傢伙有槍。」

希茲率先走上了通往玄關的破損階梯。來到門前的時候，希茲並沒有按門鈴，而是直接轉動門把。門沒有鎖，於是他帶頭走進了矮得令人壓抑的玄關。

一名穿著肥大的破爛衣服、渾身髒兮兮的中年婦人，披頭散髮地出現在後門，一搖一晃地向我們走過來。她的目光除了有些遲鈍外，還帶著惡意和不滿。

「喂！」這名四十多歲的婦女發出了刺耳的聲音，「你們擅自闖進來是什麼意思？」說完又亂罵了一氣。

當時希茲離她最近，他把大手放在婦人的臉上，輕輕地向後一推。「沒你什麼事，太太！」然後便向樓上走去。

二樓的走廊上點著一盞小煤氣燈，光線有些昏暗，不過還是可以分辨出牆上有一扇門。

「我想那就是史比住的地方了。」希茲說。

他一邊說、一邊向那扇門走去，一隻手還放在外套右邊的口袋裡，另一隻手握住門把，可門是鎖著的。隨後希茲用力敲門，並把耳朵貼在門上探聽裡面的動靜。而史尼金正站在他的後方，一隻手也同樣放在口袋裡。我們則站在他們倆身後不遠處。

就在希茲第二次敲門的時候，萬斯突然說：「我說，希茲警官，你這是浪費時間。」

「我想你說得對。」希茲的回答從令人窒息的沈寂中蹦了出來。

希茲彎下身看了看鎖，然後從口袋裡掏出一串工具插進了鑰匙孔。

「你是對的，」他重複道，「怎麼打不開？」

希茲向後退了幾步，雙腳擺出一副準備起跑的樣子，然後用肩膀猛地向門撞去。可是門還是沒開。

「來吧，史尼金，幫把手。」他命令著。

兩名警探開始向門撞去。就在他們第三次撞擊時，門板被撞裂了，門閂也斷裂了，整個門搖搖欲墜地向裡傾斜著。

屋子裡黑漆漆一片。我們站在門口猶豫了一會兒。史尼金小心翼翼地推開一扇窗，窗戶上的合葉嘎嘎作響。外面的光微微滲透進來，視線變得明朗了一些。牆上投映著一張老式大床的影子。

「你們看啊！」史尼金指著什麼大叫著，聲音讓人不寒而慄。

我們向前走了幾步，就在朝門方向的床腳邊，我們看到史比的屍體斜楞著躺在那裡。他的形態與金絲雀死的時候一樣，都是被人勒死的。史比的頭向後垂在床腳邊，他的臉則扭曲得令人不忍卒睹，他的雙臂已經僵直，一隻腳靠在床墊邊緣，垂到地板上。

「一定是謀殺！」萬斯喃喃地說，「到底是怎麼回事？」

希茲盯著屍體，聳了下肩，臉上的紅潤消失了，看上去他好像被誰催眠了。

「我的上帝！」他深深吸了口氣，在胸前畫了一個十字。

馬克漢也被這種場景嚇到了。「你是對的，萬斯。」他的聲音緊張且不自然，「這裡真的發生了一件可怕的事……城市中出現了惡魔。」

「我可不這麼想，老夥計，」萬斯看著史比的死屍說，「不，不是惡魔，只是一個狗急跳牆的極端分子——但是這個人相當理智且擁有清晰的思路——哦，應該說他的思路再清楚無比了。」

被捕的羔羊

九月十六至十七日
星期日下午至
星期一凌晨

調查史比死因的工作已經全面展開了。很快，抵達案發現場的法醫德瑞摩斯先生宣布，案件大約是在夜裡十點到十二點這段時間發生的。萬斯隨即建議訊問與歐黛兒接觸的有關人士，讓他們說明昨晚這段時間的行蹤，曼尼斯、斯科特、卡蘭佛，還有史伯斯蒂·伍德都在此列。馬克漢立即對希茲警官下達了這項命令，希茲分派了四名手下去完成這項任務。

昨晚負責監視史比的莫勒里，也被派去調查訪客情況。然而這棟房子裡的住戶至少有二十人，他們進進出出的也是常事，因此很難從這一方向入手。不過史比十點左右回到家後，就沒有再出門，這一點是可以確定的。當然了，租房中發生慘案，房東太太的心情也不會好到哪兒去，但她表示對此事一無所知，只是說昨天晚飯過後身體感到不適，很快就回房去了，一直到今早因為我們的到來而被擾醒。房子一般不鎖前門，因為房客們認為這樣做會很不方便。同時，也對入住的房客們進行了訊問，但沒有找到一點線索。即使房客們真的知道些什麼，也不會向警察打小報告的。

指紋專家對房間進行了認真搜索，只發現了史比一個人的指紋。經過幾小時的徹查，案件仍然毫無頭緒，只在死者的枕下發現了一把點38柯爾特式自動手槍，已經上了膛；在空心的銅製窗簾桿裡，搜出了十一張面額為一百元的鈔票。此外，在大廳一塊鬆動的木板下發現了一把鑿刀，刀刃處有些破損，顯然這正是撬開歐黛兒首飾盒的那把刀。可這一切仍然無助於警方解開命案的謎團。到了下午四點左右，現場被封鎖，並派了警員看守。

自從發現屍體之後，馬克漢、萬斯和我在命案現場已經待了好幾個鐘頭了。這個案子由馬克漢接手，他很快採取行動，對房客們展開調查。萬斯一如既往地專注於警方的例行調查，甚至忍不住自己也動起手來。他好像對史比的晚禮服產生了興趣，正一件一件地翻檢著。希茲警官不時朝他這邊看看，但這次的眼神中既不包含輕蔑，也沒有嘲笑的意思。

到了兩點半，萬斯和我跟隨馬克漢離開了。走之前，馬克漢告訴希茲，有事的話可以在史蒂文森俱樂部裡找到我們。在俱樂部裡我們吃了一頓稍晚的午餐，這時候的自助餐台上，已經沒有什麼食物了。

「史比一死，什麼線索都沒了。」當侍者端來咖啡時，馬克漢有氣無力地說著，心情十分沮喪。

「也不能這樣說。」萬斯搭話道，「從我的推論角度來看，實際上又增加了一條重要的線索。」

「你的推論？是啊，如今，我們也只剩下你的推論了。」馬克漢嘆口氣道，「今早你的推論得到了證實——早上史比沒有出現，多虧了你的先見之明，我們才會過去。」

「過獎了，馬克漢。我覺得，殺死歐黛兒的兇手很可能發覺史比會向你告發他，而史比又以此對他作出威脅。不然的話，兇手是不會提前一天和他見面的。顯而易見，史比想多撈點油水，窗簾桿裡發現的鈔票就可以證明他對兇手的勒索。昨天在給你打電話之前，兇手沒有滿足他進一步的勒索條件。這也正是他一直未供出真相的原因。」

「你的猜測有些道理，但我們現在的處境比以前更糟糕——史比竟然死了。」

「可我們的行動至少迫使這一尚未露面的兇手，為了掩蓋罪行再度鋌而走險，是不是？等我們掌握了那幾個人在案發時的行蹤後，或許就能從中獲得更為重要的線索了。順便問一下，我們什麼時候才能看到這樁命案的調查報告？」

「這就要看希茲的那幫弟兄們有沒有這份運氣了。順利的話，大概今晚就能拿到！」

實際上，在當晚大約八點半的時候，希茲警官就打來電話，向馬克漢報告了調查結果。很顯然，報告讓馬克漢再度失望，結果令他很是不滿。前天下午，因為中風，斯科特醫師被送到埃波蘇卡醫院接受治療，目前還在住院。他至少還要在那兒待上一個星期——兩位主治醫師已經證實了這點。報告中只查出了這一人的行蹤，而斯科特醫師也因此被排除了昨晚行凶的嫌疑。

讓人感到奇怪的是，曼尼斯、卡蘭佛、史伯斯蒂．伍德等三人都不能提出令人信服的不在場證明。三人聲稱前一晚上都待在各自的家裡。雖然曼尼斯和伍德都承認傍晚曾出過門，但天氣惡劣，晚上十點前就已回到住處。因為曼尼斯住的是一所公寓式旅館，恰巧當晚又是週末，大廳裡有很多人，沒有誰會留意到他；卡蘭佛住的是一家小型私人公寓，無論是保安還是門童都無法為他作證；伍德在史蒂文森俱樂部住，因為房間在三層，所以很少乘電梯。除此之外，當晚俱樂部裡舉辦了一次政治性的宴席和舞會，他在裡面進進出出的，也沒人會注意到。

「如此看來，這些毫無用處。」從馬克漢那兒得知這些信息後，萬斯不屑地說。

「但不管怎樣，至少排除了斯科特。」

「當然，這也排除了他殺害金絲雀的嫌疑——兩起凶案顯然是一體的，或者說是同一枚硬幣的兩面，兩者關係緊密。實際上也是一個合理的演變過程。」

馬克漢對此表示贊同：「不錯，你說得有道理。現在我已經沒有力氣再繼續下去了，就照你的意見，看看後面還會發生什麼事情。」

「可我總覺得不安。如果我們不首先採取行動的話，案子很難有所突破。看得出來，製造這兩起凶案的傢伙，絕對是個狠角色。」

正在這時，伍德走了過來，向四處張望了一下，好像在找人。一望到馬克漢，他就快步走過來，滿臉困惑的表情。

「抱歉，長官，打擾您了。」伍德一邊致歉，一邊朝我們這邊點頭打招呼，「今天下午，一位警察到我家裡問話，想要知道昨晚我去了哪裡。一開始我只是覺得奇怪，並沒有太在意，直到我在晚報頭條看到托尼．史比的名字，得知他被勒死的事後，才明白是怎麼回事。你向我提過，他是與歐黛兒小姐密切相關的男人，所以我猜想這兩件謀殺案之間一定有某種聯繫，把我也牽連進來。」

「不，並不是這樣的。」馬克漢解釋道，「這兩件案子從表面上看似乎是有些關聯，但警方這樣做只是例行公事，希望能從歐黛兒親近的朋友中找到一些重要的線索。對於這件事你大可不必放在心上，我想那名警察不會再去打擾你的。」

「這倒是。」他臉上焦慮的神色略微減輕了一些，「這名警察很有禮貌，但有點讓人摸不著頭腦。唔，史比到底是個什麼人？」

「一個無法無天的傢伙，有犯罪前科。他知道一些歐黛兒的祕密，曾向她勒索過。」

「這真是報應！」伍德一臉的厭惡，憤憤地說道。

此後，我們幾個人一直討論到十點鐘，萬斯突然站起身來，望著馬克漢，有點不高興。

「現在我要去補眠了，警察的生活真讓我無法忍受。」

雖然萬斯嘴上這樣怨氣連連，但第二天一早九點，他還是再次光顧了檢察官的辦公室，對著馬克漢興致勃勃地讀起報紙上有關史比謀殺案的報導。對於馬克漢來說，週一早上的時間是很寶貴的，八點半之前他就到了辦公室，想提前解決一些例行工作，好擠出更多的時間繼續研究歐黛兒的案子。十點鐘希茲警官會過來開會。此時，萬斯和我除了看報紙，沒有別的事情可做。

希茲準時到達這裡，看得出來，一定發生了什麼事情，才使得他如此興致高漲。在和萬斯打招呼時，他顯出一股不同尋常的莊重勁兒，得意揚揚，就如同一個征服者俯視失敗者一般。甚至和馬克漢握手時也忘形起來。

「長官，一切麻煩事都可以結束了！」希茲一邊說著，一邊點上一支煙，「傑蘇被我抓到了。」

就在他宣布完這項「令人吃驚」的消息後，萬斯首先開了腔：「我的上帝——這是為什麼？」

警官無比自負地轉過身，一本正經地回答道：「是他殺了歐黛兒和史比。」

「哦，我的上帝！哦，我的上帝啊！」萬斯頓時直起身子，吃驚地望著他。

希茲警官依然一副自命不凡的樣子。「等你聽完了我的抓捕行動，你就不會總把上帝掛在嘴邊了。他已經被我捆得嚴嚴實實，就等著送他到陪審團那兒了。」

「好吧，警官，說說這到底是怎麼一回事兒。」馬克漢吃驚的情緒已有所緩和。

希茲緩緩坐到椅子上，琢磨著該從何說起。

「事情的經過並不複雜，長官。昨天下午，史比剛剛答應對我們供出真相，他就被人殺了，而且謀殺手段和歐黛兒案件裡的一樣，毫無疑問，這一定是同一個人所為。所以，我認為週一晚上，肯定有兩個人同時待在歐黛兒的房裡，也就是那個花花公子以及兇手——就像萬斯先生之前猜想的那樣。而從我們掌握的情況看，兇手既知道那名公子哥的住處，也知道他昨天會告密。由此我想到或許他們彼此熟悉，兩人聯手一同謀害了歐黛兒——這也是史比遲遲未向我們說出真相的原因。但就在另一名真凶因為恐懼而丟棄珠寶後，出於自保，史比才下了決心打電話給你。」

希茲停頓了一下，深吸了一口煙。

「對於曼尼斯、卡蘭佛，還有斯科特醫師，我從來沒有懷疑過他們。像他們這樣的人，是不會做出這種事情的，也不會跟史比這種慣犯打交道的。排除他們三個人後，我就開始把目標定在那個傢伙身上——最可能與史比狼狽為奸的壞蛋。不過我最先做的是想方設法破解你所指出的——阻撓我們發現真相的障礙。」

他清了清嗓子，繼續說道：「有關那扇側門的問題就是我們最大的困擾。六點之後，門為什麼會被打開？案件發生後它又是被誰鎖上的呢？毫無疑問，不到十一點，史比就從側門進去了，否則在史伯斯蒂·伍德和歐黛兒從劇院回來的時候，他不會進入到公寓裡。在十二點左右卡蘭佛來到公寓後，他又從側門溜走了。可這樣卻無法對後來側門的上鎖作出合理的解釋。就因為這些問題，長官，昨天我又去了那所公寓，再次對那扇側門做了檢查。當時，史比夫里正忙著手頭的工作。我向他詢問傑蘇在哪兒，我想當面問他一些事情。然而我卻被告知傑蘇在星期六的下午辭職了！」

希茲頓時有些激動。

「等我趕往下城時，腦中突然靈光一閃——長官，要知道除了傑蘇，沒有誰能打開那扇門又把它鎖上。我想你一定早就想到了，無論是史比還是別的什麼人，都不可能做到。」

馬克漢也變得興致勃勃，屈身向前。

「於是，」希茲興奮地說，「我打算碰碰運氣。在賓恩地鐵站下車後，我給史比夫里打了個電話，幸運地從他那兒得到了傑蘇的住址。發現傑蘇就住在第二大道，離史比住的地方非常近。隨後我從附近的警察局帶了幾個人一同到他的住所。一進門就看到他正在收拾行李，準備跑到底特律去。我們立即逮捕了那個傢伙，並蒐集了他的指紋送到杜柏士隊長那裡。我想這樣做，一定能獲得一些有用的信息！」

希茲警官越說越興奮。

「唔，長官，很快杜柏士就有了令人吃驚的發現！這個傢伙雖然叫威廉，可他根本不姓傑蘇，而是姓班頓。一九一九年在奧克蘭被判傷害罪，在聖昆汀監獄蹲了一年的牢，當時史比也在那兒服刑；一九二四年在布魯克林因為給搶劫銀行的歹徒把風又一次被捕，但最終無罪釋放——因為有著這樣的前科，市警局才會留有他的指紋記錄。昨晚經我們一再審問，他承認自己在那起搶劫案之後改了姓名，以此進入軍隊服役——這就是我們逮到他的全過程。實際上我們也沒必要再繼續問下去了，事實就在眼前：這個傑蘇曾因傷害罪入獄；又牽連進一樁銀行搶劫案；而那個史比曾和他同在一所監獄服刑；在史比被殺的案子裡，他也無法提供不在場的證明，他的住處離案發現場又很近；週六下午突然辭職打算遠走高飛；這個傢伙身體強壯，勒死別人簡直是輕而易舉的事；不僅如此，也只有他才能在週一晚上打開並鎖上那扇側門——你覺得怎麼樣，長官？」

馬克漢靜靜地坐在椅子上思考著。「就你的說法和做法來看，似乎沒什麼問題，」他說，隨即又提出疑問，「可他為什麼要殺死歐黛兒呢？」

「這個已經很清楚了。在案發當天，萬斯先生你不是曾問過傑蘇對歐黛兒有沒有意思，當時他就臉紅了，並且顯得十分緊張。」

「哦，上帝！」萬斯一下子叫出聲來，「對於當時我問的這個愚蠢的問題，我是否要負些責任？不錯，我曾經是好奇過這傢伙對歐黛兒的感覺，可當時案子一點頭緒也沒有。為了試探出任何引發命案的可能，我才那樣問的。」

「即便真的像你說的那樣，也沒什麼不妥。」希茲繼而轉向馬克漢，「就我掌握的情況，傑蘇一直對歐黛兒非常迷戀，但對方卻不為所動。他每晚坐在總機旁，眼睜睜地看著那些傢伙來親近自己心愛的人。直到史比認出了他，並提出兩人合夥把歐黛兒的公寓搶劫一番。因為單憑自己的力量，史比是無法做到的，他的行動總要受到接線生的干擾，這樣做還會被認出來；而對於傑蘇，他入夥不僅是對歐黛兒的報復，並且也有了替罪羊。於是兩人一拍即合，在週一晚上實施了這場入室盜竊殺人案。當晚，等歐黛兒一出門，傑蘇就打開了側門，接著史比用自己的鑰匙打開了歐黛兒房間的門。可歐黛兒和伍德卻突然返回，史比只好躲到衣櫥裡。在伍德離開後，他無意中弄出了聲響，使得歐黛兒驚聲尖叫，他便從衣櫥裡走了出來。在確認了對方是誰後，歐黛兒便對趕過來的伍德說沒事。就在此刻，傑蘇也發覺史比被發現了，於是將計就計，等伍德一走，便用自己備用的鑰匙打開了歐黛兒的房門。史比怕被人再次發現，便又一次躲進了衣櫥。傑蘇以為沒有別人在，就抓住了歐黛兒，把她勒死了，隨後嫁禍於史比。而目睹這一切的史比走了出來，兩人按照原計畫把公寓一掃而空。傑蘇發現了首飾盒，他想用火鉗撬開盒子，但最後還是史比用鑿刀解決了它。得手之後，史比從那扇側門離開，傑蘇隨後鎖上了門。到了第二天，史比把東西放到了傑蘇那兒，他打算等風頭過了再處理。但傑蘇這傢伙怕出事，竟把東西扔了，結果兩人因此反目。史比決定把事情說出來，以此為條件使自己脫身。傑蘇也知道他這名搭檔靠不住，因而故技重施，在週六晚上像對待歐黛兒那樣也把他勒死了。」

希茲攤開手，表示他的故事到此為止。

「厲害！真是厲害！」萬斯評說道，「希茲警官，在此之前，我還對你發牢騷，實在是抱歉。你的論斷毫無瑕疵，你所重構的犯案經過也相當完美。可是……但恕我直言，案情並非如你所言。」

「絕不可能！毫無疑問，傑蘇應該被送上電椅！」

「這就是最讓人感到恐怖的地方，」萬斯接著說，「人們常常因此作出錯誤的判斷。」

萬斯隨即站起身，朝外面的房間走去，旋即又返回，雙手插在外衣兜裡，走到警官旁邊，說道：「警官，如果還有其他人能夠打開側門，作案後又將門鎖上，那麼你的推論就顯得有些武斷了，對不對？」

希茲並沒有露出特別的情緒：「這個自然。如果你能告訴我這個人是誰，或許我會承認我的錯誤。」

「史比同樣能夠做到——事實上他已經這麼幹了，警官。」

「那傢伙？哦，別開玩笑了，萬斯先生。」

萬斯繼而面向馬克漢說道：「請注意我所說的——傑蘇是無辜的！」我從來沒有看到過萬斯如此一本正經地說話。「到目前為止，我的推論已經有了相當完整的構架，只差一點。我會以我的方式向你們證明的。不過我也承認，現在我對誰是兇手還沒有十足的把握。但馬克漢，相信我說的吧。這和警官的推斷剛好相反。在你起訴傑蘇之前，請給我個實證的機會。在這兒我無法說明問題。如果你們願意的話，跟我到歐黛兒的公寓走一趟吧，頂多一小時。即便再過一個星期，你還是得去。」

「我知道，」他轉到桌子旁邊，「案發前打開那扇側門，隨後又將它鎖上的人絕對不是傑蘇，而是史比。」

「你確定嗎？」馬克漢問道。

「當然！我已經弄清楚他是怎麼幹的了！」

伎倆

九月十七日
星期一
上午十一點三十分

不出半小時，我們就到了位於七十一街的公寓。先前希茲警官的那番推論對傑蘇很不利，卻也合乎邏輯；但逮捕傑蘇，馬克漢並不十分認同，加上萬斯剛才的一番話，讓他的疑慮加重了。目前鎖上側門這一點，是對傑蘇最不利的因素；萬斯的話同樣讓他感到半信半疑，不過最終他還是和萬斯一同來了。希茲警官嘛，儘管仍然是一副自以為是的樣子，但還是跟過來想看個究竟。

史比夫里站在電話總機旁，穿著咖啡色的制服，顯得很精神。我們的到來，讓他感到緊張。不過當萬斯好聲好氣地建議他到外面休息時，就如同解脫了一般，很快出去了。

守在歐黛兒公寓外的警戒員走過來致敬。

「情況怎樣？」希茲警官問，「有什麼可疑人員？」

「有一個打扮得像個紳士的人來過。他說認識金絲雀，想看看這所公寓。我向他聲明只有得到你或檢察官的許可才行。」

「做得不錯。」馬克漢讚賞道，隨即轉向萬斯說道，「可能是史伯斯蒂．伍德那個不幸的傢伙。」

「的確，」萬斯也表示同情，「如此執著的人還真是少見！」

希茲下令叫那名警察到外部巡邏後，現場就只剩下我們一行人了。

「好的，警官，」萬斯神情愉悅地說，一手指著電話總機，「我確信你一定能讓這傢伙正常運轉。那麼就請你委屈一下，在接下來的幾分鐘接替史比夫里的工作。請先把側門閂牢——就如同那個死亡之夜一般。」

希茲莞爾一笑，回答道：「願意效勞！」他把食指放在唇邊，貓腰輕手輕腳地穿過大廳，樣子好像戲劇裡的滑稽探長，神祕兮兮的。不一會兒，他又輕手輕腳地返回到萬斯身旁，食指仍放在唇邊。對著萬斯輕聲耳語，一雙賊溜溜的眼睛骨碌碌亂轉。

「門已經插好了，」他輕聲說著，坐回總機旁，「我正等著你的好戲呢，萬斯先生！」

「馬上就要開演了，警官，」萬斯也順著希茲的話說，「聽好！預演時間是晚上九點半。你演史比夫里，雖然氣質差點，而且還少了鬍子，不過還是你最合適；我呢，就是那位俗氣的托尼．史比。大家就當我正穿著綢襯衫，戴著麂皮手套吧。至於馬克漢和老范，你們就當觀眾好了。哦，對了，先把公寓的鑰匙給我吧，警官。史比的手上可不能沒有它啊！」

希茲拿出了鑰匙，一臉的壞笑。

「先說說劇情吧，」萬斯講道，「我從前門離開後，你就在這兒等上三分鐘，然後再去敲歐黛兒小姐的房門。」

萬斯走到前門，隨後轉身走向總機旁。我和馬克漢站在警官後面，我們三人正對著大樓的正門，都站在總機所在的凹槽裡。

「該你了，警官！」萬斯囑咐道，「記好時間——剛好九點半。」當他走到總機旁時，萬斯又提醒道，「說台詞啊，警官。告訴我歐黛兒小姐已經外出了——不說也沒什麼。而我，史比先生，繼續朝那位小姐的門口走，像這樣——」

萬斯走過我們的身旁，他按了門鈴。片刻之後，又敲了門，隨後向著大廳往回走。

「我想你說得對。」他根據史比夫里的描述，模擬史比的話。說完又繼續朝前門走去，出了大門，直奔百老匯大道。

在等待的三分鐘裡，大家一直保持著沈默。希茲猛抽著煙，馬克漢則表現出十分冷靜的樣子。時間一到，希茲就站起身，疾步走到小姐的房門口，馬克漢和我緊隨其後。希茲敲了敲門，門打開了——萬斯正站在裡面。

「第一場結束。」萬斯輕鬆地說道，「史比先生就是這麼幹的——週一晚上，在側門上了鎖的情況下，他躲過接線生的視線，輕易進入了歐黛兒的房間。」

希茲警官瞇起眼睛，繼續沈默著，之後突然轉身去查看後廳通道以及那扇側門。門閂的把手呈垂直狀，環扣被轉動過，門也被打開了。希茲對著門閂琢磨了好一陣，隨後將目光盯在了總機上，突然發出連串的讚嘆聲：「高明，非常高明，萬斯先生！」他讚賞地點點頭，「完全不需要解釋說明，讓人一目瞭然：你按了門鈴後，立即穿過後廳通道跑到側門，將門打開，隨即又返回來敲門。此後你雖然出了大門，走向百老滙大道，實際上卻是轉回來鑽進大樓旁的小巷子裡，從側門悄悄地溜進了公寓。」

「並不複雜，對不對？」萬斯笑著說。

「的確，不過——」希茲話鋒一轉，「這並不能說明問題，如果這就是你所說的週一晚上發生的案情的重大疑點，那並不算厲害，誰都能夠想到。而我所關心的卻是在史比離開後，側門為何又被鎖上了？假設——注意，只是『假設』，像你剛才做的那樣，史比不可能離開公寓，因為隔天早上會鎖上側門。假如在他離開後，有人替他鎖上了門，那麼這個人也能夠在他進來之前替他打開門。這樣一來，他就沒必要自己跑來跑去的。因此，你這項有趣的實驗，並不能打動我放了傑蘇。」

「別性急嘛，好戲還在後頭。」萬斯答道，「下一場即將開演。」

希茲瞪大了眼睛。

「哦，是嗎？」希茲的聲調顯然是在嘲笑萬斯，卻顯出一副好奇與懷疑的樣子，「接下來的這場戲，你是想告訴我們，在沒有傑蘇的協助下，史比如何從裡面鎖上側門而又成功脫身的嗎？」

「說得沒錯，警官。」

希茲還想說些什麼，但最後還是閉上了嘴巴，無趣地聳聳肩，看了看站在一旁的馬克漢，那副神情彷彿在告訴他一同等著瞧萬斯的好戲吧。

「請跟我到大廳來。」萬斯並沒有理會警官，他領著我們走到總機斜對面的小型會客室。會客室就在樓梯的旁邊，通往側門的後廳通道緊挨著客廳左面的牆壁——正像我之前解釋過的那樣。

萬斯和顏悅色地領著我們來到椅子旁邊，望向希茲警官。

「你盡可以在椅子上休息一陣，直到聽到有人敲側門，再過來開門。」他走到會客室的門口，「我還是那個已經去見上帝的史比先生——更加精彩的第二場即將上演。」

萬斯優雅地鞠了一躬，走出會客室，朝後廳通道的方向走去。

坐在椅子上的希茲來回變換著坐姿，不安地看著馬克漢。

「您覺得這可能嗎，長官？」語氣中含有嘲弄的成分。

「很難說，」馬克漢依舊眉頭緊鎖，「如果他辦到了，那麼你只能乖乖放了傑蘇。」

「這我倒並不擔心，」希茲一臉的不屑，「雖然萬斯先生知識淵博，一腦子的鬼主意，可他怎麼可能讓他那套見鬼的——」

話語被一陣敲門聲打斷了，我們幾人同時站起身來，快速跑到後廳通道那裡，但沒有人影。窄窄的通道被兩邊的牆挾持，只有盡頭的那扇橡木門通到外部的空地。萬斯要想出去，只能通過這扇門。而我們也很快注意到——下意識地——門閂的把手呈水平狀，這說明門是上了鎖的。

這讓希茲警官驚訝得說不出話來。馬克漢也瞪大了眼睛，好似見鬼一樣盯住空蕩蕩的通道。躊躇了幾秒鐘後，希茲疾步穿過通道，來到橡木門前。但在打開門之前，他蹲下身子，認真地檢查了門閂。隨後拿出隨身帶的萬能刀，將刀刃插進門縫裡。但刀刃顯然被圓形的卡榫所阻擋。顯而易見，那厚重的門框和門鎖是牢牢地固定在一起的，而裡面的門閂也是呈水平狀的。不過警官仍不放心，他用力拉了拉門把，見門沒有反應才打開了門。只見萬斯正抽著煙，悠然地站在空地上，興致盎然地觀察著窄巷的磚牆。

「老夥計，過來看看這兒，」他對馬克漢說道，「這所公寓應該是老古董了，可這面牆卻是最近才砌好的。不過採用的不是我們這年頭的直砌或橫砌法，而是佛蘭德式砌牆法，瞧瞧那兒——」他指向空地後方，「採用了棋盤式砌牆法，非常別致整齊，比英格蘭式的十字砌法還要漂亮。連磚縫也是V形糊法——真是太完美了！」

「別廢話了，萬斯！」馬克漢窩著一肚子火，「我又不是在砌牆。我想你應該知道此刻我們最關心的是什麼。」

「哦，那個好說！」萬斯扔掉了煙頭，走進屋來，「我只是借助了一項作案工具，就和平常使用的工具一樣——實在太簡單了，我簡直都不好意思說了！」

萬斯從衣兜裡取出一個奇特的鑷子，尾端繫著一根紫色的麻線，約四尺長。他將鑷子夾到垂直的門閂把手上，將把手朝左邊微微轉動後，將鑷子尾端的麻線穿過門與門檻間的縫隙，留下一尺左右的麻線露在外面。然後走到門外，關上門。夾在門閂把手上的鑷子像虎頭鉗一樣牢牢地固定在上面，一截麻線則穿過門下露在外面。我們目瞪口呆地站在那兒，簡直無法相信自己的眼睛。站在門外的萬斯輕輕拉動麻線，麻線向下的拉力慢慢扭動了門閂。當把手呈水平狀時，門自然地被鎖上了。隨後，萬斯猛地一扯麻線，鑷子就鬆開了把手，掉在了厚厚的地上，一點聲音也沒有。當他再次拉動麻線時，鑷子就從門下的縫隙處消失得無影無蹤了。

「有點笨，對不對？」萬斯迎著開門的希茲說道，「但是，警官，這卻是那位不幸的慣犯屢試不爽的開門手法。現在，我們再去歐黛兒的房間看一看，我會更加詳細地解釋給你們聽。哦，那位史比夫里先生也該回來值班了，我們可以休息會兒。」

「剛才的那套把戲，你是怎麼想到的？」我們剛在客廳落座，馬克漢就迫不及待地問。

「這個嘛，我也想不起來了，」萬斯漫不經心地夾起一支香煙，懶懶地說道，「這是天才史比的傑作。很完美，對不對？」

「行了，別兜圈子了！」顯然，馬克漢的耐心已被萬斯耗盡了，「快告訴我們，你是怎麼知道的？」

「昨天早上，我在史比的晚禮服裡發現了這些。」

「什麼?!」警官挑釁地叫道，「昨天在搜查房間的時候，你吭都不吭一聲，就把東西帶走啦？」

「唔，確切地說，是在你的那幫經驗豐富的兄弟搜查之後，直到他們鎖上衣櫥門我才去看的。在史比的背心口袋裡，我發現了這套小東西，就壓在銀色煙盒下面；我承認我還翻檢了他的晚禮服——就是歐黛兒被勒死的那晚他穿的那套，希望能多發現一些線索。當我翻出這支眉夾子時，我並沒有想到它還有這樣的用處。不過繫在尾部的麻線卻讓我開了竅。史比總不會用它來拔眉毛吧，即便他真有這項癖好，這根麻線又有什麼用處呢？這根鑷子非常精緻——或許那位美麗的金絲雀會用到它。上週二早上我曾注意到她放在梳妝台上的首飾盒旁邊有個裝著化妝品的小漆盤，但裡面的用具並不全。」

萬斯一邊說著，一邊將我們的注意力轉移到桌旁的紙簍——裡面有個揉皺的紙團。

「同時，我也發現了這張被揉皺的包裝紙，上面印著一家精品店的店名。今天早上我在趕往下城的路上，剛好路過這家店——是第五大道非常有名的店家。隨後才知道他們用來捆紮商品的麻線恰好也是紫色的。由此我猜想，案發當天，史比是從這兒拿走的麻線。但他為何要把線繫在眉夾上呢？這個問題著實讓我頭痛了好一陣。直到今早你說你逮捕了傑蘇，並反覆強調是在史比離開後，是他鎖的側門，我這才突然恍然大悟，就像被賦予了神力一般，靈光乍現。哦，親愛的馬克漢，或許憑藉這股突如其來的力量，我們很快就能破案！」

驚悚的一瞥

九月十七日
星期一
正午

萬斯的話一說完，房間立刻沈寂了下來。馬克漢無力地靠在椅背上，神情嚴肅。這一回，希茲警官的案情設想的論調基礎已經被徹底推翻了，此刻正帶著讚嘆的眼神看著萬斯，顯然是極不情願的。馬克漢對此也有著清醒的認識——他的希望跟著破滅了。

「但願你那詭異的靈感能帶來更大的幫助，」馬克漢無力地說道，目光定在萬斯臉上，「可以說，你這次重大的發現幾乎使我們不得不重新開始。」

「別這麼唉聲嘆氣的，老夥計。打起精神來，讓我們一起面對更大的挑戰。可否繼續聽聽我的意見呢？案情的發展有著諸多可能。」萬斯調整了坐姿以便讓自己更舒服一些。

「顯而易見，史比要的是錢——他的綢襯衫還不夠天天換著穿。在金絲雀死去的前一週，他的勒索被她拒絕後，上週一晚他再次來到公寓。儘管知道她晚上一定不在，還是耐心地等她回來；從上一次的情形看，他很可能會再次遭到拒絕。公寓側門每晚都會上鎖——顯然史比也知道，而他總是儘量避免被別人看到自己進出公寓，因此就以晚間來訪未遇作掩護，偷偷將側門打開。隨後從巷子返回，在十一點前潛入公寓。當金絲雀在護花使者的陪伴下回到公寓時，他迅速躲到了衣櫥裡。確定那名男子離開後，才走出衣櫥，由於他的突然出現，歐黛兒嚇得大叫起來。等到她認出是史比後，就對敲門的人說沒事。之後史伯斯蒂·伍德便去找人打牌消遣。在歐黛兒的房間裡，兩人開始為錢的事爭吵起來，也有可能比這還要糟糕。就在這時，電話響了，史比拿起聽筒說女主人外出未歸。隨後兩人繼續爭吵，此時又出現了另一位追求者。至於他是按門鈴還是自己手裡有鑰匙，我還無法確定；很可能是後者，否則接線生會注意到。於是史比再次躲進衣櫥，並且好像預感到會發生什麼事情，就把自己反鎖在裡面，將眼睛對著鑰匙孔一看究竟——每個具有好奇心的人都會這麼做。」

「看看這兒，」萬斯示意大家看衣櫥的門，「鑰匙孔正好和沙發處於一條直線上。當史比通過這一小孔向外望時，正好看到了讓他汗毛直立的恐怖一幕。這名後來的訪客扼住了歐黛兒的喉嚨。設想一下史比當時的心情吧，馬克漢。躲在密閉衣櫥裡的他，親眼目睹了兇手殺害一個女人的全部過程——而且就發生在近在咫尺的地方！我想史比當時一定被兇手狠毒的眼神嚇得不敢出聲。而且兇手一定非常強壯，相比之下，瘦小的史比絕對不是他的對手。可憐的史比什麼也做不了，只得屏住呼吸待在衣櫥裡。他這樣做也無可厚非，對不對？」

他說著，臉上顯出一副疑惑的神情。

「接下來歹徒又做了什麼，我們就無從知曉了，而飽受精神折磨的目擊證人——史比也已經和上帝在一塊兒了。但可以猜想到，當時兇手已經找到了那個黑色文件盒，並打開了它——鑰匙是從歐黛兒的包裡找到的，隨後就拿走了很多文件，這些文件可能是最為關鍵的罪證。之後的情形，就如同我們看到的那樣。這位嚴謹的紳士開始了他的大肆破壞，使公寓看起來就像遭了賊一樣。可憐的金絲雀也未能幸免。這個傢伙扯斷了她的肩帶，撕破了睡衣上的蕾絲，並把她戴的淡紫色的花飾扔到她腿上，身上戴的首飾也一併扯下來。隨後他扳倒台燈，橫掃寫字桌，打碎梳妝鏡，踢翻椅子，撕毀帷帳，把古希臘式的櫥櫃翻得亂七八糟。此時躲在衣櫥裡的史比眼睛緊貼在鑰匙孔上，一動不動，嚇得說不出話來，唯恐被兇手發現而丟掉性命。顯而易見，眼前的這個人一定是瘋了。你知道史比當時正處於兩難的境地：兇手的大肆破壞仍在繼續，即使從鑰匙孔裡看不到，外面的動靜卻聽得真真切切；而他自己如同掉到深井裡的一隻老鼠，雖然會游泳，卻無處可逃。唉，對於史比的處境，我不想再多說些什麼。」

「可以想像，馬克漢，」萬斯變換了一下坐姿，吐出幾個煙圈，「那一晚，歷經世事的史比度過了人生中最為恐怖的一刻——殘暴的兇手企圖打開衣櫥，而他就在裡面！想想看，殺人魔王近在咫尺，他正一步步逼近衣櫥，白松木的地板發出嘎嘎的嗚咽聲……就在緊要關頭，兇手突然鬆開了門把轉身離去，你能想像出史比當時的樣子嗎？換作是其他人，或許整個人都虛脫了，但他沒有。史比如同被催眠了一般，一直心驚膽戰地聆聽著，直到他確定這個暴徒離開了公寓，才戰戰兢兢地走出那間庇護所，用震驚的目光注視著殺戮的現場。」

「場面真夠觸目驚心的，是不是？」萬斯看了一下大家的反應，「女人的屍體橫躺在沙發上，脖子上的勒痕令史比汗毛倒豎。他拖著酸軟的雙腿挪到桌邊，並用右手撐著桌子以使自己站穩——這或許能夠解釋現場為何會留有他的指紋，警官。等到他回過神來，才發覺自己的處境非常危險。他就在死者的房間裡，人們都知道他和被害人的關係不一般，最為糟糕的是，對於一個有犯罪前科的人，有誰會相信他的話呢？就算他能夠指認真正的兇手，又該如何解釋自己的行蹤呢？晚間拜訪、九點半出沒於公寓樓、和死者有著祕密關係、有犯罪前科、不好的聲譽——一切簡直糟透了，沒有一點對他有利。如果是你，馬克漢，你會相信這些嗎？」

「別岔開話題，繼續講下去。」馬克漢和希茲已被萬斯的話吸引住了。

「實證階段到此為止。從現在開始，進入你們所說的自我發展階段。」萬斯說道，「史比所面臨的最為迫切的問題就是盡快逃走，並且不被人發現。緊要關頭，這傢伙竟變得意志堅定起來。不成功，便成仁！於是他的思維開始飛速旋轉：此時從側門走不會被人發覺，可他無法鎖上門，而且當晚早些時候他的來訪，很容易被人與打開的側門聯繫在一起。因此這樣做不行。他覺得不管怎樣解釋，警方也會認定自己與此事脫不了關係——他與死者不同尋常的關係，自己的身分角色，點點滴滴的生活記錄都對他不利。他必須保證自己在逃走時不被人看見，否則自己就會成為逃竄的殺人犯，直至被捕！因此他必須從側門出去後再把門反鎖才會沒事，這樣一來就沒有人能夠指證他的行蹤了。對他而言，這是唯一能夠製造不在場證明的方法。儘管有些站不住腳，但只要有出色的律師，就能夠扭轉乾坤。當然，此外，他一定還想過別的辦法，但都不如這種方式保險。側門就是唯一的出路，應該怎麼做呢？」

說到這裡，萬斯站起身，活動了一下筋骨。

「當時的史比猶如熱鍋上的螞蟻，急得團團轉。在想方法的同時，他也在兩個房間裡轉來轉去，或許還偶爾向萬能的上帝發出求救的聲音。就在火燒眉毛的時候，他突然發現了鑷子。警官，我想你一定很熟悉。對於罪犯來說，反鎖門是項普及的技術，歐洲的犯罪文獻上記載了不少這樣的事例。翰斯·德瑞斯教授的犯罪學著作就花了一整章的篇幅來討論竊賊進出民宅的方式，但論述的內容都是有關鎖門的，而非閂門的手段。不過兩者的區別只在技巧上而已。只要用拴線的針或其他類似的東西插入鑰匙孔，向下一拉線，即可以從裡面把門鎖上。但這棟公寓的側門沒有鎖，門閂的把手上也沒有小孔。或許就在他緊張地尋找有幫助的東西時，偶然看見了梳妝台上的小鑷子——如今的漂亮女士哪一個會不用小眉夾呢——真是天無絕人之路啊！工具的問題就這樣解決了，下面只要碰碰運氣了。就在他準備出去時，又注意到被兇手弄壞卻未被打開的首飾盒，這也就是被他拿去典當的鑽石戒指的出處。緊接著，他擦去了首飾盒上的指紋，卻忘記了衣櫥門內的把手和桌面上也留有自己的指紋。此後發生的事情就如同我剛才示範的那樣，史比閂上了側門，並將鑷子裝入了口袋，顯然他後來也忘了有這麼一回事。」

「再狡猾的小偷也有疏忽的時候。」希茲警官嚴肅地點點頭。

「警官，你為什麼總和小偷過不去呢？」萬斯打了個哈欠，「這個世界本來就是不完美的，誰能保證自己做事就會萬無一失呢？」他眯縫著眼睛，一臉的壞笑道，「即便是明察秋毫的警員，不也是在搜索時漏掉了這支小眉夾。」

希茲警官正仔細地點燃熄滅的香煙，看得出他的臉色不怎麼好看。

「你覺得呢，長官？」

「案情並沒有明朗化。」馬克漢的回答很消極。

「我的這番推測可是有根據的，」萬斯解釋道，「它並沒有使情況變得更混亂，而其中也包含了更為重要的線索——史比一定認得或者知道兇手是誰。他幸運地逃離公寓後又重操舊業，顯然，他曾勒索過這名兇手，而且他很可能惹惱了對方，因此丟了小命。除此之外，被撬壞的首飾盒、翻亂的衣櫥、當做垃圾丟掉的珠寶——做這一切的人根本不需要它們——以及史比的緘口不言，都得到了很好的解釋。同時，我也證實了那扇可疑的側門是怎樣被做手腳的。」

「不錯，」馬克漢接口說道，「從表面上看，你的這番推論確實有理有據，但始終沒弄清楚最為重要的一點——誰是兇手。」

「的確，」萬斯打了個哈欠，「我們該去吃午飯了！」

就這樣，不可一世的希茲警官帶著困惑回局裡去了，而我們三人則來到夢丹尼餐廳，那兒的燒烤很美味。

「這麼看來，現在最為可疑的人就是卡蘭佛和曼尼斯了。」當侍者端來餐後咖啡時，馬克漢首先說道，「萬斯，假如真像你推斷的那樣，兩起凶案是同一人所為的話，那就不可能是斯科特了，因為週六晚上，他已經躺在埃波蘇卡醫院裡了。」

「沒錯，」萬斯對此表示贊同，「毫無疑問，我們可以排除斯科特醫生了。而卡蘭佛和曼尼斯，則是嫌疑最大的『雙胞胎』，沒有人比他們更可疑了。」

他端起咖啡，眉頭緊皺。

「唉，我命名的『嫌犯四人幫』少了一個人，真是遺憾啊！這麼說來，調查範圍又小了不少，或者說能夠想到的就是這些了。現在，擺在我們面前的只有兩個選擇。倘若卡蘭佛和曼尼斯也被排除了，我們又該怎麼辦呢？倘若兇手當真就在他們四人中，那麼我們就不用費多大勁兒了。兇手既不是史伯斯蒂．伍德，也不是斯科特，那麼卡蘭佛和曼尼斯兩人就不能倖免了：四減二得二。很簡單的算式，不是嗎？可真實的情況遠沒有這麼簡單。假如我們把代數、球面三角，或者微積分什麼的一同用來解題，那麼會得出什麼樣的結果呢？再把得數放到第四、五次元方程式……哦，我的上帝！」他使勁地揉著太陽穴，「答應我，馬克漢，在我發瘋以後，你一定要為我請位溫柔善良的看護。」

「算了吧，這週以來我受的折磨可不比你少。」馬克漢撇撇嘴。

「最初鎖定的四名疑犯，現在只有兩個了。」萬斯抱怨道，「我快要被弄得精神崩潰了。不！『嫌犯四人幫』不能丟掉！」

「你還是知足吧，至少還有兩名疑犯呢。」馬克漢接話道，「不過其中一個條件不符，另一個還躺在醫院裡。或許你應該送些花過去——假如這樣做能使你重獲新生的話。」

「一個還躺在醫院……躺在醫院——」萬斯喃喃地說道，「可不是嗎，四減一得三，確切地說還有三個人。在我看來，沒有一條線索是直線進行的，都是彎曲的，它們在立體的空間裡繞成圈。從表面上看，它們都是直線的，可表象畢竟是不可信的！好吧，現在讓我們心平氣和地想一想，靜下心來想。」

萬斯不再說什麼，只是默默吸著煙，站在窗邊，望著外面的第五大道。等他再次開口時，明顯已換上了另一副鎮定的語氣。

「馬克漢，可否以你的名義將曼尼斯、卡蘭佛和史伯斯蒂·伍德三人請到你那兒，就今晚，如何？」

「又玩什麼花樣？」馬克漢把咖啡杯重重地放到桌上，瞇縫著眼盯著萬斯。

「說正經的！別打岔。」

「好啊，當然可以。」馬克漢略微躊躇了片刻，「目前，他們還處於我的管轄之下。」

「所以可以用與案件有關的名義發出邀請，對不對？這樣一來，他們就沒辦法採取不合作的態度了，是不是，老夥計？」

「嗯，他們不會不合作的。」

「在你家的話，你建議他們玩玩撲克牌，應該不會顯得很奇怪吧？」

「或許，」馬克漢嘴上雖答應著，心裡卻對萬斯的要求感到不解，「卡蘭佛和伍德這兩人都會玩撲克，曼尼斯大概也會。可為什麼要這麼做呢？你不會已經被你的那套理論弄得神志不清了吧？」

「哦，放心，我還是很清醒的。」萬斯堅持自己的提議，「等著看好戲吧！玩撲克牌即是偵破本案的關鍵。我很清楚卡蘭佛有著高超的牌技。而伍德嘛，上週一晚上他曾在瑞豐法官面前露過一手。這才使我想到這個點子。至於曼尼斯的牌技，暫時先假設他會玩吧。」

萬斯坐直了身子，開始向我們講解他的想法。

「大多數時候，撲克遊戲可以充當一項考驗人們心智的活動。一名牌技高手在玩牌的一小時之內，就可從對方的出牌情況看出其性格，遠比與之相處一年的人了解得更多。我曾經說過，通過分析犯罪本身的成因也能夠找出命案的兇手，為此你還曾經嘲笑過我。不過在這之前，我必須先掌握這位疑犯的情況，否則就無法探查到犯罪的心理與案犯的本性相吻合的狀況。在這次發生的凶案中，我已掌握了兇手的犯案心理，但對嫌犯們的性格還不夠了解，因此現在還無法確定真凶。但不管怎樣，這次撲克牌遊戲結束後，我想殺害金絲雀的兇手就在劫難逃了。」

值得一提的是，多年之後，我無意中看到了芝加哥大學的人類學教授喬治．托西博士寫的一篇文章，他還著有《人之所以為人》一書。萬斯此時的精確論斷在教授的那篇文章中得到了絕佳的證實。教授在文章中寫道——

「撲克遊戲即是人們現實生活的橫斷面。一個人的牌品即是現實人品的反映，一個人的得失成敗，可從他牌桌上的反應看出來。我傾注畢生的精力，從人類學和心理學的角度出發，研究人類的行為動機。然而，我發現一項效果更為顯著的實驗——觀察我在牌桌上加注之後跟注人的反應。心理學家們深究與闡釋的人類行為，在撲克牌遊戲中表露無遺。我可以肯定地說，通過撲克遊戲，我一樣能夠了解人類。」

馬克漢用萬分驚訝的目光望著萬斯。萬斯是個不折不扣的撲克迷——這一點他很清楚，也知道在牌桌上萬斯能夠輕易地看出對方心裡在盤算著什麼；可要藉此法破案，他仍然疑慮重重，但萬斯的那股認真勁兒深深打動了他。對我來說，即便萬斯不開口，我也清楚他心裡的想法——此刻他腦中正飛快閃現一個謀殺案，而萬斯也正是借與之類似的心理推斷使兇手顯形的。雖然萬斯的要求讓人覺得不可理喻，可要求的背後自會有他的一番理由。馬克漢正試圖說服自己。

「真是讓人摸不著頭腦！」他抱怨了幾句，「這個計畫蠢透了。但假如你真想在這些人面前顯露一番你過人的牌技的話，對此我也不會特別反對。不過，事先聲明，這不會對兇手產生絲毫影響的。想用這種可笑的手段使他就範，實在是荒謬至極！」

「好啦，別再發牢騷了，」萬斯討好道，「就當做一次小小的消遣吧。」

「為何還要叫上史伯斯蒂．伍德呢？」

「我並無惡意，真的。不僅因為他是『嫌犯四人幫』的其中一員，而且我們也需要湊夠牌友啊！」

「行啦，行啦，事後可別求我把謀殺的罪名加在他身上。我有自己的工作原則。在一些人眼裡，這可能沒有多大意義，但只要是我認定不可能犯罪的人，我絕不會起訴他的。」

「這樣說來，」萬斯故意拖長聲調，「你總是以『事實』來認定一個人的罪名是否成立，但你要知道，事實也是可以隱藏起來的。倘若你們這些學法律的能夠擺脫『事實』的束縛，我敢說你們的工作會做得更出色。」

對於萬斯的一番話，馬克漢檢察官沒有再說些什麼，只是向萬斯投以深沈的目光。

王牌對決

九月十七日
星期一
晚上九點

午飯後，萬斯和我回到家中。四點多鐘，我們接到馬克漢的電話，他已安排好晚上的聚會，史伯斯蒂·伍德、曼尼斯和卡蘭佛這三人都會來。得到確切的消息後，萬斯即刻出了門，到了晚上快八點的時候才回來。他這次神祕的外出讓我很好奇，但他顯然不願意讓其他人知道外出的內容。我們差一刻九點下的樓，車子的後座上已有一名陌生的男子了。我想他一定與萬斯的神祕外出有關聯。

「艾倫先生將會與我們一同去參加聚會，」萬斯介紹時說，「你對撲克一竅不通，而今晚我們非常需要一位讓牌局變得新鮮有趣的人物。艾倫先生正好可以彌補這一缺陷。」

萬斯未經馬克漢的同意就將一位未被邀請的人帶到他家，對此我已感到很吃驚。而同樣讓人吃驚不已的還有這位先生的外貌：身材矮小，卻顯得非常幹練；露在時髦帽子下的黑亮頭髮，讓我一下子想到畫報上的日本小孩。除此之外，他紮著勿忘我小白花的領帶款式，以及襯衫上的那一排鑽石鈕釦同樣引人注目。

艾倫先生的這身打扮，和喜好素淨的萬斯形成了鮮明的反差，這樣兩個人相識真令人難以置信。毫無疑問，他們既不會是上流社會交際圈裡的朋友，也不可能因品位相同而結緣。

我們被領入馬克漢家的客廳時，卡蘭佛和曼尼斯已經到了，幾分鐘之後，伍德也到了。經過簡單的介紹以後，大家圍坐在壁爐前，擺出舒適的姿勢，一同抽著煙，不時飲上幾口上好的威士忌。馬克漢對未被邀請的艾倫先生表現得非常熱情，但他注視艾倫先生的眼神，分明在表示他對萬斯這一做法的困惑。

這次刻意組織的友善聚會散發著一種詭異的氣氛。處在那樣的情況下，誰也不會感到輕鬆的。特別是被邀請到這兒的三位男士，彼此相識且都對同一個女人著迷，而聚會的緣由又是因為這個女人被殺。還好馬克漢巧妙地把握著全局，使他們認為自己只是以關係人的身分被叫來探討一個問題。一開始，檢察官便聲稱這次聚會只是他個人出於破解凶案疑點而發起的，因此希望大家不必有拘束感和強迫性，自由地發言，為案件提供一些具有建設性的意見。語氣之誠懇，使原本緊張的空氣頓時舒緩了不少。

隨後的討論，使我對這三名與案件相關的傢伙產生了強烈的興趣。首先是卡蘭佛。他的一番言論簡直是痛苦的戀情回憶與自責，沒有多少意義；而曼尼斯滔滔不絕的言辭雖然十分坦誠，可淨是些表示歉意的話；與之形成對比的是，伍德常常沈默不語，似乎對此事不願多說。只是問一句答一句，能夠看出他對這一話題的抵觸情緒。萬斯只是偶爾開口，回應一下馬克漢的話。而艾倫先生則始終未發一言，坐在一旁饒有趣味地環顧著別人的表情。

整體而言，我覺得討論並沒有產生什麼實際的效果。如果馬克漢是想通過這個來推動破案進展的話，他一定失望了。不過在聚會上，他竭力扮演好萬斯為他分配的角色，為接下來的撲克遊戲奠定基礎。實際上，由他說出這項提議也十分符合主人的身分。

到了十一點鐘，檢察官用親切的語調建議大家一道玩玩牌，並暗示這項提議只是他個人的意思，其他人自然不好拒絕。在我看來，這沒什麼必要。卡蘭佛和伍德兩人似乎很感興趣，希望借玩牌轉移剛才令人不快的話題。萬斯和艾倫無疑是表示贊同的。曼尼斯卻明確拒絕。他說自己不怎麼會玩，也不大喜歡，但表示有興致看著大家玩。萬斯試圖勸他一起玩，但他始終堅持自己的想法。最終，馬克漢安排了一張五人座的牌桌。

我發現，等艾倫先生入座以後，萬斯才坐到了他右邊的位子上，左邊則是卡蘭佛；萬斯的右手邊坐著伍德，接下來是馬克漢。曼尼斯選擇坐在馬克漢與卡蘭佛中間後方的位置上。

一開始，卡蘭佛指定了賭注的大小，不過伍德建議放寬賭注的上限，而萬斯認為應該再高些，這項提議得到了馬克漢和艾倫先生的同意。最終，大家以萬斯提出的賭額為標準。我對籌碼的數額感到吃驚，曼尼斯也在後面小聲嘀咕著。

開局不到十分鐘，牌桌上這五人的高超牌技就顯露出來了。萬斯請來的艾倫先生如魚得水，贏得了開門紅。兩局之後，萬斯成了贏家，贏了第三局和第四局。伍德也隨之贏了一把。緊接著，手氣稍好的馬克漢領先。幾局下來，唯有卡蘭佛成了輸家。但不到半小時他就時來運轉，贏回了原先輸掉的多數籌碼。此後，萬斯慢慢趕上來，排在艾倫先生之後。幾局過後，每個人有失有得，都差不多。但最後卡蘭佛和伍德運氣差些，成了最大的輸家。過了十二點半，牌桌上的爭奪幾乎到了白熱化的程度。隨著賭額的不斷累積，桌子中央的籌碼堆得像小山似的。即使是有錢人——毫無疑問，也包括牌桌上的這幾人——也會對如此高額的賭資感到眩目。

牌桌上的氣氛在接近凌晨一點的時候達到了最高潮。此時，萬斯瞥了艾倫一眼，拿起手帕擦著額頭。在別人看來，那是再平常不過的舉動，可對萬斯來說就不是了——我知道這是個假動作。隨後我發現，坐莊的艾倫先生洗牌的時候，突然被雪茄裡冒出的煙嗆到了眼睛。他使勁兒眨了眨眼睛。就在這工夫，一張牌掉在了地上。他把牌撿起來，重新洗了一遍，隨後讓萬斯切牌。

需要說明的一點是，這是一種「累積賭注」的玩法。打牌者拿到一對以上的牌才能開牌下注，如果沒有就得放棄開牌權。此時，桌面上的籌碼已經堆積如山。卡蘭佛、馬克漢和伍德都先後放棄了開牌權，之後輪到萬斯。他下的注非常大，艾倫先生倒牌不跟，卡蘭佛繼續跟進。隨後，馬克漢和伍德也不跟，只剩下卡蘭佛和萬斯一決高下。卡蘭佛抽換了一次，萬斯則抽換了兩次，然後象徵性地追加了籌碼，而卡蘭佛也針鋒相對，提高了賭額；緊接著萬斯又追加了一次，但數額相對小些；而卡蘭佛堅定地再一次加注，數額比前一次更大；萬斯思索了片刻，表示跟進並要求對方攤牌。

「同花順——7、8、9、10、J，」卡蘭佛毫不猶豫地亮出手裡的牌，得意地說，「你贏得了嗎？」

「唉，抽換了兩次都沒用。」萬斯沮喪地攤開手上的牌，他有四張老K。

令我感到奇怪的是，半小時之後，輪到艾倫坐莊發牌時，萬斯又一次掏出手帕擦額頭。這局累積的數額比前次多出兩倍。艾倫洗完牌後，喝了點威士忌，點上了一支雪茄。待萬斯切完牌，他開始發牌。

和上次的情形一樣，萬斯得到了開牌下注的機會。牌桌中央已經被籌碼堆滿了。最後只剩下伍德和萬斯對抗。伍德抽換了一次，而萬斯對手中的牌相當自信。此後，牌桌上出現了一陣令人窒息的靜寂，如同充電已達到飽和的狀態。看得出，在場的其他人也有同感，所有人都既興奮又緊張地盯著這局牌。然而，兩位一爭高下的當事人卻表現得異常冷靜。我仔細觀察兩人的表情，發現他們都在竭力隱藏自己的真實情緒。

在對方換牌後，萬斯繼續下賭注，把一疊黃色的籌碼推向牌桌中央，表情相當嚴肅。這是今晚最大的一局賭注。伍德也毫不示弱地推出同等數額的籌碼，然後冷靜地點了一下剩餘的數額，隨即將它們一並推出，面無表情地說：「將額度提高至上限。」

對於伍德的要求，萬斯不自覺地聳了聳肩。

「你贏了，先生。」他向伍德展現出一副親切的笑容，隨即攤開手上的牌。我們看到四張A！

「嘿，這就是打牌！」艾倫先生怪叫道，哈哈大笑起來。

「這算什麼？」馬克漢驚訝道，「這麼大的數額，手裡攥著四張A卻倒牌！」

卡蘭佛也嘖嘖稱奇，而曼尼斯則撇撇嘴，說道：「我並不想多嘴，萬斯先生。單純從輸贏的角度來看這局牌，我認為您可以再晚些攤牌。」

伍德則深吸一口氣，發表了自己的看法。「幾位過於小看萬斯先生了。他這一局打得真叫漂亮！儘管四A在手，而他最終卻退出了——從技巧上來說，這絕對是正確的選擇。」

「沒錯。」艾倫也贊同道，「真是千鈞一髮啊！」

伍德轉向萬斯這邊：「這種情況可不是總能遇到的。為了顯示我對你那超凡的判斷力的讚賞，現在我就來滿足你的好奇心——我手裡並沒有我想要的牌。」

他一邊說著，一邊優雅地用手指將牌一張張地翻開，依次亮出了梅花5到8，接著是一張紅桃J。

「你的話讓我搞不懂，」馬克漢說道，「顯然，萬斯可以贏你，可他卻放棄了。」

「您好好想一想，」伍德用溫和的語氣回答道，「您和卡蘭佛都放棄了開牌，倘若我的牌足以使我有能力開牌的話，我必定會在開牌的時候賭上大價錢。但在萬斯先生開牌下注之後我才跟進，很顯然，我手上不是四張同花就是順子，或者是同花順。對此我可以毫不謙虛地說，只有牌技高超的人，才可能領悟其中的奧妙，因此我才會那樣做……」

「我說，馬克漢，」萬斯突然插話道，「伍德先生的確是此中高人，他的牌真的是四張同花順。在我開牌下注之後，為了跟進他也必須下注，這樣就有二分之一贏牌的機率，否則他是不會跟進的。再者，拿到這手牌的機會也很難得，假如自己既不是開牌人，手上的牌又小於四張同花順的話，繼續跟進的風險就未免太大了。不過，正像大家看到的，伍德先生抽換了一次，這樣就有四十七分之九的機率是同花，四十七分之八的機率是順子，促成同花順的機率也有四十七分之二。綜合以上的分析可看出，他手上的牌將有四十七分之十九的機率使手中的牌變成他想要的牌。」

「的確，」伍德接著說道，「如萬斯先生所言，在我抽換一次牌之後，他心裡正盤算著我的牌是否已經是同花順了。他以為，假如我只拿到同花或順子的話，就不可能有膽量將賭注叫到最上限。這樣做的確也不符合邏輯，打牌的人多半不會冒這樣的風險嚇唬人。所以，假如在我提出加注之後，萬斯先生依然堅持到最後的話，那他絕對是打算拼死一搏了。我承認我是在嚇唬人，但萬斯先生的決斷毫無疑問合乎邏輯並且也是正確的。」

「當然，」萬斯補充道，「伍德先生說得沒錯，在對方既沒有換牌，自己手裡也不是同花順的情況下還將賭注叫到最上限的，的確少見。我不得不佩服伍德先生，他在這局中所運用的心理戰術實在是無懈可擊。正如大家所見，他在深刻地剖析了對方的判斷之後，才決定自己的步驟。」

對於萬斯的這番恭維話，伍德只是略微點頭致意。緊張的氣氛被打破之後，待卡蘭佛整理好牌，牌局卻並沒有繼續下去。

萬斯好像有點不對勁兒。他抽了一陣煙，默默地品了幾口威士忌，獨自一人出神地想著心事。隨後他漫步到壁爐前，一本正經地欣賞著塞尚的一幅水彩畫——這是他多年前送給馬克漢的。

就在大家停止交談時，他轉身望著曼尼斯。

「唔，曼尼斯先生，」萬斯帶著一種隨意的語氣問道，「我很好奇，你怎麼會不喜歡玩撲克？據我所知，精明的商人可都是狂熱的賭徒啊！」

「他們或許是，」曼尼斯回答得很謹慎，「不過在我看來，玩撲克絕非是一項賭博，其中包含了太多的機關，但最重要的是它並不能給我更多的快感，實在不夠刺激——我想你應該能夠明白我的意思。輪盤賭就比較符合我的志趣。去年夏天，我在蒙地卡羅十分鐘內玩的數目可比今晚各位輸的錢的總數還要多得多，那樣我才能玩得盡興。」

「明——白。」萬斯拖長音說道，「這麼說，你對玩牌一點不感興趣？」

「我玩的不是這種。」曼尼斯說道，「一翻兩瞪眼、磨蹭到抽牌換牌後才論輸贏的玩法讓我感受不到刺激，知道嗎？那種速戰速決的玩法才真叫爽呢！」

他一邊說一邊不停地打著響指，以此來顯示他從中得到的快感。萬斯則繞到桌旁拿起一副撲克。「一千塊切牌賭大小，怎麼樣？」

曼尼斯立刻站起來。「嘿，真夠勁兒！」

曼尼斯首先洗牌，放到桌上後直接切牌：一張10；萬斯切出一張老K。

「我欠你一千。」曼尼斯漫不經心地說，好像輸的不是自己的錢一樣。

萬斯沒有說什麼，只是默默地觀察著對方接下來的行動。對方則用狡猾的眼神回望他。

「再來一把——這次兩千，怎樣？」

萬斯挑起一邊眉毛：「當然，願意奉陪。」洗牌之後切出一張7來。

曼尼斯很快向下切牌：一張5。

「手氣不錯嘛，欠著你三千。」他滿不在乎地說道。眼睛眯成一道縫，嘴上叼的雪茄隨著說話的節律一動一動的。

「這回又要加倍嗎？」萬斯問道，「四千？」

馬克漢瞪大了眼睛，吃驚地望著他；而艾倫先生儘管也非常驚訝，但表情十分滑稽。毫無疑問，在場的人都被這種賭法嚇到了。萬斯很清楚，這樣不斷加倍地賭下去曼尼斯總會有機會贏，最後他很可能會輸掉。但我也相信，如果到時候曼尼斯贏了就收手，檢察官一定會提出抗議的。

「四千就四千！」曼尼斯順手洗牌切牌：一張方片Q。

「你不可能贏得了這位皇后——絕對不可能！」他一下子顯得非常興奮。

「或許你說得沒錯。」萬斯緊繃著臉說道，他切出一張3。

「再來一盤，如何？」曼尼斯朝他擠擠眼睛。

「行了！」萬斯立刻擺手道，「這實在太刺激了，我都快得心臟病了。」

他拿出支票，開了一張一千塊的遞給曼尼斯，然後轉身同馬克漢握手。

「夜晚愉快！哦，對了，明天一道吃午餐吧。一點鐘在俱樂部見，怎樣？」

馬克漢思索了片刻，說道：「假如沒什麼突發事件的話。」

「這不是開玩笑，一定要來。」萬斯十分認真地說，「我敢打賭，到時候你一定非常想見我。」

回去的路上，萬斯異常沈默，一副心事重重的樣子。當然了，這種時候我也別想從他那兒打探出什麼。不過在向我道晚安時他不經意地說道：「拼圖還差最重要的一塊。如果找不到的話，一切都白費了。」

狂熱的賭徒

九月十八日
星期二
下午一點

這天早上，萬斯起得很晚。午餐前的一小時裡，他一直在翻看安蒂森藝廊的拍賣品目錄——拍賣會將在明天舉行。當我們趕到史蒂文森俱樂部與馬克漢碰面時，剛好是一點鐘。

「你得請客，老夥計。」萬斯笑著說道，「我的要求不高，一杯咖啡、一塊英式培根三明治和一個牛角麵包就夠了。」

對於他的這番嘲弄，馬克漢付之一笑。

「昨晚你的運氣差得很，我勸你還是節省點好。」

「是嗎？可我覺得，再沒有比昨晚更幸運的時刻了。」萬斯挑起一邊的眉毛說道。

「哦？摸到兩次四條卻連連輸錢，這算是運氣嗎？」

「要知道，」萬斯解釋道，「這兩次我都很清楚對方手裡的牌。」

萬斯的這番話，讓馬克漢感到很吃驚。

「在玩牌之前，」萬斯強調道，「我早就已經作了特別的準備，所以你們才會有眼福看到這種驚心動魄的場面。」他的微笑很迷人。

「親愛的馬克漢，你的體貼真讓我感動。的確，昨晚我沒有事先和你打招呼就把我那位特別的朋友介紹給你，是我不對，對此我感到萬分抱歉，也有必要解釋一下。那位艾倫先生沒有優雅的貴族氣質，艷俗的外表也會讓一些人感到不適——他那排鑽石鈕釦配上花領帶倒是挺時髦的。不過他的這番打扮自有他的道理。事實上，同溫迪．布魯克斯、科波菲爾德以及安第斯．約翰．凱奇這些富豪們比起來，他毫不遜色。你還記得曾帶給你許多愉快回憶的威利．艾倫博士嗎？就是這位艾倫先生。」

「艾倫博士？你說的是那個經營著艾多拉多俱樂部的老惡棍？」

「沒錯，就是他。這項充斥著巨額暴利的黑暗行業培育了最為智慧的發牌高手，他就是其中之一。」

「你的意思是，昨晚這傢伙在牌桌上耍了老千？」馬克漢憤憤地問。

「只是在剛才你提到的那兩局裡用過。不知你是否注意到，這兩局都是艾倫坐莊。我故意坐到他的右手邊，就是為了依照他的暗示切牌。但你也看到了，這兩局得到好處的只有卡蘭佛和伍德。我詐賭是真，可並沒有因此而獲利。儘管艾倫幫我拿到了四條，可這兩局我並沒有撈到好處，反而全都輸掉了。」

萬斯的解釋讓馬克漢感到困惑不解，他沈默了片刻。

「從來沒有見你那麼慷慨過。」馬克漢笑道，「昨晚的切牌賭大小，每一次開賭前你都讓曼尼斯賭注加倍，最後毫不猶豫地甩給他一千塊的支票。你可真夠猛的！」

「啊，對這場賭局，站在不同的角度看會有不同的結論。儘管我輸了錢——我應該把損失算在你帳上的——可這場設計對我來說很成功。昨晚的牌局已使我獲得了想要的信息。」

「哦，只不過是這樣啊！」馬克漢的語氣很平淡，似乎這並不是件難懂的事，「我記得你原本想通過這場遊戲找出兇手的。」

「你的記憶力不錯嘛！的確如此，但還缺少一條關鍵的線索，可能的話，今天就能夠找到答案了。」

「那麼請告訴我，應該送給誰一副手銬呢？」

萬斯端起咖啡呷了一口，不緊不慢地抽出一支煙。

「說出來，你很可能不會相信，」他顯得及其冷靜，說話的態度十分認真，「兇手是史伯斯蒂．伍德！」

「你不會在開玩笑吧！」馬克漢一副疑惑的表情，十分諷刺地說了一句，「史伯斯蒂．伍德？哦，親愛的萬斯，你的結論總能令人『耳目一新』。我這就通知希茲警官，讓他帶一副新的手銬來。不過遺憾的是，這年頭，『隔山打牛』這種技法似乎早已失傳了。要不要再來片牛角麵包？」

萬斯誇張地揮舞著雙手，以表示自己的失望情緒。

「從受過高等教育的角度來看，馬克漢，你對視覺所獲信息的判斷尚處於幼兒階段。我的意思是，你現在的判斷就像孩子看見魔術師從帽子裡變出兔子，就相信那是真的一樣。」

「你這是在諷刺我。」

「我並不否認。」萬斯一臉壞笑道，「但這只是提醒你不要再被所謂的『事實』所蒙騙。你需要好好鍛鍊一下自己的想像力，老夥計。」

「你的意思是讓我蒙上眼睛，想像坐在史蒂文森俱樂部裡的史伯斯蒂・伍德把手伸到七十一街嗎？對此我感到非常抱歉，我只是個精神正常的人，這種想法實在有些荒誕，說是做夢還差不多——你確定你從沒吸過印度大麻嗎？」

「確實，聽起來這的確讓人感到荒唐。可是俗話說得好：假若真時真亦假。要知道，在這起凶案中不可能的事即是案情真相。兇手是史伯斯蒂・伍德——這是鐵板釘釘的事實。現在，我不僅更加肯定我的結論，而且我還會讓你也贊同我這項被你認定是幻覺的推論。恕我直言，你的好名聲現在已經岌岌可危了，而此時你追查的真凶又逍遙法外。」

從馬克漢表情所起的變化來看，萬斯這番自信的說法並未使他動怒。

「那麼，」他說道，「這個異想天開的結論，你是怎樣想出來的呢？」

萬斯掐滅了煙頭，手臂交叉伏在桌面上。

「就從我提出的『嫌犯四人幫』說起吧——曼尼斯、卡蘭佛、斯科特還有史伯斯蒂・伍德。之前我也說過，這是一起精心策劃的謀殺案——只有瘋狂迷戀金絲雀而又陷入絕望之中的人才會做出這樣的事情。因此根據我們所掌握的情況，只有這四個人符合這樣的條件，兇手就在其中。史比被殺時，斯科特正躺在醫院裡——顯然兩起凶案是同一個人所為，因而斯科特首先被排除。」

「可是，」馬克漢插話道，「歐黛兒被殺當晚，伍德同樣有不在場證明，而且理由充分。為何單單排除斯科特而懷疑他呢？」

「抱歉，我很難認同你的看法。你想想，斯科特躺在一所大家都知道的醫院裡，為他作證的又都是醫院裡不會被收買的人，而且在案發之前和當晚都能為他提供證明；然而伍德的情況就不同了。案發當晚他在現場，金絲雀被殺的時間和他出現的時間十分相近，隨後他說坐了一刻鐘的計程車，可這如何證明呢？從我目前掌握的證據來看，沒有人曾親眼看到在伍德離開後，金絲雀還活著。」

「可在她活著的時候她曾跟他講過話，這你得承認吧？」

「是啊，毫無疑問，一具死屍既不會大聲喊救命，也不會和殺她的人說話。」

「別賣關子了，」馬克漢諷刺道，「難道是史比模仿了她的聲音？」

「哦，我的上帝，當然不是這樣！這種沒水準的話，虧你講得出口！史比希望沒人看到自己，他幹嗎要這麼費神地做這種白癡的事呢？等我揭曉答案的時候，你就會發現我的邏輯既簡單又合理。」

「真是振奮人心啊，」馬克漢笑道，「趕快說吧，為什麼史伯斯蒂·伍德會是真凶？」

「除了斯科特，其他三個人和這事都脫不了關係，」萬斯說道，「為了能切實了解他們真實的心理狀態，我才安排了昨晚那場輕鬆的聚會。老實說，在此之前，我一直把目標盯在卡蘭佛和曼尼斯這兩人身上。因為根據他們的口供，這兩人都沒有充分的不在場證明。所以，昨晚在曼尼斯拒絕上牌桌後，我就想先試試卡蘭佛。於是我向艾倫先生打了個暗號，開始了第一場詐賭行動。」萬斯突然停下來，抬頭觀察馬克漢的表情。

「想到了嗎？正是累積賭注的那一局。當時艾倫發給卡蘭佛四張同花順，我得到三張K。其他人不消說了，要是好牌的話，就不會輪到我開牌了。卡蘭佛一直跟進。換牌時我得到了另一張老K，卡蘭佛也得到了他想要的牌——拜艾倫所賜，他拿到了同花順。我的賭注下得都不大，每一次都是他在叫高賭注。我跟進了，當然，最後是他贏了！毫無懸念可言。他只對有把握的事有信心。因為卡蘭佛心裡有數：我在開牌下注後曾換了兩次牌，最多也只能拿到四條。因此他在叫高賭注前就已經知道自己勝卷在握了。與此同時，我也把他排除在外了。」

「這是為什麼呢？」

「要知道，如果一個人只敢賭有把握的牌，那麼他就不是真正的賭徒！他缺乏狂熱賭徒與生俱來的強烈的自信感，因此他不是那種具有冒險性格的人。從某種意義上看，他的表現具有心理學上所定義的自卑情結——每一個可以利用、可以保護自己的機會，他都不會放過。總之一句話，這種性格不會成就賭博高手。而殺死歐黛兒的兇手卻是一位狂熱的賭徒，他會不惜一切代價，將自己所有的賭注都押在一盤賭局裡——這正符合殺死金絲雀的嗜賭性格。這份不計後果的自信，使他對有把握的賭注不屑一顧。所以，卡蘭佛不會是兇手。」

此時，馬克漢聚精會神地傾聽萬斯的分析。

「隨後我又試了試史伯斯蒂・伍德。」萬斯停頓了一下，說道，「我原本打算用在曼尼斯身上的，可他不加入牌局。但這並沒有妨礙我的測試。假如事先排除卡蘭佛和伍德的嫌疑，那麼凶犯一定是曼尼斯無疑。而且我會想出其他方法來使他原形畢露；不過，顯然已經沒有這個必要了。伍德在賭局上的表現已經充分地證明了他就是兇手。正像他自己說的那樣，一千個賭徒裡也不會有幾個人會像他那樣，在毫無保障的情況下，押上自己所有的賭注與顯然已拿到好牌的對手抗衡。了不起，真是了不起！這或許是自賭博盛行以來最驚人的一次牌局了。他能如此冷靜地將自己全部的籌碼推到桌子中央，特別是在我已經知道他手裡的牌之後，真叫人佩服！你看，他之所以會把所有的籌碼壓上去，就是因為他深信能夠掌握我的思路，然後據此作出自己的抉擇，最終勝過我。這得需要多麼大的勇氣與膽識！而支撐這一切的非凡的自信力，也決不允許他退後半步——他在這一局牌裡所呈現出的心理狀況同殺死歐黛兒時的狀態一模一樣；而我手中的一把好牌對伍德的威脅無異於金絲雀對他的恐嚇；但他毫無妥協的打算，既不倒牌也不叫我亮牌，不僅如此，還將賭注的金額叫到最上限！他使出了『不是你死就是我活』的必殺技。哎，我說，馬克漢，難道你沒發覺他在這局牌裡所暴露出來的個性，與犯罪心理學上的說明極其吻合嗎？」

馬克漢沈默了半晌，似乎還在消化萬斯的解說。

「可當時的情形，你自己也並不十分明瞭，」他終於開了口，「而且實際上，還是一副迷惑不解、焦慮憂愁的神情。」

「是啊，老夥計，我當時愁得不得了呢。事實上，這項證實兇手的實驗結果完全出乎我的意料！此前我排除了卡蘭佛的嫌疑之後，一直認定兇手是曼尼斯。因為種種實證表明，伍德不可能是殺害金絲雀的兇手——我得承認這是我一直以來的想法。我之前的推論仍是有缺陷的。作為一個有著諸多感受力的人，我還是無法擺脫來自物證與事物表象的影響，遺憾的是，你們這些法律專家們仍在這個世界上製造和散發這些誤導人的玩意兒，如同惡臭般無法消除。這使得我在發覺伍德的心理特徵與作案的要素完全吻合時，我仍舊不能消除對曼尼斯的懷疑——說不定他也會像伍德那樣大打心理戰，這也不是不可能的。這也就是牌局結束後，我仍舊用賭博的話題套他的原因。我很想試試他的心理反應。」

「可這傢伙和你賭的時候，也是勢如猛虎啊！」

「但這種氣勢跟伍德給人的感覺比起來完全不同。比起伍德，曼尼斯只是一名謹慎而怯懦的賭徒。第一、他已掌握二分之一贏的機會，而伍德卻毫無勝算——好牌在我手裡呢。但伍德卻懂得運用心理戰術，故意把賭注的金額提到最大，這可謂是賭徒的至高境界；第二、曼尼斯並沒有拼上所有的賭注，因此不必費盡心力籌謀。就像我一開始說的那樣，兇手是經過縝密謀劃、精心算計之後謀殺的歐黛兒，且具有過人的膽識。試想，有什麼樣的賭徒會在輸了之後，要求賭注加倍繼續賭，再度失敗後仍要求賭注翻倍地玩下去？我是有意提出這種玩法與曼尼斯對決的，目的就是為了排除發生判斷失誤的可能。借助這場遊戲，我徹底排除了對他的嫌疑，消除了徘徊在心頭不去的疑惑。這也算是我輸掉的那一千塊錢的回報吧！因此，我最終確定兇手是史伯斯蒂．伍德——雖然所有表面的物證對他都是有利的。」

「你這番說辭聽上去好像蠻有道理的，可我並不信服。」其實在我看來，馬克漢已經對此有所認識，只是為了顧全面子才這麼說的。果然，沒有多久他就發作起來。

「該死！你的這些狗屁結論，推翻了多少好不容易構建起來的合乎邏輯的案情基礎！」

「你想想，」他提出了自己的疑問，「你說兇手是史伯斯蒂．伍德，但根據我們所掌握的確鑿的證據顯示，歐黛兒在他離開公寓大約五分鐘後，她那恐怖的尖叫聲才響起。而當時這個男人正站在總機旁，而且傑蘇也在場。他還走到門口和這位驚恐的女士進行了一段簡短的對話——當時這個女人總該是活的吧？隨後他出了大廳，乘坐一輛計程車離開。一刻鐘後，計程車停在了這家俱樂部前。隨後他遇到了瑞豐法官。俱樂部到那幢公寓之間足有四十個街口那麼遠！想要在短時間裡往返兩地是絕不可能的；除此之外，還有那位計程車司機的記錄。因此，他根本沒有機會在十一點三十分到十一點五十分這短短二十分鐘的時間裡作案。不僅如此，如果你還記得的話，就知道他在這家俱樂部裡一直玩到凌晨三點鐘——這時候離案發時間已經過去幾小時了。」

馬克漢以搖頭的方式強烈堅持他的看法。

「萬斯，這些總不會是障眼法吧。它們的的確確曾經發生過，而且這些足以說明伍德與此事無關。那一晚，他就像人在北極一樣沒有機會犯罪。」

萬斯絲毫不為所動。

「我對你所提出的每一項證明都不存在疑問，」萬斯說道，「可是，還是我之前的那句老話：當物證與心理證據發生衝突時，物證是要退居其後的。在這起案子中，物證或許也能夠證明一些真實情形，可我們的確受了它們的欺騙。」

「真是了不起的辯解啊！」馬克漢快被萬斯的話激怒了，「很好！就請你快告訴我，史伯斯蒂．伍德究竟是如何勒死金絲雀，又在她房裡大肆破壞的。這樣我才好下命令叫希茲警官去捉拿他歸案。」

「這——我可做不到，」萬斯無奈地說，「萬能的上帝還沒告訴我。嘿，這該死的傢伙！我一定會讓他原形畢露的。不過一開始我就沒有答應過你說明這畜生是怎麼幹的，你可不能因此而為難我喲！」

「哼，看來你那超凡的洞察力也不過如此，好吧！我現在就是無所不知的高級心理學教授，我要鄭重宣布：殺害金絲雀的兇手是霍利教授。哦，對了，這位教授已經入土了，但這與我剛才採用的犯罪心理論證法並不衝突。你瞧，這傢伙的本性完全與這件凶案的神祕特徵相吻合嘛。我明天就去申請一張挖屍令。」

對於馬克漢這番嘲弄的話，萬斯做了一個鬼臉，無奈地嘆氣道：「我知道，像我這種超凡的才智，當世是無法被人理解了，只有期盼後世能有公允的論斷了。但在這之前，我仍然會以一顆堅韌的心忍受所有嘲弄與侮辱，即便為此付出血的代價也在所不惜。」

他掏出懷錶看了看，一副若有所思的樣子。

過了幾分鐘，他說道：「馬克漢，離三點鐘還有一小時，到時我要去聽一場音樂會。現在我想到歐黛兒的公寓再看看。史伯斯蒂・伍德曾在那兒演過一齣精彩絕倫的好戲。要想找到最終的答案，必須重回現場才能發現他的劇本。」

儘管馬克漢始終強調作案的不可能是史伯斯蒂・伍德，但我覺得他並沒有完全了解萬斯的意思。所以，一開始他雖然表示反對，但還是和往常一樣，最終還是同意了萬斯重返現場的提議。

C小調交響曲

九月十八日

星期二

下午兩點

半小時之後，我們就出現在那座位於七十一街的公寓大樓的大廳裡。在總機旁值班的仍舊是忠於職守的史比夫里。會客廳裡，留守的探員斜倚在一張舒適的沙發上，悠閒地抽著一支雪茄。一看到馬克漢檢察官即刻站起身。

「有什麼結果了嗎，長官？」他急切地問道，「一天到晚蹲守在這兒，都快要把人給悶死了。」

「很快會有的，我希望。」檢察官問道，「有別的人來過嗎？」

「目前為止還沒有，長官。」探員努力忍住想打哈欠的衝動。

「把這間公寓的鑰匙給我。你進去過嗎？」

「不，沒有，長官。我的職責是留守在外面。」

我們踏進這間已然逝去的女主人的客廳。房內飄蕩著死亡的味道，午後的陽光爬進了窗稜，拖長了房內擺設的影子。顯然沒人動過房裡的東西，被翻倒的椅子仍舊趴在地上。馬克漢踱到窗邊，反剪著雙手，靜靜地審視著眼前的景象。此刻，他正深受著與日俱增的困惑之苦，並向萬斯投以嘲弄的眼神。

點上一支煙後，萬斯便開始檢查現場。他的眼睛如同兩盞探照燈似的四處搜尋著。不一會兒，他走進浴室，出來的時候手裡拎著一條毛巾，上面沾著黑色的污漬。

「史比就是用這條毛巾擦去指紋的。」他隨即將毛巾扔到床上。

「真了不起啊！」馬克漢挖苦道，「難道光憑一條毛巾，就能給兇手定罪嗎？」

「當然不是這樣啦！我的推斷已被這條毛巾證明了。」然後走到梳妝台前，嗅了嗅一小瓶銀色的香水，「是霍蒂牌香水，女士專用。」他嘟囔著，「怎麼女人都用這個牌子？」

「這證明得了什麼？」

「哦，老夥計，此刻我正沈浸於這芬芳的香味中，使我的靈魂與這棟房子融為一體。請不要打擾我，我隨時都可能得到神的啟示。」

他繼續搜索著。最後來到了大廳，把一隻腳頂在歐黛兒公寓的房門上，認真地看了一會兒。接著返回到客廳，倚坐在檀木桌的一角，獨自一人思索著。過了幾分鐘，他望著馬克漢，冷笑道：「果然是老奸巨猾。該死，真是難辦！」

「怎麼會呢？」馬克漢回以嘲笑，「你對史伯斯蒂．伍德的判斷遲早會修成正果的。」

萬斯無精打采地仰頭望著天花板。

「真是個老頑固。我這麼拼命地想把你從地獄中解救出來，你卻在一旁潑涼水，一味地冷嘲熱諷。」

聽了萬斯的話，站在窗邊的馬克漢很快走過來，坐到一張沙發的扶手上，面對著萬斯，用焦灼的眼神望著他。

「不要誤會我的意思，萬斯。我關心的並不是伍德這個人，而是想知道兇手究竟是不是他。案子一天不破，那些媒體就不會善罷甘休的。你也清楚，任何的破案線索對我都非常重要。可我不能理解你為什麼對伍德的罪行認證遲遲不肯放手。擺在眼前的證據無疑對他都是有利的。」

「是啊，有這些玩意兒擋著，的確不好辦。它們之間的完美配合簡直能夠同米開朗基羅的雕像相提並論了。不過你瞧，正因為太過於謹慎小心，以至於絲毫沒有偶然的因素存在，這也就意味著它們都是刻意的設計。」

馬克漢站起身，又走回窗邊，注視著窗外的景色。

「假如你能夠說服我，」他並沒有轉移視線，「我自然會逮捕他。可是，現在擺在眼前的都是對他有利的證據，這使我無法給他定罪。」

「親愛的馬克漢，靈感才是我們現在最需要的東西，光憑想像力是遠遠不夠的。」萬斯再次用他如炬的目光掃過房內。

「最使我無法容忍的是，我一直被一名汽車內飾商人誤導，事實上他竟欺騙了我——這是對本人最大的侮辱！」

說完這段話，他坐到鋼琴前，布拉姆斯《隨想曲》的第一樂章第一小節從他指尖流出。

「這鋼琴需要校音了。」他隨意地說道，隨後漫步到古希臘式櫥櫃前，用手指輕微地觸摸著櫥櫃精巧的鑲飾。「多麼細緻的做工，」他喃喃自語道，「雖然裝飾繁複了些，可不管怎樣也是好貨色。從西雅圖遠道而來的姨媽或許會替死者賣個好價錢。」倒在一旁的裝飾燭台吸引了他的注意，「十分精緻典雅——這也是在燭台上晶瑩的蠟燭沒有被堅固的燈泡取代之前製造的。」隨後他又在掛著小瓷鐘的壁爐前駐足觀賞，「漂亮倒是漂亮，可惜是中看不中用的便宜貨。我堅信這口鐘一定見證了最為殘忍可怕的一幕。」

他挑剔的目光掃過旁邊的一張寫字檯，說道：「法國文藝復興時期的傑作，不過只是仿製品，但非常雅致，對不對？」

「真是愚蠢，」萬斯拿起擺在桌邊的字紙簍，評論道，「竟然用這麼高檔的皮紙做。我敢打賭，肯定出自哪位附庸風雅的女性室內設計師之手。一套艾比克特迪的言論集似乎更適合這種皮紙的氣質。為何要糟蹋這麼好的手感呢？顯而易見，到目前為止，美學的本質還沒有被這美麗的國度所領悟。」

隨後他又將紙簍放回原處，繼續注視了一陣，突然彎腰從裡面撿出一團揉皺的紙，即是前次他說過的那片包裝紙。

「顯然，這張紙包過金絲雀生前所買的最後一樣東西，」他感嘆道，「真令人睹物傷神啊！我說，老夥計，你會為這種小事傷感嗎？不過，對史比而言，這張包裝紙所附帶的紫色麻線可是天賜的寶物，沒有它，小托尼怎麼能順利脫身呢？」

然後他打開紙團，裡面露出一塊帶波紋的物體碎片，以及一個深褐色的大信封。

「咦？原來是唱片。」他的眼睛立刻掃視著房間的其他角落，「可唱片機在哪兒呢？」

「在門口那兒。」馬克漢告訴他。萬斯的自言自語表示他的大腦正在急速地思考問題，而馬克漢則耐著性子等待對方的進一步發現。

他緩緩走出玻璃門在門口處站定，注視著靠在牆邊的一台齊德爾式唱機櫃。櫃子上蓋著一張跪墊，上面是一盞擦得鋥亮的青銅花盆。

「單從表面看，很難看出這是唱機櫃，可為何在上面鋪一張祈禱用的跪墊呢？」他隨手翻看了一下，「土耳其安那托利亞的貨色——或許是以皇室的名義出賣的。這樣的東西到處都有，不值幾個錢。這個女人會喜歡誰的作品呢？或許是赫伯特這一路。」他把跪墊掀起來，打開了唱片機的頂蓋，裡面已經有一張唱片放在唱盤上，他屈身觀察著這張唱片。

「啊！是貝多芬《C小調交響曲》裡的行板！」他興奮地喊道，「你一定熟悉這一章節，馬克漢，這可是最完美的一首行板。」他準備聽聽唱片，「點支好聽的曲子，或許可以驅散這房裡的陰霾，安撫一下我們內心的煩躁不安，如何？」

馬克漢沒有理會他的戲謔，依然神情沮喪地倚在窗邊。

萬斯開動了唱片機，小心翼翼地把唱針撥到唱片上，隨後返回客廳。他注視著沙發，出神地思考著正在調查的案情。而我則坐到門旁的一處舒適的藤椅上，耐心等待悠揚的樂曲。不過我總感到心神不寧。過了大約兩分鐘，一陣微弱的雜音從從唱片機裡傳了出來。這讓萬斯感到很奇怪，他走回去檢查唱機，把唱針重新撥到唱片上。可等了幾分鐘，依然沒有傳出任何樂曲。

「真是古怪。」他一邊重新啟動唱片機，嘴裡一邊嘟囔著。

此時馬克漢已離開窗口，踱到他身邊耐心地看著他。唱盤正常運轉，唱針繞行在唱片軌跡上，可依然聽不到任何聲音傳出來。萬斯屈身向前，兩臂撐在唱機櫃上，一雙鷹眼直勾勾地盯著轉動的無聲唱片，滿腹狐疑。

「可能是音箱出了問題，」他猜測道，「真是中看不中用。」

「別這麼小氣，」馬克漢看了他一眼，揶揄道，「或許這種廉價的音箱不吃你這一套，讓我來試試吧。」

他移近唱機櫃，出於好奇，我也湊過去從他的肩膀後面望向裡面。唱機似乎運轉得很正常。這時候唱針快走到唱盤軌跡的末端了，可仍然只是聽到些許微弱的雜音。

馬克漢伸過手去，準備拿起音箱，這一動作還未做出，令人意想不到的事情發生了。

就在這當口，一陣可怕的尖叫聲從音箱裡傳了出來，緊接著，又傳出兩聲令人毛骨悚然的求救聲。我頓時打了個寒戰，頭皮發麻。

就在我們屏息靜聽著這段恐怖的錄音時，又傳出同一個女人清亮的嗓音：「不，不要緊，我很抱歉。一切都很正常。回去吧，不必擔心。」

只聽「咔」地一聲響，唱針已走到唱片盡頭，自動停了下來。接下來是一陣令人扼腕的沈寂，隨後被萬斯陰沈的冷笑聲打破了。

「滿意了，老夥計？」返回客廳後，萬斯不緊不慢地開口道，「這足以推翻你的那套『無可駁斥』的事實了吧！」

這時，門外傳來一陣沈重的敲門聲，留守在外面的警衛探進半個身子，他以為裡面發生了緊急的情況。

「不必緊張，」馬克漢的聲音頓時變得嘶啞起來，「必要時我會叫你的。」

靠在沙發上的萬斯點燃另一根煙，隨後攤開雙臂，同時伸展兩腿，就像一個長期處於重壓下的人突然解放了似的。

「我們像迷途的羔羊一般，」他懶洋洋地說道，「總在一個地方轉圈。好一個不在場證明——唉！倘若法律只能做到這份上，那還制定法律做什麼？馬克漢，我簡直說不出口，可必須承認，你我都被那傢伙耍了！」

馬克漢呆呆地站在唱機櫃旁，一臉的茫然，像是被催眠了一樣，眼珠一動不動地盯著那張不經意間泄漏真相的唱片。他緩緩走進客廳，萬分疲憊地跌坐在椅子上。

「好好瞧瞧你的那些寶貴證據！」萬斯慨然說道，「假象背後，真相又是什麼呢？史伯斯蒂．伍德真的製作了一張唱片——現如今做這樣一張唱片簡直再容易不過了。」

「是的，他曾告訴過我，在長島有一個工作室，那裡就是他的小小製作間。」

「實際上，他根本不必這麼麻煩。不過他的那間工作室真的幫了他不少忙。顯然，唱片裡的聲音不是歐黛兒的聲音，那只是他自己的假音，不過效果還真不錯。而他只需要將別的唱片上的簽條浸濕，撕下來貼在這上面，就可以從外表上以假亂真。那天晚上，他送給歐黛兒幾張唱片，這張假貨一定也混在裡面。等兩人從劇院回來後，伍德便開始自導自演起這場致命的戲劇，隨後謹慎地製造假現場，佈置成典型的盜竊場景，好迷惑警方。待一切佈置完畢後，他便將唱片放進唱機裡，啟動唱機，隨後從容地走出房間。唱機櫃上的跪墊和青銅花盆大概也是他放上去的，這樣佈置好使人以為唱機很少被人使用。這個辦法的確有效，直到今天我們才衝破了這層迷霧。之後他吩咐傑蘇幫他叫輛計程車。就這樣，發生的一切都顯得順理成章了。就在他等車之際，唱片裡的尖叫聲應時發出，公寓裡的人都聽得清清楚楚：當時正值深夜，喊叫聲才顯得格外響亮。而且因為隔了道木門，聲音不太清晰，外人也分辨不出來。你瞧，唱機喇叭正好對著門口。」

「可問題是，為什麼唱片上的回答與史伯斯蒂伍德的問話合得那麼準？這傢伙是怎麼做到的呢？」

「這個實在太容易了。你記得傑蘇說過的話嗎？當聽到尖叫時，史伯斯蒂伍德正一手撐著總機台。只要他抬手看看錶，一聽到叫聲便開始計算間隔時間，然後在唱片裡的『女人』回答之前適時發問就可以了——一切盡在他的掌握之中。毫無疑問，為了確保萬無一失，這場精彩的戲劇已經在他的工作室裡彩排過了。像這樣一張直徑為十二寸的唱片，在唱針走完時，需要五分鐘左右的時間。所以在唱針走到末端，傳出尖叫聲之前的這段時間裡，他完全可以走到外面等一陣計程車再返回來。車子一來，他便直奔俱樂部，恰好在那兒遇到瑞豐法官，然後直到凌晨三點才離開。即便在那兒沒有碰到瑞豐法官，他也可以找到其他人證明自己的清白。」

「我的老天，」馬克漢恍然大悟道，「怪不得他一天到晚在公寓邊上轉來轉去，原來是為了這張要命的唱片！」

「我想，假如我們沒有發現這張唱片的話，等守衛的警員一撤走，他一定會乘機進來把東西取走的。可他卻沒有料到你會不讓其他人進入公寓。遇到這種情況的確很棘手，不過他還有別的辦法。等到歐黛兒的姨媽過來處理遺物的時候，他很可能回來伺機拿走唱片，而且說服一個老太太也並非難事。對他而言，這張唱片實在是個定時炸彈，但伍德堅韌的性格使他不會因形勢不利而露出狐狸尾巴。實際上，整個謀殺計畫已經十分周詳了，他的失誤純粹是意外。」

「那你怎麼看托尼．史比呢？」

「可憐的托尼則是另一個不幸的受害者。當天夜裡十一點，伍德和金絲雀回到公寓，躲在衣櫥裡的他，親眼目睹了伍德勒死歐黛兒，隨後製造假現場的全部經過。當從唱片機裡傳來淒厲的叫喊聲時，或許他正面對著剛剛死去的女主角呢！想想看，眼前是一具剛剛被勒死的女屍，耳畔傳來尖厲的慘叫，這是多麼令人恐怖的情景啊！即便托尼久歷江湖也從未遭遇過，以至於還要借助桌子的支撐來穩住情緒，因而留下了指紋，這也就不足為怪了。接著是伍德假惺惺地站在門外探問，與唱片機一問一答——小托尼被這番情景弄得滿頭霧水，但很快他就明白了其中的奧妙——我差不多可以想像出他那副得意的樣子。毫無疑問，他看見了兇手。對他而言，這簡直是天降甘露，難得的好運，又可以狠狠地敲一筆竹槓了。他頓時陷入了無盡的財富幻想之中，而且讓伍德這個殺人兇手付出些代價也是理所當然的。等到卡蘭佛打電話過來時，史比就只是說歐黛兒外出未歸，隨即想法逃出了公寓。」

「可史比為什麼不帶走那張唱片呢？」

「你是說帶走犯罪現場的重要證物嗎，馬克漢？這並不是明智的做法。假設史比帶走了唱片，那麼當他拿出來威脅對方時，伍德可以否認此事而反告他勒索。所以史比並沒有帶走它，出去後就即刻實施勒索兇手的計畫。很顯然，伍德答應了他的勒索條件，並且在支付了一部分金額後，承諾過後再交其餘的錢以拿到唱片。但他後來反悔了，於是史比決定打電話給你，並以此再次威脅他，以為這樣一嚇，就能夠逼他交出餘款。沒錯，他就是這麼想的，結果卻送了自己的小命。可能就在上週六晚間，伍德如約和他見了面，假意說願意支付剩餘的錢，於是就利用這次機會勒死了史比。整個事件和他的性格實在是太匹配了！唔，伍德，的確是個了不起的傢伙。」

「這……真是太不可思議了！」

「伍德做了件令人不齒的事情，而且計畫周詳、手段殘忍、不留餘地——典型的商人手法。與其讓自己的心靈繼續忍受情感的煎熬，不如親手置自己心愛的人於死地，他才能獲得心靈的平靜。或許正是因為金絲雀做了令他忍無可忍的事情，他才安排了這場悲情的劇目，如同法官最終判定犯人入獄一般，然後為自己捏造了一項不在場證明。或許因為他工作性質的緣故，連他設計的不在場證明也同機械一樣準確。而其製造的手法也簡單明瞭，毫不拐彎抹角。要不是因為有史比這個不可抗拒的因素存在，他的計畫很可能就完美無缺了。我不得不說，假如這傢伙再謹慎些的話，這個意外是不會發生的。毫無疑問，伍德已經盡力了。可他萬萬沒有想到，事件的善後工作會遭到你的阻止，這張唱片也被你『拘留』了；而他也不可能料到有我這樣一位喜愛音樂的人，會到這裡來尋找慰藉心靈的音樂。當然啦，有誰在拜訪自己心儀的女士時，會想到她的衣櫥裡還躲著另一個傢伙呢？唉，智者千慮，必有一失，可憐的史伯斯蒂·伍德。」

「嚴肅點，別忘了他可是個冷血的兇手。」馬克漢斥責道。

「別總板著臉教訓人了，老夥計。任何人的內心深處都藏著一個殺人兇手。只要是具備情感的人，都會產生殺人的渴望。可並不是所有人都會去殺人，這是基於道德還是宗教的緣故？這兩者都不是答案！而是缺乏勇氣——對事情敗露的恐懼，或是心裡有鬼，或是良心上過不去。試想一個殺手的心情吧！結束別人的性命，很快從報紙上讀到相關的報導。一國向另一國宣戰也常是因為一些毫無意義的小事，這只是他們可以毫無顧忌地盡情屠殺的藉口罷了。像史伯斯蒂．伍德這樣的人，最多也只算是憑藉勇氣殺人的理性動物而已。」

「很遺憾，照目前的人類文明的發展狀況看，你這種論調實在讓人難以接受。」馬克漢嚴肅地說道，「人的生命應當是受到保護的。」

他站起身，來到電話機旁，撥通了希茲的電話。

「希茲警官，」他吩咐道，「馬上申請一張逮捕令，我在史蒂文森俱樂部等你。順便把手下也帶過來，我們即將有一場逮捕行動。」

「具備法律效力的證據，終於被我們找到了。」萬斯異常興奮地說著，一面套上外衣，一面拿起帽子和手杖。「馬克漢，你的調查還真是一波三折啊！無論多麼合乎理性的科學，在你們這些博學者面前，都變得一文不值。一張唱片就改變了一切！那麼現在，你得承認，我們總算找到了無可辯駁的證據了吧？」

我們一行人走出公寓時，馬克漢招呼那位留守的警員過來。

「在我們回來之前，誰也無權進入這棟公寓——有通行證的人也不行！」

隨後，我們鑽進了計程車，司機在馬克漢的指示下，朝史蒂文森俱樂部開去。

「那些該死的媒體不是總在抱怨檢警雙方無能嗎？好了，這下他們可有一大堆報導要寫了。這都要歸功於你，老夥計。」

馬克漢注視著萬斯，眼神中流露出深深的感激之情。

獄中記

九月十八日
星期二
下午三點三十分

下午三點三十分，我們剛好到達史蒂文森俱樂部的圓形大廳。馬克漢即刻叫人找來俱樂部的經理，祕密地和他交代了一些事情。

那位經理聽完之後就離開了，不一會兒又匆匆返回來。

「史伯斯蒂・伍德先生正在房間裡，」經理告訴馬克漢，「我讓電工去測試他房間的燈泡，他告訴我房裡的先生正在寫東西。」

「房間號是多少？」

「341號。」經理有些忐忑不安，「這樣做不會影響到其他房間的客人吧，長官？」

「但願不會。」馬克漢用生硬的語氣回答道，「要知道，我們下面的行動遠比你的俱樂部重要得多。」

「太嚇人了吧！」等經理走開後，萬斯隨即開口道，「恰恰相反，逮捕伍德並不是最重要的事情。我們不應該稱其為『犯人』，他的性質同犯罪學家隆布摩索在《犯罪者論》中定義的『天生罪犯』完全不一樣──他是理智型的實踐主義者。」

馬克漢小聲嘟囔著，並沒有搭話。他在原地來回踱著步子，緊盯著俱樂部的大門口，十分焦躁不安。而萬斯則舒服地坐在一張椅子上，怡然自得。

大約過了十分鐘，希茲警官和史尼金出現在大門口。馬克漢將他們帶入一間小包廂，向他們簡要說明瞭事情的原委。

「他人就在樓上，」馬克漢說道，「我希望這是一次乾淨利落的行動，不會影響到其他的房客。」

「是史伯斯蒂．伍德嗎？」希茲對此表示萬分驚訝，「這真讓人費解──」

「現在也沒時間讓你理解。」馬克漢打斷警官的話，「這次逮捕行動由我全權負責。你將獲得我的授權，如果你需要的話。還有什麼問題嗎？」

警官攤開兩隻手，滑稽地聳了聳肩。

「沒有問題了，長官，一切你說了算。」隨後又問道，「那個傑蘇怎麼辦？」

「繼續關押，他可是一名重要的證人。」

我們搭乘電梯至三樓。走廊的盡頭，正對著麥迪遜廣場的房間便是伍德的住處。馬克漢檢察官走在最前頭，臉上的表情緊繃繃的。

檢察官敲了幾下門，房門打開時，伍德愉快地向我們打著招呼，並將我們請進房裡。

「怎麼樣，案子有何進展？」他一邊說、一邊讓過來一張椅子。

此刻在明亮的燈光下，他清楚地看見了馬克漢臉上的表情，然而這似乎並沒有影響到他的情緒，但我發覺他的動作開始僵硬起來。他那嚴峻而冷酷的眼神慢慢地掃視著在場的所有人，最後定格在萬斯和我的身上。他向我們點頭示意。

此時沒人說話，可我能感覺到，一齣即興的悲劇即將無情地上演，在場的每一個人都將參與其中，並且清楚地知道自己擔任的角色。

馬克漢不願再向前一步，堅定地站在原地。在他所參與的所有逮捕行動中，這次或許是最令他感到不快的行動了。他並非冷酷的人，對於眼前的這位兇手的不幸遭遇，他不會無動於衷。希茲和史尼金並排站著，只待這位檢察官一聲令下便即刻展開逮捕行動。

伍德游移的目光最終落到檢察官身上。

「您有什麼事，長官？」他的語調平和，不帶有絲毫的顫音。

「很抱歉，史伯斯蒂．伍德先生，你得和這兩位警官走一趟。」馬克漢語氣堅定，微微頷首，轉向希茲這邊，「因為謀殺瑪格麗特．歐黛兒的兇手正是你。」

「咦？」伍德微微挑起眉毛，「難道你們——發現了什麼線索嗎？」

「還記得貝多芬的『行板』嗎？」

伍德頓時沈默不語，隨後作出無奈的表情。

「果然不出所料，」他悠悠地說道，嘴角露出一抹悲情的微笑，「尤其是在我想方設法要拿回那張唱片而遭到你的阻止之後。但賭博最後的勝負永遠無法預料。」他斂起笑容，神情嚴肅地說道：「您對我已經夠仁慈的了，長官，從未將我歸入兇手的行列。作為對您的仁慈之心的回報，我要老老實實地把真相告訴您，此外別無選擇。」

「無論你有怎樣的動機，都不能赦免你所犯下的罪行。」

「你認為我這樣做只是為了尋求減輕刑罰嗎？」伍德的反問中盡含輕蔑的語氣，「我可不是幼稚的小學生。我當然清楚自己將會付出怎樣的代價。可在權衡利弊之後，冒險仍然是值得的。這無疑是一場亡命的賭博，可我對自己孤注一擲所招致的失敗從不會有任何怨言。何況我已經別無選擇了。如果我不去冒險賭一把的話，任何情況都無法減輕我的苦痛。」

極度的痛苦扭曲了他的面孔。

「馬克漢先生，那個女人向我提出了我根本無法做到的事情。她不僅榨乾了我的金錢，還想要獲得受到法律承認的地位和名望——這可是要借助我的家族姓氏才能得到的榮耀。她逼迫我離婚，從而成為我的合法妻子。一個女人提出如此過分的要求，我不知道你會有怎樣的感受。我深愛著我的妻子和我的孩子們。我知道自己罪孽深重，可如果我答應了這樣的要求，那我的人生將被徹底毀滅，我所擁有的一切也將化為烏有！而這一切都只是為了滿足她那瘋狂的慾望！所以我拒絕了她。她威脅說要把我們的事告訴我妻子，並將我寫給她的信公之於眾，目的就是讓我身敗名裂！如此一來，我的家庭、事業都將不復存在！」

他停下來，儘量克制自己激動的情緒。

「我做事從不拐彎抹角，也沒有與人討價還價的本事——也許命中注定我將是一個受害者。可我的性格不允許我認輸，不管面對怎樣的危險，要賭就賭上全副身家性命。在一週前的某五分鐘裡，我終於能夠體會到，那些狂熱分子是如何在正義的感召下，懷著平和的心態來懲罰那些曾經威脅過他們的敵人——除此之外，我別無選擇，我認為只有這樣做才能使我所愛的人免遭侮辱與折磨。而走上這條道路也就意味著我必須冒死一拼。但我體內沸騰的血液時刻提醒著我，無可名狀的仇恨感所帶來的羞辱使我忍無可忍。我決定用我的一生去賭一把，我不願意看到自己的後半生被一個無恥的女人任意擺布，儘管希望渺茫。終於，我還是輸了。」

他的嘴角再次露出一抹慘淡的微笑。

「是啊，賭博只有兩個境界：非贏即輸。別以為我說這話是為了獲取同情。儘管我對別人說過謊話，可從不會欺騙自己。我討厭遇事只會抱怨的人，這樣做只是為了找藉口原諒自己——我必須向你強調這一點。」

他緩緩走到桌旁，隨手拿起一本軟封皮的小冊子。

「我昨晚一直在讀王爾德的《獄中記》。倘若我有寫作的才能，或許也能寫出同樣精彩的心靈告白。現在，請你們聽聽其中的一段，好使你們理解：我並不是一個懦夫。」

他翻開那本小冊子，用一種異常真摯的語調朗讀著上面的一段話。我的心頓時被一股強烈的力量撞擊著。

「『我的一切痛苦都是咎由自取。每個人，無論貧窮還是富有，都將借他人之手來毀滅自己。這說來輕鬆，但仍有不少人會對我這番告白產生懷疑——至少是在這個時候。儘管我對自己的過錯如此無情，但請記住，我沒有試圖尋找任何理由。世間加諸我的懲罰已然殘酷，然而更為殘酷的是我對自己的毀滅。從一出生，我就知道自己是誰，享受著一個備受尊崇的姓氏，天生有著傑出的社會地位。然而我的人生出現了轉折。我厭倦了豪門貴族的身分，寧願成為社會底層的一員。我想要什麼就有什麼——自始至終，樂此不疲。我忘記了世俗的生活將會改變一個人的個性，也不在乎是否有一天，祕事將被公之於眾。我將不再受到任何支配，無拘無束地翱翔在自己的世界裡——快樂成為我的主宰。直到最終，恥辱取代它的位置。』」

「現在，你能了解了嗎，馬克漢先生？」他將書丟到一邊。

馬克漢沒有回答，一直沈默著。最終開口問道：「有關史比的死，你願意談談嗎？」

「那頭骯髒的豬！」伍德顯出極其厭惡的表情，「我每天多殺一個這樣的人渣，都會覺得自己為社會除了一大害。是，是我殺了他！我早該解決了這個傢伙，只是一直沒有合適的機會而已。當我和那個女人回到公寓的時候，這個傢伙一定躲在衣櫥裡，親眼看到我殺了那個女人。如果當時我知道他在那兒，無論如何都會把他揪出來當場幹掉的。可這種事有誰能料到呢？衣櫥難道不應該是關著門的嗎？我從沒想到裡面會躲著人。就在第二天晚上，我在俱樂部接到了他的電話。他事先打到我在長島的家，從那裡得知我現在的住處。此前，我根本不知道他的存在。但這傢伙顯然對我的家世情況十分了解，並且是有備而來——也許我給那女人的一部分錢早就已經裝進了他的口袋。一想到這個，我的肺都要氣炸了！在電話裡他提到了那張唱片，我完全明白他的意圖，於是我約他到沃德福俱樂部碰面。在那裡，他說出了事情的全部細節——這的確都是事實。他見我上鈎後，立刻向我要一大筆封口費，我從沒見過如此貪婪的人。」

伍德點上一支煙，神情自若。

「事實上，我早已不是什麼有錢人，而是個瀕臨破產的窮光蛋。早在一年前，我父親留給我的產業就被別人收購了；我在長島的房產完全屬於我的妻子，沒有幾個人知道，但這都是真的。即便我打算屈從於他的威脅，也拿不出他所要求的那一大筆款子。但不管怎樣，我決定先付給他一小部分錢，並且答應他不久就會湊夠其餘的數目。我迫切希望自己能盡快從公寓裡拿走唱片，這樣就不用受這小子威脅了。但一直沒能做到。就在他再次威脅我說要把一切都告訴你時，我下定決心幹掉他。也就是在上週六深夜，我如約來到他的住處，假意說來給他送其餘的錢。之前他已經告訴我什麼時間、怎樣進去才不會被發現。一進入他的房間，我就立刻下手，在見到他的那一刻勒住了他的脖子，直到確定他再也無法開口說話。然後我鎖上門，拿著鑰匙直接走出大門，回到了這家俱樂部。我能想到的，就是這些了。」

萬斯注視著他，一副思索的神情。

「這麼說，」他開口道，「昨晚牌局上的數目對你十分重要啦？」

對方微微一笑。

「事實上那是我全部的財產。」

「那麼，你為何會為那張唱片選擇貝多芬的『行板』這一簽條呢？」

「真是人算不如天算，」他拖著疲憊的語調說，「我以為，即使有人在我取回唱片之前打開了唱機櫃，他也一定不會對這種古典音樂感興趣，而是換上一張流行音樂的唱片。」

「結果恰恰相反！伍德先生，我不得不說你的手氣實在太差了。」

「的確。倘若我信教的話，或許我會口中念念有詞，祈求神的懲戒。」

「有關珠寶的事，」馬克漢接過話頭，「我認為這不應該是一個光明磊落的人所為——請不要誤會我的意思，除非這也是你做的。」

「馬克漢先生，對你提出的所有問題，我都沒什麼好辯解的。」伍德從容地答道，「我在文件盒裡找到了那些信後，就故意把房間弄得像是竊賊幹的一樣，帶走那些珠寶也是為了同樣的目的——順便提一下，那些首飾大部分都是我送給她的。為了防止留下指紋，我戴上了手套。我原本打算拿這些來賄賂史比，可他不敢要。最後，我用一張俱樂部的報紙包上這些東西，丟進了菲奇格大廈附近的垃圾箱。」

「你用的是《前鋒報》，」希茲警官突然插話道，「而卡蘭佛老爹只看《前鋒報》，你是故意這樣做的嗎？」

「夠了，警官！」萬斯斥責道，「史伯斯蒂．伍德先生要是知道這些，就不會用《前鋒報》來包了。」

伍德朝著希茲輕蔑地一笑，隨後對萬斯報以感激的一瞥，繼而望向馬克漢的臉。

「就在我扔掉了那包東西後，大概過了一小時，我開始感到害怕，害怕那包東西會被發現，繼而查到我身上。因此我買了一份同樣的報紙放回原處。」

他停了下來，問道：「還有什麼要問的嗎？」

「謝謝，我想就是這些了。」馬克漢說道，「現在，你必須得跟這兩位警官走了。」

「好的。」伍德面無表情地回答道，「但我有一項小小的請求，長官。現在，所有的事情都弄清楚了，我想給我的妻子寫一封信。我寫信的時候希望不被旁人打攪，我想你一定能理解我的請求。這並不會耽誤很多的時間。你盡可以派人守在門口，我是不會逃跑的。我想，勝利者的胸襟應該是寬廣的。」

還沒等馬克漢回答，萬斯走到他身邊拍拍他的肩膀。

「我確信，」他說道，「這樣的請求你一定不會拒絕的。」

馬克漢猶豫了一下，最終默許了他的要求。

「那好吧，就按萬斯先生的意思辦。」

他安排希茲和史尼金守在門外，隨後與萬斯和我來到隔壁。馬克漢嚴肅地站在門邊，而萬斯則踱到窗邊，望著窗外的麥迪遜廣場，嘴角露出詭異的微笑。

「我說，老夥計！」他突然說道，「這傢伙真是超凡脫俗，不得不令人刮目相看。他的思路是如此的清晰分明。」

然而卻沒有得到馬克漢的響應。窗外午後的喧囂，更加襯出這間小屋的寧靜——死一般的寧靜，令人無端生出一種不詳的預感。

就在我們陷入這無邊的寂靜時，一聲尖厲的槍響打破了這份寂靜。站在門邊的馬克漢迅速推開隔壁的房門。守衛的兩名警官已經跪在了倒在地上的屍體旁邊，馬克漢隨即轉過頭望向站在門邊的萬斯。

「他自殺了！」

「意料之中。」萬斯淡淡地說道。

「你早就知道了，幹嗎不告訴我？」馬克漢氣急道。

「這不早就顯而易見了。」

馬克漢憤怒的眼神射向萬斯。

「要不是你，他怎麼會有機會這樣做？」

「哦，親愛的馬克漢！」萬斯教訓道，「雖然從傳統禮教的角度來說，奪取他人的性命是不道德的，可一個人有權決定自己的生死。自殺也是他自己的權利。在我們這一父權專制的現代社會裡，選擇自殺或許是這個人唯一擁有的權利。你說呢？」

說完這番話後，萬斯抬手看了看錶。

「哎呀，音樂會都快接近尾聲了，都是你害的！」同時露出輕鬆的微笑，責怪道，「現在你還倒打一耙，真是個忘恩負義的傢伙！」

〈終〉

國家圖書館出版品預行編目資料

金絲雀殺人事件／范・達因（S.S. Van Dine）／著　夜暗黑／譯 -- 二版 -- 新北市：新潮社，2020.1
面；　公分
譯自：The Canary Murder Case
ISBN　978-986-316-752-5（平裝）

874.57　　108017899

金絲雀殺人事件

范・達因／著
夜暗黑／譯

【策　劃】林郁
【出版人】翁天培
【企　劃】天蠍座文創
【出　版】新潮社文化事業有限公司
電話：(02) 8666-5711
傳真：(02) 8666-5833
E-mail：service@xcsbook.com.tw

【總經銷】創智文化有限公司
新北市土城區忠承路89號6F（永寧科技園區）
電話：(02) 2268-3489
傳真：(02) 2269-6560

印前作業　菩薩蠻、東豪印刷事業有限公司

修訂二版　2020年1月